大漠延绥 九边巡旅

明长城三十六堡

榆林市文化和旅游局
榆林市文物广电局 编

文物出版社

图书在版编目（ＣＩＰ）数据

大漠延绥　九边巡旅　明长城三十六堡 / 榆林市文化和旅游局，榆林市文物广电局编. -- 北京 : 文物出版社，2023.12

ISBN 978-7-5010-8326-8

Ⅰ．①大… Ⅱ．①榆… ②榆… Ⅲ．①游记－作品集－中国－当代 Ⅳ．①I267.4

中国国家版本馆CIP数据核字（2024）第021629号

大漠延绥　九边巡旅 —— 明长城三十六堡

榆林市文化和旅游局　榆林市文物广电局　编

责任编辑：郑　彤　马晨旭

责任印制：张　丽

出版发行：文物出版社

社　　址：北京市东城区东直门内北小街2号楼

邮　　编：100007

网　　址：http://www.wenwu.com

经　　销：新华书店

印　　刷：豪彩印刷河北有限公司

开　　本：889mm×1194mm　1/12

印　　张：20.5

版　　次：2023年12月第1版

印　　次：2023年12月第1次印刷

书　　号：ISBN 978-7-5010-8326-8

定　　价：268.00元

编 委 会

主　　　任：常少海　杨　扬

副 主 任：崔　渊　高小峰

编　　　委：刘　丽　林茂绿　杨树发　任　强

　　　　　　邸　楠　张　刚　董　红　姬翔月

主　　　编：高小峰

责 任 编 辑：任　强

编　　　辑：马树梅　白　燕　窦新宇　刘　涛

　　　　　　马文丽　宫　静　李　丹

诗 词 创 作：董　红

封 面 题 字：杨　颜

封 面 画 作：徐慧光

插 画 师：刘挺军

序

　　表里山河，伟岸长城。作为中华民族的精神象征、中华文明的重要标志，长城是凝聚古代中华各民族的纽带，也是地球上最壮观、最绵长的文化遗产之一。其中，饱经沧桑的榆林长城，数千年来处在农耕文化与游牧文化碰撞融合的最前线，无视山川险阻、海拔高差，横穿荒漠，翻越千峰，跨越万里山川，点缀锦绣山河，在绵延1500多公里的长城内外，绘制出城堡相连、烽火相望的雄伟景观，积淀出波澜壮阔、灿烂辉煌的历史文脉，昭示出中华民族自强不息的奋斗精神和众志成城、坚韧不屈的爱国情怀。

　　榆林地处中国古代边关要塞的独特区位，使其成为历代王朝发展生产、安定生活、维护统治的必争之地。榆林长城早在战国时期就开始修筑，涵盖魏、赵、秦、隋、明等多个历史时期，广泛分布于府谷、神木、榆阳、横山、靖边、定边六个县区，东起府谷墙头村，西抵宁夏花马池，其间有夯土和石砌的历代城墙、古堡烽燧，有被誉为"万里长城第一台"的镇北台，有反映古代驻军聚落的"延绥镇三十六营堡"，是古代长城防御体系的典型代表，在长城文化中具有举足轻重的地位。

　　今天，长城的军事防御功能虽然已不复存在，但其文化价值、现实意义和国际影响却远远超过了当初建造者们的想象。榆林长城生动记录了2000多年中国封建王朝的兴衰治乱，每块砖石都见证着金戈铁马、寰宇升平的历史时刻，每方泥土都渗透着中华民族和合圆融、德行俱重的处世准则，每个营堡都上演过戍边征战、悲欢离合的咏唱讴歌。从大河高原到滩崖沙漠，从黄甫川堡到镇北之台，从榆林卫城到定边三山堡，置身于榆林长城沿线的关隘、镇寨、墙体遗址中观光游览，在亲身感受长城景观的奇、重、阔之美中共鸣爱国情怀，更能增强我们守护好中华民族精神标识的认同感、荣誉感、责任感。

　　认识长城的最好方式就是与之对话。榆林市文旅局组织编纂的这本游记体画册，以阐释弘扬长城文化、体悟感知长城精神为旨归，将发生在榆林长城内外的战争烽火、民族融合、历史故事，用图片、文字互注互解的方式铺叙开展、娓娓道来，为广大读者深入了解长城历史、保护传承长城精神做出了有益贡献。通读这些文章，宛若打开一个万花筒，巍巍长城、漫漫雄关笔下生风，墩台守望、烽燧连绵如在目前。浏览这本画册，可以一面聆听历史深处的长城回响，一面感知长城的历史文化价值，在"温故"中体味文明之美，在"知新"中坚定文化自信，不断激发强国建设、民族复兴的精神力量。

　　是为序。

陕西省文物局局长 罗文利

2023年9月

榆林卫城·············李春元（1）

绥德卫城·············薛喜刚（7）

神木营——麟州故城（杨家城）

·····················北　城（15）

神木营——东山旧城···项粉霞（21）

神木营——神木县城···单振国（27）

黄甫川堡·············姬宝顺（33）

清水营·············杨建勋（39）

木瓜园堡·············周　芳（45）

孤山堡·············张怀树（49）

东村堡·············申静杰（55）

镇羌堡·············王树强（59）

永兴堡·············许永刚（65）

大柏油堡·············李　岸（69）

柏林堡·············杭建新（73）

高家堡·············党长青（79）

建安堡·············王甜甜（83）

双山堡·············王建霞（87）

常乐堡·············武庆梅（93）

常乐旧堡·············程怀祥（97）

归德堡·············闫晓晶（103）

保宁堡·············李苗苗（109）

平邑堡·············张　欢（115）

响水堡·············谢　清（119）

波罗堡·············常春梅（125）

鱼河堡·············曹　洁（131）

镇川堡·············王　程（137）

怀远堡·············曹丹妮（141）

威武堡·············仙岭耕夫（145）

清平堡·············梁　衡（151）

靖边营·············秦　月（155）

定边营·············王世华（161）

龙州堡·············霍竹山（167）

镇靖堡·············张　芳（173）

镇罗堡·············李贵龙（179）

宁塞堡·············张　姣（185）

把都河堡·············周妮妮（189）

永济堡·············王乙然（193）

柳树涧堡·············刘世雄（197）

安边营·············刘　湃（201）

砖井堡·············苏　丽（205）

新安边营·············张　潇（211）

石涝池堡·············刘　静（215）

盐场堡·············蒋峰荣（219）

三山堡·············谷彩琳（225）

新兴堡·············杨　柳（229）

饶阳水堡·············马文丽（233）

后记·····················（237）

目录

　　榆林卫城即今之榆林城，位于榆林市中部偏南，城东依驼山，北瞰河套，南蔽三秦。无定河支流榆溪河自北向南傍城而过。

　　明正统二年（1437），始筑榆林城堡。成化七年（1471），置榆林卫（治所榆林城）。成化九年（1473），延绥镇治所由绥德卫迁至榆林城。明代中叶起，直隶延绥榆林卫、中路道双重领辖。清初仍沿明代旧制，境内所设卫堡及各柴塘军屯地仍隶属榆林卫、中路道。清雍正九年（1731），裁榆林卫改置榆林府，治所设榆林城。

　　榆林卫城地处半山半川处，平面呈不规则形，东高西低。卫城城墙保存较好，内夯黄土，夯层厚0.16～0.2米，外墙砌青砖，内墙不包砖，上设垛堞。现状测量遗存段和遗址段的中线长度之和为6568.78米。榆林卫城受沙漠侵袭，明时历经数次北缩南扩，史称"三拓榆阳"。

　　榆林城内建筑风格具有典型明清风格，两条主街道大街、二街从南至北直通全城，每个巷道分上、中、下巷。从东到西穿过大街、二街。从明成化八年（1472）起，至清乾隆十九年（1754），从南大街至北大街先后建有楼阁六处：文昌阁、万佛楼、星明楼、钟楼、凯歌楼、鼓楼，被誉为"六楼骑街"，构成主要街景。城东部自南向北建有佛寺、道观、宗祠，形成东山古建筑群。万佛楼、星明楼、钟楼均为原建，文昌阁、凯歌楼、鼓楼于2004～2006年恢复重建。

　　城内大街贯通南北，大街店铺林立，巷道、四合院排列有序，四合院均效仿北京古城建筑风格，有独式四合院、两院式四合院、穿院式四合院、毗连式四合院，现城内保存较完整的有97处。这些建筑讲究对称布局，房屋水磨砖墙，飞檐斗栱，雕梁画柱，五脊六兽，故榆林卫城素有"小北京"之称。

　　2006年，榆林卫城被公布为第六批全国重点文物保护单位。

水调歌头·榆林卫城

长堑瞰城北，拥翠护城东。
千秋屏障，榆阳三拓始修成。
水美草丰之地，廓外牛羊遍野，处处响驼铃。
陌上春来早，天阔见归鸿。

控乌延，临雁塞，踞甘宁。
九边重镇，射虎自要挽强弓。
过往尘烟消散，留取山河纵横，碧野卧苍龙。
大漠明珠在，相共月辉生。

榆林卫城

— 2 —

◎ 榆林卫城

作者：李春元

　　据《明史》记载，榆林城的筑城时间为正统二年，即公元1437年。近年来，有专家学者把榆林城建成的时间，确定为正统六年，比正统二年推迟了四年。由此推断，榆林城的修建从正统二年动工，正统六年完工。

　　正统二年，鞑靼侵入河套，东胜失守，都督王祯筑榆林城以控边防。这里所说的东胜不是鄂尔多斯市东胜区，而是内蒙古准格尔旗的十二连城乡，包括黄河东岸的托克托旗，隋朝时设立榆林郡的地方。东胜卫是朱元璋手上设立的，他的儿子朱棣虽然把首都向北迁移，却将防线向南收缩，并且把东胜卫内迁至河北的怀来县附近。因此东胜卫在永乐年间已经名存实亡，此次失守实际上就是弃守。这一举措也为榆林城的修建和榆林卫的设立创造了条件与机遇。与榆林城同一时期修筑的城堡还有北京的昌平城，宁夏的固原城。明朝天顺年间将全国划分为21个军镇，委派总兵官镇守。当时的陕西共有三个军镇，即延绥镇、甘肃镇和宁夏镇。延绥镇有三个卫：延安卫设立于洪武二年（1368），绥德卫设立于洪武三年，庆阳卫设立于洪武四年。

　　榆林卫设立的时间在成化年间，比延安卫、绥德卫和庆阳卫的设置时间晚了约一个世纪。成化九年（1473），延绥巡抚余子俊将延绥镇治所由绥德城迁至榆林城，改名榆林镇。除官方文件和部分大臣的奏章外，人们习惯上仍称延绥镇。

　　天顺二年（1458），延绥巡抚徐暗对新修的榆林堡城进行了拓展，四年以后，还没有设卫的榆林堡就成了延绥镇首任总兵官杨信的驻地。正统天顺年间的拓展，应该是"一拓榆阳"，今天榆林城北大街的凯歌楼，就是第一次扩建后的南城门"怀德门"。延绥巡抚余子俊在成化年间扩建榆林城时，新修了总督府等衙署。成化二十二年，榆林巡抚黄绂继续扩建榆林北城，拓展了居民居住区，今天望湖路北的古城巷就是二拓榆阳后的北城墙遗址，成化年间的两次扩建，史称"二拓榆阳"。弘治五年（1492），延绥巡抚熊绣看到怀德门外人口密集，店铺鳞次栉比，于是将南城墙拓展至今天镇远门一线，遂成今天榆林卫城之规模，史称"三拓榆阳"。这次扩建，始于弘治五年，终于弘治八年。实际上，当初榆林卫城的北城墙外，还有罗城，应该在今天的红山北路附近。由于榆林镇所处的特殊地理位置，使它的战略地位逐步提升，成为明朝东北、西北先后设立的十四个边防军镇中九个重要的军镇之一，也就是榆林人习惯上所说的九边重镇。

榆林城依山傍水，东北面为山，即东山与红山；西南面为水，即榆溪河与南门河。榆溪河发源于常乐堡的獐子河，流经榆林城西往南的一段人称榆溪河，榆林城里的人习惯上称其为西门河；南门河发源于榆林城东南的水掌儿，向西流入榆溪河，也就是说它是榆溪河的支流，而榆溪河又是无定河的支流。明朝洪武年间，最早的戍边军民依靠东山而居，因为那里有一股清泉，时称北龙王泉，就是今天桃花水的源头普惠泉。二拓榆阳时，由官方出资打了一口井，人称官井，今天已经由官井滩改造成了鸳鸯湖公园。榆林城南北较窄，东西较长，由于东城墙依东山而建，呈现弯曲状，有如骆驼，故有驼城之称。

帝原之水——榆溪河

人们习惯上把流经榆林城西的那条河称为榆溪河，而旧志书则一律以"西河"记之。除老榆林城的人以外，很少有人知道它还有一个名字叫"西门河"。万历版的《延绥镇志》对"西河"是这样记载的："在镇城西即榆溪。一自常乐（堡）发源入獐子河西注，一自葫芦海（子）发源南注，抵（红）石峡会入垣为西河。"这段文字说明榆溪河的发源地有两处：一处是榆林城东北约十华里常乐堡旧堡附近的獐子河，另一处是榆林城北约三十华里的葫芦海子。两河到红石峡交汇以后流入长城，长城内的这一段就是西河。进入长城内的榆溪河继续向南流约八十里，在鱼河堡与无定河交汇，然后向东南流入黄河。

榆溪河流过的地方，榆林城东西南三个方向不断有河流加入。首先是芹河，"源自塞外，若自天来，东抵后西门会榆溪"。柳河，"镇城西南十五里，旁皆绥德卫右所屯地，今弃为夹道，然其地独可耕。水发源自东南注入榆溪"。刘指挥河，榆林人称南门河，"源出镇之东南十里水掌儿，西注抵蓝家桥合榆溪"。三岔川河，"榆溪水南流二十里为三岔川"。黑河，"镇西南五十里，东注会榆溪"。康熙版的《延绥镇志》把榆溪河与《汉书》中记载的"榆溪旧塞"混为一谈，说榆溪河就是"诸次之水"，确实有点东拉西扯了。

道光版的《榆林府志》终于把榆溪河的来龙去脉说清楚了："西河即帝原水，县图在榆林城北十里。《汉书·地理志》肤施县有帝原水，《水经注》帝原水西北出龟兹县东南流，又东南注奢延水。"汉代肤施县在今榆阳区鱼河堡镇附近，龟兹县在今榆阳区牛家梁镇一带，城北十里正是榆溪河的发源地之一獐子河。而奢延水就是无定河。可见，榆溪河就是帝原水还是靠谱的。"帝"当然是指中华民族的人文初祖黄帝，"原"在秦汉之际指五原郡和九原郡所在地域，包括今天的鄂尔多斯南部以及榆林市的北部，此一方水土养育了我们的祖先，不愧为皇天后土了。

驼峰拥翠——驼峰山

　　今天的榆林古城大街被改造成了步行街，老榆林城的人习惯上称之为"大街"。大街以东地势渐高，人称东山，与西河相对应。万历版的《延绥镇志》是这样记载东山的："驼山，一曰东山，城半居其巅，形类驼。镇之得名驼城者，以此山。"说得清清楚楚。

　　民国年间出版的《延绥揽胜》上说驼山在"榆林县城东，城半踞其巅，形如驼峰，俗呼东山，县人多掘窑穴居之"。民国时期在东山挖的土窑洞至今犹存，只是数量很少。一些大户人家给窑洞甃了砖，门窗雕了花，浸透出古色古香的味道，最典型的要数钟楼山的党家了。党家人保留至今的那块"三山拱翠"牌匾，还有另外一种说法：三山指的是东山偏西的堡儿山，由三座山峰组成。据旧志书记载，东山的中部为庙儿梁，因为有两座关王庙和一座天地庙（三官庙）而得名。由庙儿梁往北"翼然西立三峰为堡儿山，圣母祠在焉"。圣母祠又名后土庙，上有塔，俗名文笔峰。文笔峰再往北就是寿宁寺了。党家大院正好处在堡儿山与文笔峰中间，出了不少贤达之士，为人才荟萃之所，故而以"三山拱翠"名之。翠既指绿树成荫的环境，又与"萃"谐音，一语双关。庙儿梁与堡儿山是东山上的两处制高点，也就是骆驼的驼峰，与周围的绿树芳草、青堂瓦舍相映成趣，构成了榆林八景之一的"驼峰拥翠"。

三泉映月——桃花水

　　榆林城东南有一座古刹金刚寺，金刚寺后沟有一股清泉，源自东山北麓。泉水清甜甘冽，人称榆阳泉，当年邓宝珊将军的桃林山庄就在附近。　榆林城北也有一股清泉名为鸳鸯泉，源自官井滩，此泉旧称北泉，亦称白龙王泉。如今成了榆林人休闲娱乐的好去处——鸳鸯湖公园。榆林城内寿宁寺偏南有一座保存至今的梅花楼，梅花楼下有一股源自东山的清泉名为普惠泉，此泉水在明朝时流经南城（今天的凯歌楼），浇灌城西的菜园子，因此又称南泉。南泉之上有一座大龙王庙，亦称龙王泉。《延绥镇志》上说："其水自东山出者为南泉，周灌城中，镇人之所汲养也。即严冬翁翁勃勃，水气如蒸池矣。"榆林八景之一的"寒泉冬蒸"高度概括了普惠泉的特点。

　　今人不见古时月，今月曾经照古人。明清之际，榆林人在月明星稀的夜晚，总能够看到三泉映月的美景。明朝嘉靖年间，城中百姓认为这几股泉水都是神水，因此在泉水边立祠祭祀，普惠泉最早的名称就叫龙泉祠。当时有一位赋闲在家的将军、身为都督的姜爽写下了一首流传至今的五言律诗《题龙祠》，这也是我们今天能看到的最早赞美桃花水的诗篇之一。诗曰："榆塞龙祠古，何年浚此泉？池涵云影落，亭敞曙光连。九陌晴波转，一潭孤月悬。源头生活水，寒气夜冲天。"

千百年来，榆阳泉、鸳鸯泉、普惠泉日夜流淌，滋润着榆林城这一方土地和榆林城的儿女。榆林城的男子喝着泉水长大，气宇轩昂；榆林城的女子喝着泉水长大，面若桃花。因此，这三股清泉被统称为桃花水，榆林的女子则被誉为桃花姑娘，谁要是娶了榆林女子，谁就交了桃花运。

北台南塔——一条龙

明朝洪武永乐年间，榆林还没有城墙，城墙的修筑时间是正统二年（1437），直至弘治八年（1495）以后才形成今日古城之规模。榆林城周长近17华里，南城墙与北城墙一样长，约为二里半，总长约五华里；西城墙长约五华里多，大于南北城墙的总长度；东城墙最长，约为六里半，原因是城墙依东山山势而建，有如弯弓。

明朝时，城里的居民多是领军饷的官兵及其家属，他们被称为"吃皇粮的百姓"。嘉靖年间，为了加强榆林城的防御，在城西北的黑山修筑了黑山城，在城北的红山修筑了易马城与古梁城，这三个卫星城与保宁堡、常乐堡构成了以榆林城为中心的沿长城一线的外围防御体系。其中易马城与古梁城还有另外一项功能，就是蒙汉双方互市的场所。当时的"红山市"就是在这两座小城堡里进行边境贸易的。

万历三十五年（1607），为了确保边境贸易的安全，延绥巡抚涂宗浚在红山最高处，也就是古梁城的西南角修筑了一座高约三十米的瞭望台，俗称镇北台。涂宗浚亲自撰写碑记，并且亲笔书写"向明"二字刻石其上，还将古梁城改名为"款贡城"。如今，四层高的镇北台成了万里长城线上最大最高的墩台，被誉为"万里长城第一台"，由镇北台与红石峡组成的旅游景点是榆林市的品牌，首选目的地。

如果把榆林城比作一条龙，镇北台就是龙头，榆林城是龙身，而龙尾则是南门外的凌霄塔。

榆林城南门外原有一座高山名叫卧虎山，我们今天只能看到它靠东的一半，靠西的一大半被210国道占据。东西两山之间形成的沟壑俗称五雷沟，五雷沟的沟口正对着南门河。卧虎山的最高处竖立着一座佛塔，塔身十三层，高约二十八米。此塔与北京城西八里庄玲珑塔公园里的玲珑塔极其相似，都是明朝万历年间的建筑。

万历三十三年，当赋闲在家的都督张臣为修建葭州白云观而四处奔忙的时候，同样赋闲在家的前大同总兵姜显祚捐出草价银子500两，用于修造榆阳寺内的十三层佛塔以及购置学田、学舍。实施上述工程的也是延绥巡抚涂宗浚。万历三十六年，佛塔建成后取名凌霄塔，南塔凌云成为榆林八景之一。

构成南塔凌云景致的还有位于南门河上的榆阳桥，此桥由明朝延绥巡抚吕雯主持修建，时间在天顺年间，比凌霄塔的修建早了40多年，榆林人称其为玉砚桥。一般来讲，水是从桥下流淌的，但榆阳桥例外，桥上也有活水流过。原来距它东边一里多远的地方有一座水坝，榆林人称其为大坝头。此坝将雨季的洪水收集起来，通过人工开挖的水渠引到榆阳桥西灌溉良田，流经榆阳桥时，是从桥面上开挖的水壕通过的，这项引水工程一直延续到二十世纪七十年代。如果把榆阳桥比作一方美玉雕琢成的砚台，那么，从桥上流过的水就是墨；而凌霄塔塔尖的倒影正好落在榆阳桥头，就像一支巨笔，象征着榆林城人才辈出，文化传统源远流长。正如清代诗人所说的那样："宝塔擎天薄雾消，高悬文笔势凌霄。移来半面横斜影，倒挂榆阳一座桥。"

　　绥德卫，即今绥德县城，位于陕西省北部，无定河下游与大理河交汇处。北宋熙宁二年（1069），置绥德城，隶延州，不久由鄜延宣抚使郭逵主持新建县城，即今之县城。此后，金大定二十年（1180）、明洪武年间（1368～1398）都曾进行过大规模的增修。其时城郭东西二里一百五十步，南北二里一百三十五步，方八里二百八十步。南面于平地砌石筑城垣，高2.5、宽1丈余；东、西、北城垣跨山建筑，高3～9丈。城门四座，东为"镇定门"，南为"安远门"，西为"银川门"，北为"永乐门"。四门皆有瓮城，城门上设门楼。城内东北有疏属、嵯峨两山屹立，城外有大理、无定二水环绕，城四周高山巍峨，可谓依山临水，四山作屏。绥德城素有"天下名州"之誉。

　　明初实行承宣布政使司（行省）、府（或直隶州）州、县级制。今绥德县地为绥德州。明洪武四年（1371），置绥德卫，辖百户所50个。成化年间，置延绥镇，领神木道、榆林道、靖边道以及绥德卫、庆阳卫、延安卫、东胜卫共12营堡、36城堡。成化九年（1473），延绥镇治所由绥德卫迁至榆林城。

　　目前城内仅存的明代建筑有永乐门，即原延绥镇镇城的北门及少部分城垣，城内有少数明清时期建筑。

忆王孙·南军北调

名州残照映西城，浩荡三军西北行。
掸别江东万里征，雁声声，何处云关不月明。

绥德卫城

◎ 绥德卫城

作者：薛喜刚

茫茫高原沧桑变，悠悠无定水长流。

位于陕北高原腹地无定河畔的绥德城一直是边关要塞，军事重镇，汉民族和游牧民族长期于此征战厮杀，金戈铁马，风云激荡。唐代陈陶一首关于无定河的诗写尽了战争的苦难和悲凉：

誓扫匈奴不顾身，五千貂锦丧胡尘。

可怜无定河边骨，犹是春闺梦里人。

绥德历史上曾设上郡，扶苏、蒙恬于此驻守抗击匈奴。到宋代设军事机构绥德城、绥德军，抵御西夏。金代开始设绥德州，明代又增设军事机构绥德卫，主要对付蒙古部族的侵扰。

卫所制是明朝最主要军事制度，是明政府为防御蒙古人南侵而设计的，实际上就是把军队的编制与土地开发结合起来，寓兵于农，守屯结合的建军制度，卫所制解决了部队的供养问题。朱元璋曾说："吾养兵百万，不费百姓一粒米。"根据军卫法，军官与士兵皆附卫籍，世世不得更改，附籍之后授地置业。入军籍者，可免除其他方面的徭役与赋税。

明代的每一个省，都有一到两个军区，称为都司或行都司，是地方的最高军事机构，专门统辖各地卫所，直隶京师五军都督府。当时的陕西省，有两个军区，即陕西都司和陕西行都司。陕西都司，大致范围相当于现在的陕西省和以北的内蒙古一部分。而陕西行都司，其范围相当于现在的甘肃全省、青海的一部分以及新疆东部。陕西都司治西安，陕西行都司治甘州（今甘肃张掖）。

绥德卫属陕西都司所辖，东为太原卫，北有东胜卫，西有庆阳卫，南有延安卫。这些卫所相互声援、互为犄角，形成遥相呼应的战略、战术防御体系。尤其是东胜卫，是连接山西诸卫与宁夏诸卫，控扼河套的战略要地，作用重大。由于有东胜卫的遮护，所以彼时绥德卫的边防压力较小。永乐元年，因为蒙古人不断骚扰边地，东胜旷绝难守，再加上军屯生产环境恶化等原因，明王朝的军事策略做了调整，东胜左卫被迁至北直卢龙县（今河北卢龙县）境，右卫被迁至北直遵化县（今河北遵化市）境，东胜中、前、后三个千户所退在山西怀仁县一带守御。东胜卫的变迁直接影响了边防形势，原处内地的绥德卫因此走上一线军事堡垒的位置。

二

绥德卫的治所就在绥德州城，即今绥德县城。

绥德州城初建于北宋熙宁二年（1069），由鄜延宣抚使郭逵主持新建，金大定、明洪武年间都曾进行过较大的增修。南面于平地砌石筑城墙，高2.5丈，宽1丈余；东、西、北城墙跨山建筑，高3~9丈。四门前皆建瓮城。顺治版《绥德州志》中对州城有记载："绥德州卫同城，自洪武中始其制，缘崖依阜环水包山，东西二里一百三十五步，南北二里三百一十五步，方八里一百八十五步。重门四：东镇定，西银川，南安远，北永乐……南关（罗城）接连大城方六里三十步，门四：东宾阳，西上上水，西下挹秀，南来远，建文中建，兵变后废。"绥德古城原有城门四座，有东西南北四条大街，后建文帝时期增修南关罗城，与州城相连，为州城南之屏障，也设四座城门，罗城内形成南关大街。

俗语云：铜吴堡铁葭州，生铁铸得绥德州。历经战乱的绥德州城不断修葺，疏通壕堑，增筑炮台和守陴窑房，增高雉堞，加强防备功能。但随着冷兵器时代的散场，今天的绥德只剩下一座永乐门（北门）还在守望着这座日新月异的城市，行走在巨石垒砌的门洞中仿佛还能听到急促的马蹄声和回荡的厮杀声。

绥德卫周边的环境在不断变化,那绥德卫最初是什么时间设置的呢?

一种说法认为绥德卫是明洪武四年设置的。成书于康熙年间的《延绥镇志·纪事志》记载:"太祖洪武二年夏四月,大将军徐达出萧关,下平凉,指挥朱明克延安,以明守之。三年二月,大同将金朝兴取东胜。秋七月,偏将军李文忠与元、脱烈伯孔兴战于白杨门,擒之。孔兴走绥德。四年,大将军汤和攻察罕脑儿,获猛将虎陈,定东胜。置延安绥德二卫。"《绥德县志》(2003年版)也持此观点:"明洪武二年(1369)八月,元将孔兴败逃绥德州,被其部将所杀,绥德归明。洪武四年(1371)大将军汤和置绥德卫。洪武六年(1373)置绥德卫指挥使司,迁江南上江之军驻其地屯田、戍边。"

还有一种观点认为绥德卫是洪武二年设置的。《明太祖实录》洪武三年中就出现多处有关绥德卫的记载,其中记载七月脱火赤投诚一事,就提到绥德卫:"故元参政脱火赤等自忙忽滩来归,诏赐冠服,置忙忽军民千户所,隶绥德卫,以脱火赤为副千户,仍赐袭衣靴袜银椀诸物及其从人衣服有差"。在十月朱元璋给元太子爱猷识里达腊写的信中也谈到绥德卫:"近绥德卫擒送平章彻里帖木儿,问之,为君旧用之人,特令赍书,致意进退之宜,君其审之"。在十二月发生的一件战事中,既有绥德卫的名称还出现了指挥朱明的名字:"延安卫指挥李恪、绥德卫指挥朱明等追败故元残兵于燕山只斤,禽获五百余人。又攻阿不剌思寨,获马三百余匹"。根据《明太祖实录》,部分学者认为绥德卫建立当在洪武四年之前,根据明王朝攻占绥德的时间判断,绥德卫在洪武二年或三年设置的可能性较大。

时光远去,故事长留,我们无法触摸到历史真实的脉动,仅凭一些碎片化的记载难以还原历史的本来面貌。隐藏在岁月长河中的故事是我们的文字所不能表达的,可能波澜壮阔,也可能是人间烟火。

绥德卫当时的防务范围有多大呢?

乾隆版《绥德州志》记载:"绥德自前明洪武后,有州有卫,由明及今,州境不改,卫屡变焉,未并卫人州,未分隶前,卫境东至黄甫川一千里,西至定边界八百里,南至营田清涧县界一百六十里,北至榆林镇鼓楼二百五十里。"从记载来看,今榆林市大部分地方属绥德卫的管辖范围。防务从今天东边的府谷县到西边的定边县,全长500多公里。

绥德卫统领前、后、中、左、右5个千户所，总兵力达5600名。卫设正三品指挥使、从三品指挥同知、正四品指挥佥事、从五品卫镇抚。每个千户所有士兵1120人，正千户为正五品，副千户为从五品；千户所下设十个百户所，百户为正六品；百户所下设总旗2个，总旗官为正七品；每总旗统五小旗，小旗官为从七品。

绥德卫共有五十百户。百户的名称都以统领人的名字命名。那时驻军大都在大路沿线，所以百户亦设在无定河、大理河沿岸。

但形势总在变化。明英宗正统元年（1436），为了防御蒙古鞑靼入侵，在绥德州设九边军事重镇之一的延绥镇，统领延安、绥德、庆阳三卫，延绥镇都督府设总兵1名、副将3名，参将、都司、游击、守备、千总、把总等官100余名。正统十二年（1447），为加强延绥镇边防，又增设巡抚延绥都察院等军事机关。一时绥德有州、有镇、有卫，建制复杂，官员众多，绥德成为陕北的带头大哥。

到明万历年，绥德民户人口数量是14270人，军户人口则是43530人，军户人口远高于民户。三十多年后的成化七年（1471）延绥镇增设榆林卫，到了成化九年（1473）时，延绥镇巡抚余子俊审时度势将镇治所由绥德迁至榆林，从此名不见经传的榆林开始登上历史舞台。迁治所的原因在《明史·余子俊传》中说得比较清楚："初，延绥镇治绥德州，属县米脂、吴堡悉在其外。寇以轻骑入掠，镇兵觉而追之，辄不及，往往得利去。"余子俊还完成了一项重大工程——主持修筑延绥边墙，以后的二十年间，蒙古没有对延绥地区进行侵犯，绥德卫的防御地位有所下降。

清代，绥德州设绥德卫衙署，置守备1名、经历司经历1名、城守营守备1名。顺治十六年并卫入州，到清康熙十七年（1678），存在了300多年的绥德卫完成了历史使命被裁撤。雍正初，分绥德东北所属的上三屯，拨入榆林、怀远，西南军籍划给米脂和清涧二县，共拨出36个百户所。绥德剩15个百户所，其中东川7个百户：分别是王阙、王杲、陈镇、孙钦、高锐、东王钦、西王钦；西川4个百户：分别是杨天荣、郭正、张炳、袁钦；南川五个百户：分别是张堂、谢荣、胡荣、宋文、张勋。那些千户和百户驻守在哪里，有些已经信息模糊，有些还能根据现有资料判断一个大致范围，事实上，直到现在陕北大地上仍然留存着不少包含百户、旗、营、屯等与军屯有关的地名。

五

洪武六年置绥德卫指挥使司，当时傅友德驻守绥德卫，非常厉害。傅友德与朱元璋是老乡，都是安徽人，所以就有迁江南上江之军驻绥德卫屯田戍边的事情，上江就指安徽一带。洪武九年，元蒙军残部进攻延绥，被傅友德率军打退，元军统帅伯颜帖木儿被活捉。傅友德的重孙傅贵，于正统三年调任绥德卫指挥佥事（正四品），到绥德卫巡检司（今属子洲县）安了家。傅贵的儿子傅瑛承祖荫，先任绥德卫巡检司的巡检，后任三兔鹃、土门、麻叶河等寨把总，每战身先士卒，曾擒敌酋歪剌歹、阿力台、孙孙帖木儿等，成化八年守备定边营，主动出击塞外红盐池，俘获甚众。因战功卓著升为陕西都司都指挥使，进阶骠骑将军。长子傅钊，于成化九年荫父职，任榆林、威武、清水三堡把总，在解除山西大同围困中立功，升为都指挥同知。弘治十三年为宁夏镇（治所在今银川）副总兵。三子傅铎，嘉靖元年升为宁夏镇副总兵，后升宣府镇总兵，进阶镇朔将军。幼子傅钟，初为绥德卫指挥，嘉靖十八年任宁夏游击将军，进阶都指挥佥事，统兵三千，驻守盐池一带。现存于子洲县文管所的《明故骠骑将军傅瑛墓志铭》对记录了傅瑛一族英勇守边的事迹。

安国也是绥德卫历史上的一位重要人物。明代全国共出武状元50多名，其中就有绥德卫的安国同知。安国少年时为儒生，以精通春秋子史闻名乡里。后袭世职，为绥德卫指挥佥事。正德三年（1508），中武状元。当时，武宗沉溺酒色，朝政由宦官刘瑾等人把持。安国等60名武进士拟赴任时，刘瑾公然派人来索贿。遭到安国等人的拒绝，于是安国被遣宁夏，编入行伍。刘瑾被诛后安国开始被任用，先后镇守大同镇、延绥镇，后升任宁夏镇总兵官，就在安国由延绥镇赴任宁夏任职时，蒙古小王子率众侵犯山西，一路烧杀掠抢，安国与游击将军杭雄率部驰援，致其溃退。但功劳却被武宗所遣的宦官张忠、都督刘晖冒取。安国遂上书力辞赴任，并请叙录重赏有功者。兵部尚书王琼见疏，知赏罚不当，奏武宗再叙安国功，才升为都督同知。安国镇守宁夏四年，累败鞑靼，保卫了边疆，后死于任上。和安国一起战斗的杭雄也是绥德卫人，袭职总旗，东杀西战，屡立战功。正德十一年，武宗"出巡"西北，杭雄经江彬保荐随从，大得武宗赏识，至大同，拜为大同镇总兵官。杭雄敢战善战，与大将马永、周尚文等人齐名，并称西北名将。

谁也不会想到为安国说情的兵部尚书王琼后来也来绥德卫了，不过他可不是来视察工作的，而是因为和时任内阁首辅杨廷和政见不一，差一点丢了性命，时年六十三岁的他摘下乌纱帽被发配绥德戍边充军。王琼辅佐过成化、弘治、正德和嘉靖四位皇帝，曾任少师兼太子太师，历史上把他和于谦、张居正称为明代三重臣。他于嘉靖元年五月抵绥，后来长居绥德月儿台旁的晋溪洞，一住就是六年，直到嘉靖六年诏令"恩准"王琼还籍为民，王琼才离开绥德，回到了家乡太原。嘉靖七年二月，西北边事告急，70岁的王琼又驰骋边疆4年，平息了西北等地的叛乱。现晋溪洞内外石壁上残存题刻13处，题刻中有诗20余首，都与王琼有关，是绥德难得留下的一笔文化财富，对研究诗歌、书法、石刻、石窟具有重要历史价值。

　　前面说到"出巡"西北的武宗皇帝于正德十三年来到绥德，这也是正史记载中唯一来过绥德的皇帝。《明史·武宗本纪》记载了武宗的旅行路线图："冬十月戊辰渡河，己卯次榆林。十一月庚子调西官厅及四卫营兵赴宣大，壬子次绥德，幸总兵戴钦第。十二月渡河幸石州，戊子次太原。"武宗皇帝到了绥德后纳了时任延绥总兵都督佥事戴钦的女儿为妃，并在天宁寺驻跸。大概因为喜欢天宁寺的建筑，在绥德游览之后他赐给天宁寺佛教典籍，想那时，天宁寺旌旗招展，华盖翩翩，人头攒动，气势恢宏，那是天宁寺的高光时刻。喧天的鼓乐离去后，天宁寺只剩下清闲的木鱼声，继续着平常的岁月。

　　光绪版《绥德州志》记载了傅贵、马兴、吴信等55位卫指挥的名字，以及部分千户、百户的名字。这些名字在明代保存下来的一些碑石中偶有发现。

　　绥德三十寨村青阳寺明成化二十三年（1487年）的《青阳寨新建佛殿记》中出现绥德卫指挥窦瑰、蔡深、吴江三人的名字，还有千户罗信、周林、高升、武胜、纪振、李淮、陈渡、张纲、王相、姚钦、李伏、胡正、曹安以及百户茆升、鲍成的名字。

　　绥德卫指挥安九鼎的名字在绥德兵操寺万历四十五年的《重修兴善寺碑记》中出现，安九鼎后面紧跟的是绥德卫百户马光先的名字。

　　绥德卫管屯指挥马瑞图的名字在今子洲南丰寨明崇祯十年（1637）的碑刻《重修南丰寨祖师殿叙》中出现，同时出现的还有多位绥德卫的官员：南丰寨千总绥德卫后所百户乔光荣、绥德卫掌印指挥使钟万禄、绥德卫镇抚千户钊毓英、绥德卫左所千户钱国瑞、绥德卫巡捕指挥孙贵、绥德卫防守指挥郑复文。

　　米脂县城北的万佛洞一方题记中有"郊西都司绥德卫中所百户李盛"的记载。

　　陕北民间的记忆多从明代开始，村庄的形成、庙宇的兴建、族谱的修立大部分始于明朝。考现在榆林人的祖籍，多称先祖是明朝从大槐树或山西枸杞子畔迁来，还有一部分人称他们是明代从江南来绥德戍守屯田的军籍后人。你从山西来，属民户；他从江南来，隶军籍。远离故土来到人生面不熟的异地，要克服水土差异的问题，要解决语言交流的困难，匆忙而至，来日方长，他们在阳光下守家园，在月色中荷锄归，张姓或李姓没什么区别，慢慢成为乡里乡亲，进而发展为亲戚，繁衍生息，有的姓氏发展壮大，瓜瓞绵延，从一家人发展为一个村，子嗣分支若蒲公英一般又四处迁移，生存于陕北乃至西北诸县的许多个村中，成为这一片土地的主人，成为陕北文化的建设者和传承人。也有部分姓氏不知所终，但保留的村名或各种碑石中依然记载着他们生存过的痕迹。

　　多少往事随风去，唯有青山依旧在。

　　麟州故城位于神木市店塔镇杨城村西北的杨城山上，杨家城从唐开元十二年至明代正统八年，历时719年，距今已有千年的历史。《唐书·地理志》记载："开元十二年(724)，分胜州连谷、银城二县，置麟州。"唐、宋、元屡有改置。明洪武六年(1373)废县为神木堡；洪武十四年(1381)复置县，属葭州。其间，麟州城时有增损兴废。正统八年(1443)，神木县移至今址，麟州故城遂告废弃。

　　麟州故城依山形地势建造，城垣大致齐全，形状基本完整。城周长约5000米。城堡位于窟野河东岸的台塬上，当地称为杨城山，是一面积为千余亩的土塬。西濒窟野河，北临草地沟，东连桃峁梁，南接麻堰沟。故城遗址平面形状为不规则形，南北长1000余米，东西宽3000米左右。根据2007年神木县地测站的测量结果，故城遗址的总面积为69.3公顷。目前城堡地面残存的历史遗存主要有夯土墙垣和房屋基址等；整个故城分为东城、紫锦城、北城、西城四个相互联系，又相对独立的部分。现存城垣大部为夯土筑造，由主垣及两边护坡组成，局部以石片、石块垒砌。现存有北、东、南三座城门，并有三座瓮城、三处马面和四处角楼遗迹。

　　2006年，麟州故城被公布为第六批全国重点文物保护单位。

神木营——麟州故城（杨家城）

折桂令·麟州故城

古麟州，窟野东流。日暮山川，新雨才收。还忆当年，杨门勇将，忠烈千秋。于故地，临风拭剑，抗御金，壮志先酬。无数风流，纵越千年，此意难休。

◎ 杨家城上大风烈 作者：北 城

　　榆林长城三十六营堡之一：神木营——麟州故城（杨家城），可以说是因杨家将的世代驻守，而在三十六营堡中影响最为深远。

　　翻资料所知：麟州故城位于神木市店塔镇杨城村西北的杨城山上。杨家城从唐开元十二年至明代正统八年，历时719年，距今已有千年的历史。《唐书·地理志》记载："开元十二年（724），分胜州连谷、银城二县，置麟州。"唐、宋、元屡有改置。明洪武六年（1373）废县为神木堡；洪武十四年（1381）复置县，属葭州。其间，麟州城时有增损兴废。正统八年（1443），神木县移至今址，麟州故城遂告颓废。

　　麟州故城依山形地势建造，城垣大致齐全，形状基本完整。城周长约5000米。城堡位于窟野河东岸的台塬上，当地称为杨城山，是一面积为千余亩的土塬。西濒窟野河，北临草地沟，东连桃峁梁，南接麻堰沟。故城遗址平面形状为不规则形，南北长1000余米、东西宽3000米左右。根据2007年神木县地测站的测量结果，故城遗址的总面积为69.3公顷。目前城堡地面残存的历史遗存主要有夯土垣和房屋基址等；整个故城分为东城、内城、西城三个相互联系、又相对独立的部分。现存城垣大部分为夯土筑造，由主垣及两边护坡组成，局部以石片、石块垒砌。现存有北、东、南三座城门，并有三座瓮城、三处马面和四处角楼遗迹。

　　2006年，麟州故城被公布为第六批全国重点文物保护单位。

　　这是一座英雄的营堡。

抵达杨家城的路原初就只一条，几乎是从山底直直而上。黄土硬得有些泛白，像俯身而拾的人或牲畜的白骨。那俯身而拾的，我们已无从辨清哪是来自英雄、哪是来自敌寇的身躯，以及是哪匹战马的腿骨？光阴早已混淆了他们之间的区别。当进入城址内，才会有躁动的黄尘不时被脚带起，如置身古代的风烟之中。

　　杨家城便盘踞在这高高的山峁之上。说是山峁，其实完全是莽莽苍岭，尤其城西更是一面高耸的悬崖绝壁，下临奔涌的窟野河水，滚滚而去，不作停留。古人把家园筑在高山上，是为了更好地抵御山下蛮敌的入侵。我们看到的是，英雄与顽敌一样被死神所掠走。如今大地久已恢复静寂，几座遥相呼应的长城土墩台，穿过盛大的城池，像猛兽般静静地伏在山脊之间，那样忠诚和勇敢，在白昼更替之间，寸步不离地守护着杨家的忠魂。

　　守护杨家忠魂的，还有城东那株少年杨业亲手植下的五指柏。舞枪弄棒的少年，雄心报国的少年，把根留在故里后，便战袍加身、南北而去，留下青柏日夜瞩望着英雄的归期。至今，它仍郁郁葱葱地活在英雄的荣光里，虽历经千年风雨，却亭亭华盖，纵横肆生，铁一般的枝干，完全不会让你有"廉颇老矣，尚能饭否"的叹息和质疑，粗糙的裂痕，呈现着一种力的造型。它似已化身为青丝的将军，凛凛风骨，飒爽英姿，守护着他的城和人民。真乃"神木"也。

　　除了杨业柏，据传城东南外还有三棵巨松，所以"杨家城"在被唤为"杨家城"之前，是叫麟州新秦县，以及金代神木寨，元代神木县，盖因神松而命名。现在我们已经无从看到神松的确切位置和风姿了，但在王维的诗篇《新秦郡松树歌》里，似可获得昔日一番地理丰美的胜景："青青山上松，数里不见今更逢。不见君，心相忆，此心向君，君应识。为君颜色高且闲，亭亭迥出浮云间。"在辽阔与浮云之间，唯有满山的松涛，像上苍布下的威武之师；像一门忠烈的杨家将，曾守护着这里的黎明与黄昏。欲寻神木识根由——如今神松已无从觅得，但它像高洁的精神存留在诗篇里，在神木人的骨骼和血液里，代代传承，它的根脉已经把每一个神木人紧紧地牵连在了一起，这种韧力深植在人们的意识和灵魂中，并滋生出新的根系和枝丫，这也许就是"神木精神"经久不息的源脉所在吧。

　　我们已经习惯上称它为"杨家城"，称它为"杨家将故里"了，而很少再唤它从前的名字，就像母亲一直唤着孩儿的乳名。这座诞生英雄家族的城，提起来让人唏嘘。在确凿的史实里，以及在代代相传的故事和戏剧中，上至老英雄杨宏信，下至杨家众女将，一曲浩歌响彻天地间。尤其杨家将的灵魂人物杨业，骁勇善战，号为"杨无敌"。他在雁门关以数千骑兵马大败契丹，直令顽敌望风而遁。但在陈家谷之战中，被奸人算计，其子延玉战死，自己就地被擒，他誓不降辽，绝食而死。好马最怕失前蹄，好汉难躲暗箭伤。一代英烈，随风而去——永不消逝的是他的大爱和忠勇，一再诠释着"杨家将精神"之要义。而杨家城，不再仅仅是一座以姓氏称呼的古城，而是英雄的代名词，我们通过实物考证并想象他们的音容笑貌，领受他们的人生教诲，我们通过这座城来认识英雄，亲近英雄，敬拜英雄，让浩然正气穿过单薄的身躯，滋养我们的精神和灵魂。这便是英雄之于我们的意义。

经过千年的风雨侵袭，城墙已经很不完整了，一段一段颓塌成黄土堆，讲述着血刃相见的过往。曾经铜墙铁壁，"蚊子都飞不过去"，如今毫不费力便跨过去了。它已经成为定格的历史，成为一段"壮歌"般的遗址，任人凭吊，与先人在静默中交流。大块厚实的城砖曾经拒挡了顽寇铁骑的入侵，几时却被村民揭去砌了房屋。那城砖曾经溅了斑斑血迹，却也敌不过阳光的暴晒，雨水的冲刷，敌不过墨绿的青苔爬满它的通身，稠稠的，还原了大地墨绿的本色。

　　就见那凹凸不平、坚硬滚圆、令顽敌闻风丧胆的礌石，棱角还在，一些角还如锋利的刀刃，但一大块一大块被村民与其他石片一起垒了院墙。它们已经完成了历史的使命，安静地伏在大地的一隅，不再那么剑拔弩张，不再那么轰然作响，就像回到它本来的用途与位置上。在平坦的城池里，如今耕种着大片油绿葳蕤、星罗棋布的庄稼。有三五农人不慌不忙地除草务苗，打理着自己的田禾。他们不再忧虑将军的忧虑，战马也不再会一阵飓风地踩踏他们的谷苗。偶有瓷片铜钱被犁铧翻出地面，在阳光下熠熠生辉，见证着先人的战争故事。

　　杨家城究竟大大小小发生过多少次战争？已经无从考证，但可以肯定曾被无数次入侵，无数次，顽寇又大败而遁。这座"抗击契丹、西夏的边防要塞"，在历史中扮演了重要的角色。北宋著名诗人范仲淹在巡边时曾写下千古名作《寄调渔家傲》："塞下秋来风景异，衡阳雁去无留意。四面边声连角起，千嶂里，长烟落日孤城闭。浊酒一杯家万里，燕然未勒归无计，羌管悠悠霜满地。人不寐，将军白发征夫泪。"那孤城紧闭的门早已消失，风在那破不成形的门洞来去自如；那白发的将军，如今已沉寂地底；顽敌的一次次攻城也早已偃旗息鼓，胜者和败者一起离开了他们拿命相抵的城堡。春天的熙光又一次照到杨家城，青草和庄稼又一次覆盖在他们的血泪与身躯之上，多像古波斯海亚姆诗中吟到的那样："我看到一只鸟儿落到图斯城垣，凯卡乌斯的头骨就放在它脚前。鸟儿对着头骨说：遗憾啊，遗憾，再也听不到铃响，再也听不到鼓乐喧天。"

如今重见天日的刺史府，也只有厚厚的顽石地板了。从地基的形貌中，我们大致想象着它曾经的庄严和神圣。人们往往花费很大精力来建造自己的宫殿，但最不经时间之洪荒的，恰恰就是这些大大小小的房屋，大地从来就不是静止不动的，以及在人们的掠夺中，那些形式各异的建筑，总是和他们的主人一样在大地上消失，留下后人站在他们站过的位置上空叹惆怅，然后也像他们一样悄然离开这个世界，不能把欢情笑语存留于生命之中，没有把亲手建筑的房屋带到世界的另一个地方。但是杨家将忠勇的精神、高尚的人格却被人们代代铭记，不会随风而散，人类也因而在这永不磨灭的精神的感召和指引下，继续前行。

在杨家城最高点，城址中部的紫锦城，残存一段夯筑城墙，传言为红楼所在地。宋代名臣文彦博便曾写下《忆红楼》的诗章："昔年持斧按边州，闲上高城久驻留。曾见兵锋逾白草，偶题诗句在红楼。控弦挽粟成陈事，缓带投壶忆旧游。狂斐更烦金石刻，腼颜多谢镇西侯。"可以想象"曾见兵锋逾白草"的红楼朱木飞檐，独领风骚，在这城池中竟如何观敌情于眼底，提诗句于墙壁。但壮观的红楼是如何消失于历史的烟尘中呢？最有可能的是战争。战争啊战争，创世之初，人们曾联手赶走了迅猛的野兽，从山林走向平原，曾几时，人却把罪恶的手掌伸向同胞兄弟，毁灭自己的家园。人类的一多半文明毁于自己之手，而非毁于狮豹野兽。一些人建造，另一些人毁灭。古希腊索福克勒斯有言："不幸的人啊，彼此动手，造成了共同的命运。"

风总是在高处与我们牵手欢言，它使万物清明，使人类清醒，它在杨家城更刮得充满了劲道和力度，很有几分豪气和侠气，直通通吹向我们的胸膛，呼啦啦吹得"杨"字帅旗凛凛作响。那旗子作响的地方，是城址的西面，背靠绝壁，坐落着一座将军祠。据传，在唐代以前，杨家城的山头上有座神庙，供奉着北方神。宋夏对立时，老百姓认为，夏人千军万马多次攻打，但始终没有破过州城，就是因为山上有神灵保佑。出于对杨家将的景仰，后人在此庙址上，修筑了将军祠。殿内奉供着金衣绶带的三尊雕像，居中为麟州刺史杨弘信，左右两个儿子各为杨业和杨重勋。东西墙壁上再现了多幅杨家将生活、战斗的壁画。当人们站在英雄和他们的事迹面前，静默往往让人们获得失去已久的元气和力量。将军祠成为杨家城内瞻仰杨家将的一处神圣之所。人们在大地上修筑殿宇，便是为了不去遗忘。过去是未来的镜子，我们用它照出自己灵魂的污点。人们怀想着他们的好，当是对今日安乐生活的珍惜；人们祭拜英雄家族，受其教谕，并把这种教谕一代一代传之下去。

英雄是我们的过往和将来。

每个人都是别人命运的一部分，每个人都是他人的影子。

古波斯海亚姆吟到："你我出生之前日夜已穿梭轮替，苍穹本就在悠悠运转不息。当心，你的脚步要轻轻踏下，或许美人明眸就在那片地底。"

而美国特丽·威廉斯说："记忆是唯一的回归之路。"

哦，杨家将！戏剧《百岁挂帅》中，白发苍苍的佘太君声泪俱下地唱到："可怜我三代伤亡尽，单留宗保一条根。到如今宗保边关又丧命，才落得，老老少少，冷冷清

清，孤寡一门，我也未曾灰心！杨家报仇我报不尽，哪一阵不为江山，不为黎民！"

在这一唱三叹、寸断肝肠的戏词里，不禁让人为杨家捧一把锥心之泪，点点滴滴，抛洒在杨家城干烈的土地之上。

　　东山旧城位于神木县城东约1.5公里的龙凤山上。元世祖至元十八年（1281），神木县主簿王瑄将县城从麟州故城（杨家城）迁于东山旧城，此处原为宋代修筑的建宁寨，又称为云州城。明正统五年（1440）又迁回杨家城，正统八年再移至川口，即今神木县城所在地。此后，位于东山上的旧城被废弃。

　　城平面呈不规则三角形，城垣周长1094米，占地面积4.36万平方米。《神木县志》（清道光二十一年版）记载：城有东、南、北三个城门，因城破坏严重，除东城门外，其他已无法确定。城内古建筑均已不存。现残存夯土城垣，底宽7～10米，顶残宽0.5～3.8米，残高1～8米。墙体用黄沙土和红胶土混合夯打，每层沙土含量不匀，夯层层次明显，土质较疏松，土色显黄或红黄色，夯层厚0.12～0.15米，夯土内夹杂石片、料礓石等。城西部岩石沟东畔上现存一处民国时期修建的庙宇，面阔三间，石砌基础，砖砌屋顶，硬山式，庙内残留壁画。院内有清道光三十年残碑一块，额题"永垂不朽"四字。

　　2017年，明长城——神木营遗址被公布为陕西省文物保护单位。

神木营——东山旧城

渔家傲·东山旧城

龙凤山上知春早，东风一夜尽芳草，
空谷高垣花自老。流光好，忽来暮雨惊飞鸟。
窟野潺潺声杳杳，小城年深浮踪少，
昔日悲欢皆忘了。寻古峤，云州山水何微渺。

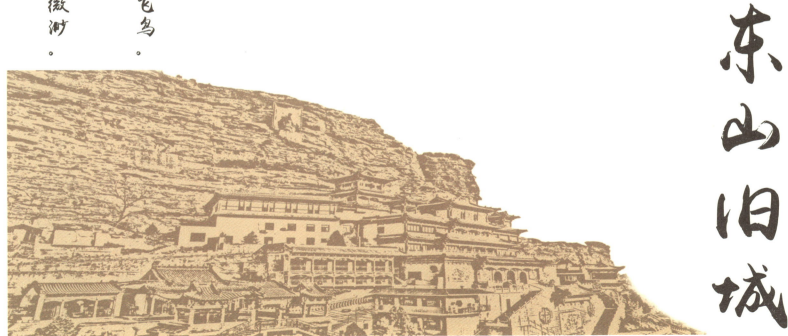

◎ 神木营堡之东山旧城

作者：项粉霞

　　东山旧城是明长城延绥镇"三十六堡"之一，位于神木县城东约1.5公里的龙凤山上，因层峦叠嶂，岭脉逶迤九重，游走如龙，故又称九龙山。元至元十八年（1281），神木县主簿王瑄将县城从杨家城迁于东山旧城，明正统五年（1440）又迁回杨家城，正统八年再移至川口，即今神木县城所在地。此后，作为神木城"前身"的东山旧城被废弃。随之作为一种信仰和旅游的场所出现在神木百姓的视野中。

　　碑文记载，东山庙群在明万历年间已初具规模，后经多次修葺、扩建，清代至民国为鼎盛时期。中华人民共和国成立前东山庙群部分庙宇毁于战火，部分石窟用于储存弹药。20世纪80～90年代财神庙闲置。20世纪90年代开始，东山在民间资本和政府大力支持下进行了全方位的修葺与扩建，规模日益壮大。目前，东山既是榆林市市级文物保护单位，同时也是融佛儒道为一体的旅游景点，在吸引外来游客的同时，每年正月初八的朝山已经成为当地百姓的一项传统活动。人们在这里虔诚祈祷，保佑家人平安，健康喜乐。

东山庙群整体建筑依雄踞险、虎踞龙盘，既有宏伟磅礴之势，又有绝壁悬崖临空欲坠之险。从山左看似卧地欲起、引颈长鸣的骆驼，从山右看像天外游龙饮水后舞动于塞外的酣畅淋漓。龙头处恰有两个石孔像一双眼睛，每当旭日东升，阳光便透过石孔直直地照射着城头，一如龙眼放光，景象壮观，美其名曰"龙眼透日"。《读史方舆纪要》记载："香炉山，以形如鼎峙也。"每当月圆之夜，暮色四合地将整山围拢，一轮明月从香炉山后升起，遥望似见香烟缭绕，故又有"香炉伴月"之美称。其庙殿亭廊雕梁画栋、飞檐脊兽和石窟造像以及大量的雕塑绘画碑碣的精工细做均有较高的艺术、人文、宗教价值。

东山巍峨不凡，共有九条支脉，龙首雄踞于每条支脉的末端，应了民间的"一山五洞九条龙"。主体建筑古朴肃穆，以宗教建筑为主，大多分布在香炉山、龙眼山的山腰和山顶处，南北长达3公里，分别有万佛洞、吕祖洞、七佛洞、张仙庙、鲁班庙、祖师庙等儒、佛、道三教建筑达二十多处，特色鲜明，错落有致。

山南有一横岭，高峰矗立，昂首奋勇，前文所提及的龙眼透日，即为该处的得意之作。山北是一座独峰，似一株巨大的蘑菇，顶部大，主体细，十分奇特。观其状，大有一触即倾之势，奇险异常，然而它却顶天立地，稳稳站了数千年。有人说它更像鸣叫的凤凰头部，故又称其为凤头山。传说，明武宗途经此处，远远望去，观其形似一只吞云吐雾的香炉，于是赐名香炉山。

佛家洞窟有很多，以万佛洞为最。它以得天独厚的佛教文化氛围，悠久旷远的历史和天然美观的石窟洞府闻名遐迩。洞内古朴壮观，窟中有大石凿成两柱，直达窟顶，柱上部彩绘佛像，正面三佛像背靠图案精美，左右壁有残存壁画数余幅。热烈激昂的壁画故事陪衬烘托出的，恰恰是异常宁静的塑像——秀骨清像、长脸细颈、衣褶繁复而飘动，那种神情奕奕，飘逸自得，似乎去尽人间烟火气的风度，将人们对希望、美好、理想集中地寄托在它身上。万佛洞内藻井多以八卦为中心，环以丹凤朝阳、二龙戏珠等多层装饰。厅内下设圆柱，斗拱檐椽，结构精巧。额枋及花板上，雕铸流云等装饰图案，线条柔和流畅，图案清秀美丽。殿基以花岗石砌成，周围绕石雕栏杆，庄严肃穆，美观大方。将儒家的含蓄内敛、佛家的包罗万象体现得淋漓尽致。

　　出万佛洞，沿着石阶向上，便是财神庙。该庙始建于明末清初，位于凤头山山崖间。因地处蒙汉交界之处，当时边关贸易发达，商贾云集，来往商人为求生意通顺，广捐布施，财神庙曾盛极一时。后因战争，几近毁弃。经后人努力，于2000年动工重修，如今已初具规模，至今仍有农历九月十七的酬神庙会。

　　吕祖洞位于财神庙之后，背倚天然洞穴，环境清幽。具体开凿年代不详，于明万历年重修时，已经过数百年的沧桑历程。吕祖洞内有主殿和南北侧殿，主殿供奉着八仙之一的吕洞宾，南北侧殿分别供奉着道家祖师和圣母娘娘。从山下往上看，只见吕祖全身金碧辉煌，在光线的照射下，仿佛披着万朵霞光，正俯瞰着麟州大地。

　　祖师庙是道教典型，位于东山南侧。其殿内供奉铜铸鎏金的真武大帝，着袍衬铠，披发跣足，丰姿魁伟，面容慈祥。周公和桃花娘娘侍立左右，拘谨恭顺，娴雅俊逸；其下将领，擎旗捧剑，列立两厢，勇猛威严；神案下置"龟蛇二将"，蛇绕龟腹，生动传神。殿内神案及案上供器，均为铜铸鎏金之品。殿体建筑结构严谨，虽经百余年岁月侵袭，仍恢宏如初。真武大帝声势显赫，民间信仰最为普遍的时期是明代。据说，朱棣在发动靖难之役时曾得真武神君相助，在他夺权成功之后，特别加封了真武，于是大兴土木，增建道教建筑群。东山祖师庙借其风，也在明万历年间修葺一新。教本多家，道源一宗。神木东山道教文化，秉承传统道教师法自然，教化一方百姓。"道生一，一生二，二生三，三生万物"，对华夏文明包括神木东山的道教文化也产生过极大的影响。

　　欲穷千里目，更上一层楼。麟宝塔位于祖师庙后十余米，共有13层，高58.8米，由神木籍建筑师王文艺先生设计，气势恢宏。登塔四观，每一层每一处景观各异，麟州大地之景尽收眼底。如果将神木比作一艘扬帆起航的巨轮，那么麟宝塔无疑是镇定万千骇浪的一柱桅杆，为神木的持续繁荣发展保驾护航。

　　东山的人文特色不仅表现在古有的庙宇洞窟上，还有近几年新修的许多建筑，像麟宝塔、观景亭等也独具当地人文特色。散布于麟宝塔内的各类书法碑刻，也是吸引朝山香客驻足凝神并赞叹流连的重要观赏内容。"道尊德重，佛敬善从""翠竹黄花皆佛性，清池皓月照禅心""野鹤知琴味，山峰识酒香"……有人说，登麟宝塔，可转运得福。登麟宝塔而四观，遂见一座座观景亭远近不同地分布在东山四周。环绕在东山周围的28座观景亭，庄重典雅，以二十八星宿为蓝本，与饱经岁月沧桑的亭台洞府浑然一体，融合自然美的同时，尽显其人文魅力。

　　"知者乐水，仁者乐山。"在中国传统文化的价值体系中，山水是信仰和智慧的象征，是情怀的寄托一花一草、一松一石、一丘一壑，因为先人和往事的缘故都沾染了灵动之气；沿着东山，向上攀爬，漫山遍野就写满了四个字——人文精神。

　　站在东山之巅把酒临风，"仰观宇宙之大，俯察品类之盛"实乃人生之快事也。

　　青山不老，云海滔滔。东山怀抱宁静致远，静观风雨。愿巍巍九龙山水永辉，麟州大地文化之树常青。

　　神木营处于窟野河东岸二级阶地上，西有笔架山，东有龙凤山，二山险峻，巍然对峙，自成屏障。窟野河从笔架山底顺城流过，城周环境优美。明正统年间，"御史王翱查边，奏县寨居山顶不便，宜移至平川"。正统八年（1443），神木县城由杨家城迁至东山旧城下的窟野河川口。《延绥镇志》载："周围凡五里零七十步，楼铺三十三座。"成化四年（1468），巡抚余子俊增修瓮城、门楼四座。

　　城平面呈长方形，南北长680米、东西宽710米、周长2780米，占地面积48.28万平方米。神木营建造规整，四角原均有角楼，城堡设四座城门。神木城中心于明隆庆六年（1567）建凯歌楼，经维修现保存完整，为陕西省文物保护单位。城内以凯歌楼为中心，向南、北有主要街道南大街、北大街，向东、西有东大街、西大街。南北街今天依然为古城内最繁华地段，街两侧保留部分店铺等古建筑。城内有明清四合院几十处，以白家大院最为完整。神木城因其独特的历史文化底蕴于1993年被列为陕西省历史文化名城。

神木营——神木县城

山花子·神木城

龙凤西峡笔架东，大河川口筑高城。

相峙双峰成屏翰，势峥嵘。

墩堠千迁烽埠远，四门楼铺列如丝。

百代春秋多旧迹，史书青。

◎ 长城脚下的神木老城　作者：单振国

　　沿着蜿蜒曲折的万里长城一路向西北而行，跨黄河、越神府、飞陇东。历数其脚下的古城要塞，神木当是其连接塞北内外的重要关隘之一。神木境内有秦、明长城125里，烽火台186座，点缀于苍莽的黄土群山之上。神木古称麟州，素为边关要塞，守土前哨，是长城脚下著名的古战场。千年神木，广出武将，英雄事迹层出不穷，忠勇精神代代相传。北宋抗辽名将——"杨家将"的领军人物杨业即诞生于此。

　　今天，神木已成为享誉世界的煤炭能源新城。但当我们走进日渐消逝的神木老城，从城内仅存的凯歌楼、四合院和古巷道中，依然能够读出神木历史的深度与广度，了解这片地域的沧桑与烽烟，感受她曾经的文明与灿烂。这里的一城一垣、一砖一瓦，依然影印着边塞文明的记忆；这里的历史狼烟、岁月烽火，依然烙印在她临旁傲然挺立的长城古墩上；这里的诗文典籍、民间故事，依然讲述着她传奇多彩的前世今生。

神木老城居于长城脚下、窟野河畔，正统八年由东山顶迁筑于川口滩地。老城开始只是垒土筑城，周围5华里多。成化八年即公元1472年，巡抚余子俊增修瓮城，后几经加修，老城成了一座以砖相砌，四周围合，有角楼和哨所、东西南北城门各加瓮城的小县邑。老城区大体呈方形，主要街道类似"田"字布局。城内南北大街一条，长650米，直通南北城门。中有凯歌楼一座，俗称"大楼洞"。南北各对鼓楼、钟楼，街宽一般在8米左右。东西大街穿凯歌楼而过，直通东西城门，为另一条主街。城内原有玉帝庙、城隍庙等，现均废弃，老城墙也几近全无，只有西南边还有零星的断壁残垣。目前，神木老城内保存比较完好的是凯歌楼和几处四合院。当然更宽泛地说，神木老城应该涵盖西一里地的二郎山和东一里地的九龙山。这两座奇崛挺拔的石山紧紧依偎在老城东西两旁，集聚着神木广大的寺庙群和无数祖坟，是神木人民历代朝圣的宗教基地和精神家园，是神木文化与文明的亲历与发源地。她同神木老城一荣俱荣、一损俱损，互为依存，像是抚慰老城沧桑沿革的双臂，把神木安然而温暖地拥在她的怀中。在两山上，有多座长城烽火台，遥相呼应。窟野河川也有两个，现已跻身民居之中，虽为新筑，然沉寂如孤寡老人。

凯歌楼，居于神木老城中心，为东西南北四大老街的十字通洞，俗称"大楼"或"钟楼"，民间又称"大楼洞"。据神木《道光县志》记载：明穆宗隆庆元年，即公元1567年，蒙古部落道领吉能进犯榆林城，榆林副总兵黄渲率部迎敌，大败芹河，黄渲亦殒命阵前。消息传至榆府，一城震恐，鸡犬不安，急调神木参将高天吉，星夜往援，救民于兵燹。当时正值窟野河泛洪涨水，天吉将军祈祷水神，水势随跌。兵士振奋，勇气陡增，安然泅渡，一战全胜而凯旋。为庆祝此次胜利，兼报神恩，随修此楼，上奉"天地水"三官神位，取名"凯歌楼"。其楼成三层古楼建筑，底部为巨砖砌制正棱台基座，四边石雕围栏，东西边各建厢房三间，中筑两层木制阁楼，围长80米，通高12.55米，新中国成立前为全城最高建筑。临其楼下，仰观外像，飞角翘檐，雕梁画栋，古朴典雅，气宇不凡；上看内景，宫殿设计，精雕细凿，技艺绝伦，美轮美奂，全城无二。登顶而观，城中四周屋脊盈目，街衢尽数，麟城一览无余。放眼眺望，东西两山庙群煊赫，云蒸霞蔚，窟野蜿蜒南流。楼内大梁擎巨钟一口，警时钟声震撼，满城皆闻；重檐四角挑风铃数盏，平日铃语呢喃，民心安泰。一日之内，晨辉沐楼顶而报晓，晚霞照侧壁以迎夜；四时之间，盛夏紫燕盘桓，隆冬寒鸟啼号。登斯楼也，则可体会到塞上大漠心旷神远之情韵，又可感受到今天这边关重镇日新月异的变迁。

神木老城凯歌楼历时四百余年，栉风沐雨，观瞻世象，目睹沧桑，几经劫难。其中清同治七年，即1868年，回汉民族纷争，回军破城入侵，登楼放火，凯歌楼重受疮痍，末年民众捐款复修，增其旧制，更胜于前。2001年，神木人民政府出巨资，彻底翻修了凯歌楼，留存原貌，增添新气，可载典志，传扬后世。凯歌楼不仅是现在代表神木老城的唯一一大建筑象征，而且也是神木几百年来历史沿革、岁月沉浮的见证，它承载着神木数代人的感情积淀和生存记忆，不失为一部无言的地方志。

神木老城的四合院，大约起建于明末清初，距今已有三百多年历史。四合院非神木原创，而是临摹了老北京建筑构架。传说清初山西人孙家涣居京为官，经常忧虑远在神木，对他有哺育之大恩的姑母居住问题，遂奏请皇上准许神木建造京式民居。皇上恩准，这才使得京式四合院在神木落了户。传说的真伪已无法考证，但神木的四合院吸收了京式四合院的优点却是事实；其在建筑时又结合了神木的环境、气候和本地人的生活习惯、审美情趣，虽没有皇城四合院的堂皇和气派，但也气势不凡、甚为讲究。

神木四合院着眼一个"住"字，特别实用。从趋势上看，神木四合院一般高出巷道数尺，主房又高出院子尺许。这样趋势有三个好处：一是能保持室内干燥，既居住舒适又能延长房屋寿命。因为房屋的建筑材料主要是木材，隔墙又多是土坯，最忌潮湿；二是采光好；三是排水畅。从结构上看，一般以三间为一个单元，两间通连，客厅兼卧室，一间为套间，卧室厨房合而为一。卧室都盘火炕且都在阳面，这在寒冷的北方是非常适用的，其结构使空间的利用非常合理充分。从色彩上看，神木地处毛乌素沙漠的边缘，春秋两季风大尘多，再加之神木盛产煤，取暖煮饭皆用之，污染比较严重，所以为了适应这种环境，房屋的颜色多选取灰蓝色。灰蓝色的瓦、灰蓝色的墙，灰蓝色的地，颜色深又耐污染。

神木四合院多是独院，方正闭合，和谐对称，正房高大。一般为单数开间偏房（东西厢房），以三比五或七比九的间数与正房相配，尽量求得院面方正。院子一般不设花圃等，一色清砖墁地，清爽开阔。四合院的大门最为讲究，拔地高，又有高高的门槛，虽然给行走带来不便，但却能显示主人的身份和地位，示人以高门大户，这也是一种门第观念的表现。大门大多设在四角，并有两重门，与巷道相连的称大门，大而气派；与院落相连的称二门，小而简单。两门呈拐角转接，避免了大门直冲院落。四合院积水的流向也非常讲究，或者在大门的侧旁，或者在某个角落流出院子，最忌水从大门下流出，意为风水不能从门中流出。神木四合院非常讲究装饰，这些装饰主要是木雕、砖雕和瓦饰。砖雕主要是影壁，影壁的位置在大门内的正对面，上有飞檐遮雨、裹脊兽饰、斗拱平栏等装饰，四周又有万字、花卉、云纹等砖雕镶边，正中才是主雕。图案有"三星高照""天官赐福""周子爱莲""八仙庆寿""二龙戏珠"等，这种砖雕属于精的一类；还有一类则是在飞檐斗拱的下边摊一个正方的凹面，凹面上雕一道苍劲饱满的"福"字，这种砖雕则属于较粗的一类。神木的四合院凝结了神木人的智慧，渗透着神木人的审美情趣，有较高的实用价值、艺术价值和文化价值。现在神木老城比较完整的四合院已不多，八贡巷的白家大院、李家大院，北十字西街的张家大院应该是其中还保存比较完好的，这些大院都已得到政府的重视。

历史上的神木，地处北塞，穷乡僻壤，城堞矮小，邑民不多；加之伫立长城脚下，承担着抗击外侵、守护边关、互市交流之重任，故常常烽烟不断、兵燹四起，属多难之地、灾荒之处。但贫瘠并没有消损其神奇与壮美，战火并没有烧灭其厚重与繁衍。在这块土地上，历代文人都留下了一篇又一篇精美誉美的诗章，可谓惊风愕雨，玑珠闪耀。今天读来，依然美不胜收，芳香四溢，依然能够看到这座长城脚下、塞北小城更多的历史风貌和生活气象。

"青青山上松，数里不见今更逢。不见君，心相忆，此心向君，君应识。为君颜色高且闲，亭亭迥出白云间。"其诗为唐朝大诗人王维在神木境地所作，诗名为《新秦郡松树歌》。唐时神木也称新秦郡，属麟州，治地在杨家城。据传，当时麟州水草肥美，松柏荫翳，城外有硕大奇松三棵，后神木一名由此而得。不管之说是否为真，但在这首诗里我们完全能够读出，诗人当时来到塞上，一路上是四野荒寒，草木依稀，触景生情，心绪枯槁；而当进入神木，忽见东西两山、窟野河畔奇松怪柏飘然山头，青青如盖，遂耳目一新，胸怀舒畅，不禁诗兴大发，咏歌以赞美了这奇异松林、神圣疆土。

　　北宋著名政治家、文学家范仲淹的代表词作《渔家傲》，相传也是在他来神木一带劳军时所作。范仲淹苏州人，宋仁宗时，曾任陕西经略安抚副使兼知延州（今延安），抗击西夏。其全词为："塞下秋来风景异，衡阳雁去无留意。四面边声连角起，千嶂里，长烟落日孤城闭。浊酒一杯家万里，燕然未勒归无计。羌管悠悠霜满地，人不寐，将军白发征夫泪。"另外，范仲淹还专门为神木写了《留题麟州》一诗，记录了该地。全诗为："宣恩来到极西洲，城下羌山隔一流。不见桑耕见烽火，愿封丞相富人侯。"这里的"极西洲"即为地处西北边陲的麟州一带。范仲淹的《渔家傲》一词，境界苍莽恢宏，气概辽远悲壮，描绘了当时塞上一带久经战乱的艰苦环境和苍凉情调，她不仅成了范仲淹的代表作，也成了我国古代边塞诗词的经典之作，被后来的史学家誉为"词史"，广为传诵。

　　之外，唐时大诗人韦庄，在神木作《麟州别张员外》一诗，留下了"惆怅却愁明日别，马嘶山店雨蒙蒙"的诗句；宋时大诗人张咏，作《登麟州城楼》，留下了"时清官事少，边静戍人闲。雉堞临寒水，穹庐倚乱山"的诗句。明时的侍郎戴珊，作《过神木两首》，留下了"东西咫尺分秦晋，滚滚黄河入望长"的诗句；清时的神木同知苏尔登额，作《游杏花村》，留下了"天意想怜边土瘠，春意先闹农氓家"的诗句……

　　仰观百代，展读千年，在神木大地上不仅留下了诸如王维、韦庄、卢纶、范仲淹等我国唐、宋著名诗人的足迹和他们的鸿篇巨制；也留下了历代大量过路官吏和地方达官显贵、文人墨客的风雅之作。这几十篇诗词，或留存于孤本典籍、镌刻于青石摩崖；或添彩于庙宇民俗、放香于景点名胜。她都是神木人民的历史和文化财富。她使神木永远成了中国古代浩瀚诗词大海中的一个亮眼注解，都散发着唐诗宋词悠远的陈香和深邃的历史内涵，是值得我们后辈人进一步挖掘和整理的。

　　神木老城，现为陕西省历史文化名城，她同样也是一座万里长城脚下的边塞名城。

　　黄甫川堡位于府谷县黄甫镇黄甫村，为明代延绥镇营堡位置最东者。城堡始建于明天顺年间(1457～1465)，弘治初年扩筑关城，万历三十五年(1607)延绥巡抚涂宗浚令各堡以砖石包砌城垣。文献记载："周围凡三里零二百七十四步，楼铺十六座。"明代黄甫川堡驻军及守城军共1607名，配马骡1149匹，设操守、坐堡、战将各一员，守瞭大边长城"三十里零二百一十步、墩台二十八座"。清康熙年间驻马步兵197名，设游击一员统领之。从明隆庆五年(1571)在黄甫川堡的大边长城口上开设蒙汉贸易市场起，堡城逐渐发展成为陕北与河套地区的重要贸易集市，物阜民殷，商务亦盛，素有"金黄甫、银麻镇"之称。

　　黄甫川堡建在黄甫川西岸的高台上，三面环沟一面临水。城堡平面呈簸箕形，城垣轮廓清楚，可见城门遗址4个，残存大部分墙体。城垣遗迹周长1652.8米，占地面积16.8万平方米。城内现有南北向大街及多条小巷，民居均分布于街道两侧，主要有李家大院、郝家大院等。

　　2017年，明长城——黄甫川堡遗址被公布为陕西省文物保护单位。

小重山·金黄甫

黄甫川城风物新，驼群拥古弹，往来频。多居茶暖酒还温，黄昏近，客远一家亲。

蒙汉本通邻，当年多少事，似前尘。长城旧迹梦边寻，皆去了，随风入长云。

黄甫川堡

◎ 长城入陕第一堡 作者：姬宝顺

黄甫因河得名。黄甫河发源于准格尔旗，流经古城、麻镇、黄甫，最后由黄甫镇的川口村汇入黄河。流经麻镇以下川面较宽，离黄甫越近越宽，至黄甫却又骤然收口，两岸石崖壁立，黄甫城就在河西岸的高台上。这一宽一窄，使黄甫城以北像个大肚坛子，叫太家沟湾，这里良田千顷，一马平川。过去有顺口溜："龙王爷爷满山跑，太家沟湾正好好。"说这里条件好，不怕天旱，这当然是夸张之辞了。但这里条件相对较好也是事实，这说法也使太家沟人沾了光，这里男子从来不打光棍，山头上女子直往这好地方跑。

黄甫河直指黄甫城北石崖之下，这临河石崖叫石拐角。石拐角上有砖塔、影壁各一，建造者的目的可能是为了抵挡河水的侵蚀。塔有一个作用是镇邪，如白娘子被法海和尚镇压在雷峰塔下。影壁也是为了镇邪驱邪避邪，黄甫城里有些大门有影壁，有些大门外立一块大石或石碑，上刻"泰山石敢当"五个字，作用和影壁一样。黄甫城南关外小村叫石塔（儿）湾，也有石塔一座，塔身为一独立石柱，塔下有石洞，据我了解，没有流传下多少说法，我想也是为镇邪而设。石塔比起石拐角砖塔逊色多了，石拐角砖塔规模宏大，造型优美，雄伟壮观，可称府谷之最，可惜它最终没能抵挡住河水的冲蚀，已于三十年前倒塌了。

黄甫在历史上是边防重地。它的外围带寨的村名就有暖泉寨、李寨、贾寨、红泥寨、秦寨、石寨、西王寨、常王寨、段寨。寨就是营寨，是军事设施。这些寨名都是北宋时候留下来的，那时主要防西夏入侵，这些地方都是戍守要地。

明朝成化年间延绥巡抚余子俊修边墙千余里，东起黄甫（明长城东起墙头村，当时墙头属黄甫堡，黄甫堡属清水营），西至花马池，沿边置三十六营堡，主要防蒙古人入侵。作为长城入陕第一堡，黄甫堡被视为延绥东路军事要冲之一。按编常驻军队1600名。城内曾设游击（低于副将一级的武官）衙门，其遗址在镇政府西边，人们叫衙门圪旦。

据《延绥揽胜》一书记载，发生在这一带的战事有：

弘治十八年九月，火筛入花马池，攻陷清水营。嘉靖十年闰六月，吉囊俺答寇边，副总兵梁震击之于黄甫川。又二十四年十月，（俺答）复犯清水堡，游击高极战死。四十二年，"套人"入陷黄甫川堡，把总高秉钧战死。四十四年四月，"套酋"陷黄甫。

清朝末年，起义军多次入府谷境骚扰。同治七年四月，起义军经古城麻镇直捣黄甫城，当时城内军民都退守天成寨（黄甫以北沟中半山上），唯有读书人王汝翼先生誓与城共存亡，拒不离开，城陷被杀。事后人们立碑纪念，碑上由李三举人（李裕德）撰联曰：独守孤城为文人争许多气节，能捍大患看儒者是何等英雄。横额：舍身取义。

黄甫历史上重要的军事战略位置，造就了那个时代黄甫人的尚武精神。常王寨山与黄河对岸火山对峙，传说曾有火出峡，所以叫火峡。北宋名将杨业的祖先曾经世居那里。黄甫东南红泥寨至宽坪（古时也叫宽坪寨）一带是出武将的地方。据不完全统计，明清担任总兵、副将、游击军职的就有9人。明末农民起义先行者王嘉胤就是宽坪村人。

黄甫筑城始于明代。据县志载，明天顺中置堡，属清水营，弘治中，添设关城。万历三十五年，巡抚涂宗浚以砖包砌，城周3里余。当时城门一闭，除鸟雀以外，人畜概难出入。西门外高山梁上有护城楼，其遗址尚在。

城内建筑有两多。一是庙宇多。一条主街由北向南分为庙街、中街、南关三段。每段一座木牌楼。庙街有戏台，过去唱戏常和敬神相关，有戏台就有庙。戏台对面是城隍庙，城隍庙靠右是药王庙，白衣菩萨庙，再靠后石拐角上是龙王庙。戏台西侧是火神庙。庙街中街以西半山上是文庙，再上是规模更大的庙宇建筑群，有老爷庙、马王庙、药师殿、古佛庙、十王殿、娘娘庙等。西门外有石洞庙，高山梁有龙王庙。高山梁龙王庙与石拐角龙王庙有南北龙王之分。这些建筑除城隍庙和石拐角龙王庙的一部分仍为粮站占用外，其余都已拆毁。

中街一段北有十字洞，中有鼓楼洞。十字洞底面为正方形，四面穿通，南北连接大街，东西通达小巷。洞上有楼，为木结构，雕梁画栋，飞檐斗栱，供四大菩萨像。若保留至今，应为重要文物。鼓楼洞上是玄天庙，后几经修改，现为镇政府大礼堂。

这些庙大部分建于明朝末年，据传多为黄甫李寨的李善人（李三年）出资或集资所修。李三年在蒙古地发财以后，到处修庙。其人学佛养性，乐善好施，崇祯皇帝御赐"李善人"称号。与黄甫隔河相望的字坪庙也为李善人所修。字坪庙规模也大，由观音殿、龙王庙、玉皇庙、三圣殿、文殊菩萨殿等组成。黄甫庙宇群连同字坪庙宇群，规模宏大，建筑、雕塑精美，若保存完好至今，是很好的景观，可惜都没有了。

说到庙，自然要想到真武庙。真武庙位于黄甫东宗常山，规模较大，主体保存较好，近十几年来补塑了神像，增设了殿堂，山门外有牌楼画廊连接，青松翠柏掩映。宗常山位置优越，在黄河与黄甫川分水岭上，抬头顶着蓝天，眼底就是黄河。现已成府谷一景。

　　真武庙供奉真武大帝，真武大帝为北方水神，北方天旱，所以供奉水神，这和我们这里到处都有龙王庙是一个道理。

　　过去皇帝是天子，都要说成是哪位神仙下凡。如宋仁宗是赤脚大仙下凡，崇祯是真武大帝下凡。后来李自成进京，崇祯自缢煤山，仓促出宫时只穿了一只靴子。给真武庙塑像的人以为真武庙是供奉崇祯的，所以也给真武大帝穿一只靴子。其实按道教传统说法，真武大帝像应是"披发、黑衣、仗剑、踏龟蛇、从者执黑旗"。因为真武大帝是龟蛇合体。真武庙每年都要演祈雨戏，香火一直旺盛。

　　黄甫城内第二个特点是大院多。黄甫为明嘉靖年间延绥境沿边开放的互市之一，一直到清朝是府谷商贸最发达的地方。至道光年间，黄甫已成为府谷北部经济文化的中心。从那时起有了"金黄甫"的说法。黄甫城内富豪之家越聚越多，他们大兴土木，修了许多豪宅大院。宅院建筑十分讲究，对材料的标准和匠人的手艺要求很高。现存的李家大院（李树德修，李曾中武举），五年才完工，为了防潮，地基全用煨炭做成，有远自西安的工匠。

　　另一李氏大院，就是有名的牌楼院，也是工期五年，据说修建期间，红腌菜吃了18大瓮。这些大院大都有一个二层楼阁和一个漂亮的门楼（叫大门头子）。楼阁和大门头子是黄甫民宅建筑的显著特点。据说最盛时黄甫有360座大门头子，280座楼阁。大门头子以我国传统的斗栱结构为主，现保存最完整的是张润华家大门和李怡家大院（政府下院）大门。这些大院现在大都不存在了，残缺不全的大概还留有十几处，较完整的就只剩李家大院一处了。李家大院已被列为保护对象，近年来也做了一些修补工作。

　　人们过去说楼阁是绣楼，从李家大院的楼阁看，应是书房。楼阁中有"泮兆两闱"匾额。在科举时代，泮指学校，闱指考场，两闱指春试和秋试两次考试。那个时代，有好多人家经历过一条由农而商，由商而富，富而读书，最后通过科举进入仕途的道路。在封建社会科举是读书人唯一的出路和希望。"泮兆两闱"就反映了这种情况。

黄甫富豪之家聚居，家家都有书房，可见重视和崇尚读书的风气是多么浓厚。当时黄甫是县城以外文化最发达的地方。据说360个大门头子，过年360家不贴重复对联，争奇好胜，竞出新章。有一年引起府谷县县官的兴趣，专为欣赏对联来到黄甫，看后也佩服黄甫文人荟萃。这一年一位落魄秀才穷得过不了年，撰联自嘲曰："得过年，且过年，过了年，低首平心盼来年；你有理，我有理，有甚理，文权武职都是理。"也被县官看见，这副对联也就出了名，一直流传至今。

　　城内大户有祁姓一家，相传为朱元璋后人，明亡后逃到这里。有一种说法，说黄甫民宅建筑风格特殊与祁姓为显示自己是皇家后代有关，似不可信。黄甫祁觉民曾任中统绥远调统室主任，后去了台湾。现在黄甫已无祁姓人居住。

　　明清以来黄甫一直繁华，久盛不衰。到中华人民共和国成立前，黄甫最大的字号是魏家的"宝聚恒"和李怡家的"向义公"。宝聚恒点心铺背后有河曲大买卖行"景泰义"支持，红极一时，点心名目繁多，品质优良，远近闻名。过去人们把各类点心，包括麻花月饼等统称干货，做干货的师傅叫饼（儿）匠。黄甫就是个出饼（儿）匠的地方。有的饼（儿）匠子承父业，代代相传，身怀绝技，秘不示人。如正宗的黄甫麻花松脆爽口，略有咸味，各地麻花很难与之比并。一些见过世面的人说，黄甫麻花全国第一，实不为过誉。

　　与过去相比，现在的黄甫太平淡了。豪宅大院已剩断壁残垣，居民都是实实在在的农民。街上有两三家饭店，也常常门前冷落。很难想象这里曾经是富人聚居繁华似锦的商贸集镇。

　　清水营位于府谷县清水镇清水村。明成化二年(1466)巡抚卢祥置城堡，撤府谷县兵守之。《延绥镇志》载："清水营东至黄甫川一十五里，西至木瓜园堡三十里，南至府谷县八十里，北至大边二十里。城设在山坡，系次冲中地。城周围凡三里一十八步，楼铺一十九座。"万历三十五年(1607)巡抚涂宗浚用砖包砌，新修关城三里二百九十八步，墩台三十二座。明制该堡驻军丁并守瞭军共1120名，马骡428匹。隆庆五年(1571)，在该堡长城外设贸易市场，与蒙古交易。清代该城堡设守兵100名。

　　清水营建在清水川西岸的山梁上。营堡平面呈长刀把形，周长1974米，面积约14.72万平方米。城堡原有东、南、北三座城门，城内现存东西向街道一条，名清水街，街道两侧有城隍庙、戏楼等建筑，均已残破。

　　2017年，明长城——清水营堡遗址被公布为陕西省文物保护单位。

行香子 · 清水营

千里云横，空漠秋声。双河绕、塞北孤城。
雁鸣苍鲞，茗堡峥嵘，望戍关台，夕烟下，起箫声。

榆阳屏障，边墙谁守？数英雄、血染长缨。
百年秋忆，清水征营，看山前月，常圆缺，古今明。

清水营

◎ 依山临水孤岛绝 作者：杨建勋

在百度中输入"清水"二字，会涌现出20几个叫"清水"的村子名字，可见"清水"以"水清且冽"得名的不在少数。"清水营堡"就有两个，一个位于宁夏灵武市区东北约42.5公里处的清水营古城遗址，系明代弘治年间巡抚王珣修建的一座屯兵城堡。另一个位于陕西省府谷县清水镇清水村，和灵武清水营堡一样，也修建于明代，黄土夯筑，用砖包砌，但府谷的清水营保存较为完整。

府谷地处秦、晋、内蒙古三省区交界处，勾北股西，弦斜东南，五山五川，北南相间，地形多样，地势雄险，长城跨北，黄河绕南。旧时交通不便，一夫当关万夫莫开。护关中，屏河东，佑西部，扼北方，历来是兵家必争之地。

府谷县境内的明长城，始建于明成化年间，它东起墙头，与山西境内河曲县内长城隔黄河相望；西至新民镇，与神木县境内长城相连，包括"大边""二边"两道长城和六座城堡（黄甫川堡、清水营堡、木瓜园堡、孤山堡、镇羌堡、永兴堡，永兴堡旧属府谷）。形成了横贯县境东西的不规则条带状的严密庞大的综合防御体系。据2007年长城资源专项调查资料显示，县境内明长城墙体段落、烽火台、敌台、马面、城堡、关隘、砖窑址等共计340余处。

清水营堡，原名"府谷堡"，是府谷之前身，元时设在芭州旧城，迄今2600多年。成化三年（1467，一说成化二年）巡抚卢祥因逐水源而移建现清水镇所在地，更名为清水堡，五年后升为清水营。万历三十五年（1607）增修关城，以砖包砌。隆庆五年（1571）在清水营长城口外设物资交易市场。该营堡在县北60里，东距黄甫川10里，西去木瓜园堡30里，北至大边20里。边垣东自旧城墩起，至斩贼墩止，入木瓜界，湾环32里215步。营堡平面呈不规则形，周长1.74公里，面积约0.15平方公里。现存城内西侧建筑、城墙、城门、周边墩台及其他遗迹。有边墩31座、边口11处、腹里烽墩12座、塘汛3处。

　　清水营堡，清水川的水由北而来，古沟的水绕南而过，二水交汇，三面临水，一面倚山，形成孤岛，高耸奇伟，占尽地利，易守难攻，战略地位举足轻重。正与"南门洞"匾额题写的"榆阳保障"四字默契吻合，不由得让人佩服先祖们选地筑城的智慧与高明。

　　据《延绥镇志》《府谷县志》："成化二年（1466），巡抚卢祥筑城于山坡，城周围凡三里一十八步，楼铺一十九座，遂移府谷县兵守之城于此，置清水堡。成化五年（1469），设清水营，驻重兵镇守，兵1128名，马骡428匹。万历三十五年（1607），巡抚涂宗浚增设关城，三里二百九十八步，用砖包砌。"

　　清水自古就有"新城""旧城""南关"之别。根据中国人筑城"方正"的理念，从"小东门"至西"玉帝楼"，与南北对等的壕堑高墙，恰好形成了方正的城池。"小东门"之外便是"拐把子"的旧城，地势仄逼，难以布局。清水"四楼"，其中的"南门楼""北门楼"与西面高处的"玉帝楼"，遥相呼应。史书记载的"楼铺林立"，主要是指的是这一区域。

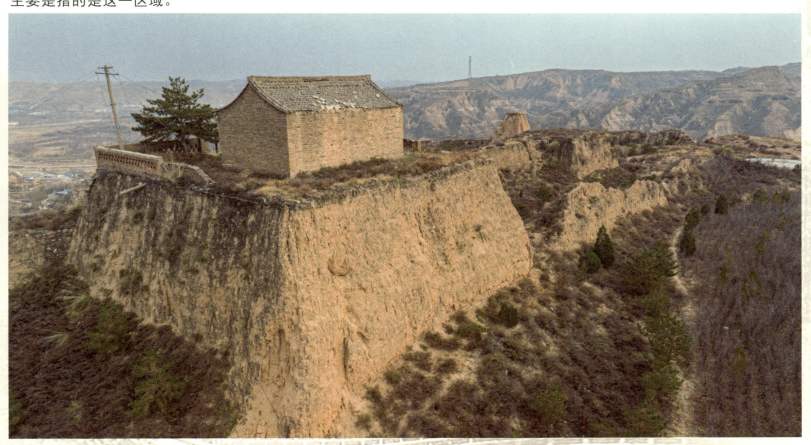

至于"南关"，即关城，如前文所述"万历三十五年（1607），巡抚涂宗浚用砖包砌，增设关城三里二百九十八步。"但府谷教育局苏飞林老师在清水张生家看到一方砖碑，砖面阴刻一百余字，所刻文字正是明代建筑清水南关城的原始记录。砖碑开首列主持修建的官员名称："（延绥神木道）副使萧、（东协神木副）总兵高、黄甫川守备丁思忠"，中间文字记清水营修建南关事曰："……夫八百名，分筑清水营关城。……角敌台起迤南，守备陈保……完，长二百六十丈，身……女墙五尺，通高二丈五尺。内筑拦马墙一道，高三尺。修筑完固。"落款时间为"万历四年（1576）六月初六日"。这与前文志书记载有所出入，我同意苏老师观点，从于实物证据。这里"增设"的关城，主要指清水城外的围墙，如新城北门外，沿瓦窑沟坡梁、北门湾坡梁，直到"萨寺儿庙"外河湾坡梁，然后向南照东门楼的水洞沟坡梁。南面起自"玉帝楼"瓮城，沿"老坟峁梁"向东，下至南沙湾口，并筑有墩台箭楼。

　　据苏飞林老师的文章说：对照明清几种史志地图和《府谷县态》，人们不难发现，清水城图形各异，式样不一。最为明显的是环绕主城的关城，明代尚有，清代基本消失，仅有遗迹隐约可循。清水关城（墙）大致呈椭圆形，北起主城墙西北，经瓦窑梁寨子向东，经陈家畔、北门湾至萨寺庙后墙，自此向南，经沙井滩（现清水医院周围），绕老爷庙东坡，向西南经关井湾、城圪台、粮站、护城墩，绕北岳庙向北，至主城外玉帝楼西南。

　　《延绥东路地理图本》成书于万历前期，所绘制清水营城图为靴子形；除西北角，关城几乎包围主城。《陕西四镇图说》成书于万历四十四年（1616），所绘清水营城主城图为长方形，城西无关城。雍正《府谷县志》中的清水堡图，呈靴子形，西南延伸，东南缺失。西南凸出部分应为南关城。乾隆《府谷县志》中的清水堡图，则南北延伸，呈马蹄形。

　　清水营堡还是明末农民领袖府谷王嘉胤起义的肇始点。崇祯元年（1628），王嘉胤在清水与乡人吴廷贵、杨六、不沾泥等率饥民近百人，揭竿而起，揭开了明末农民起义的序幕。首先，义军设疑兵，入夜，令五六人拉着碌碡（一种农具，播种后碾压田垄以实）在清水街道狂奔，官军以为大军至，不敢出。义军遂陷清水堡，杀官军千余人。等到天明，义军已聚数百人，当日又攻下黄甫堡。义军开仓赈济，穷人额手称庆。清水营堡曾被三攻三破，城池沦陷，损失惨重。

　　有城就有庙，有庙就有城隍庙。有道是"海则庙总龙王，清水总城隍，木瓜总祖师"。说明清水城隍庙的规制是府谷之最。现在的城隍庙是清水城保护最完整的庙宇，无论是庙宇的整体建制，还是建筑风格，达到了古色古香。清水的"庙全"也在府谷名列前茅。民间还传流这么一句话："清水一斤面捏10个庙，黄甫十斤面捏了一个庙。"这句话说明清水的庙全而小，黄甫的庙少而大。据说有人统计过，清水原来的庙宇在鼎盛时期达到360间之多。清水城现有的十座庙，大多数是拆旧重修，只有这座城隍庙是修旧如旧。在打造清水古镇和发展工业园区的漫漫征程中，如何在保护和创新中找到平衡，找到结合点，仍然是不能回避的话题。

　　清水营堡是余子俊修补和增筑延绥边墙的起点，作为明代长城防御体系的重要组成部分，在相当长的一段时间内发挥了重要的军事作用，是研究中国古代政治、经济、军事、文化的重要遗址，具有很高的历史价值、艺术价值和科学价值。

　　木瓜园堡位于府谷县木瓜镇木瓜村。明初，原为木瓜园寨，设于河谷中。《延绥镇志》载："成化十六年（1480）改寨设堡，隶孤山。二十三年（1487）展中城。弘治十四年（1501），募军，治为新城。城设在山上，系次冲上地。周围凡三里零九十步，楼铺一十七座。万历三十五年（1607），巡抚涂宗浚用砖包砌，边垣长三十三里零一百五十四步，墩台三十二座。"明制该堡驻军丁并守瞭军共879名，马骡264匹，清代驻守兵120名。

　　木瓜园堡建在木瓜河东岸，地势东高西低，四周群山环绕，地理位置险要。城堡平面呈不规则形，北宽南窄，城周长1696米，占地面积约17.92万平方米。城堡设北、南、西三座城门，残存的主要有四面城垣及其附属设施，包括3座角楼、3座城门、1座马面及2座瓮城等。城内现有南北向主街道一条，沿街有数条巷道。

　　2017年，明长城——木瓜园堡遗址被公布为陕西省文物保护单位。

少年游·木瓜园秋收

革丰水美木瓜园，千座好良田。

秋收时节，风吹谷浪，还遇艳阳天。

新米喜尝香且糯，百姓可居安。

塞上江南，宛如画卷，紫燕莫南迁。

木瓜园堡

◎镌刻百年历史 传承薪火弦歌 作者：周 芳

岁月不居，时间如流。长城跨越过时间的长廊，历经千年的洗礼，用蜿蜒的身躯穿过中国苍茫的大地，以静默的姿态讲述着悠悠厚重的历史。循着长城的足迹，我走进了家乡榆林的延绥三十六营堡之一的木瓜园堡，去追寻那段波澜壮阔的岁月。

作为三十六堡之一的木瓜园堡，位于府谷县木瓜镇木瓜村木瓜河东岸，距离府谷城50里。初建于木瓜河边，后迁移至山上。《清一统志·榆林府二》记载："明初木瓜园砦，成化十六年（1480年）改置堡，二十三年展筑中城。弘治十四年（1501年）增新城。城在山上，周三里有奇，边垣长三十三里。今有守备分防。"木瓜有南、西、北门三门，长城边墩32座、边口8处、腹里烽墩13座、塘汛3处。明代该堡驻军丁并守瞭军879名。据《府谷县志》记载，木瓜园堡北踞木瓜山，南临木瓜川，西屏官井沟，东面东城沟。其地理位置实可谓是踞山凭河，易守难攻。这种地理环境的特点，注定了木瓜在历史中成为兵家的必争之地。辗转进入近代，木瓜成为府谷工农民主政权的诞生地，中国工农红军陕北游击队第七支队在此展开了声势浩大的革命武装斗争。木瓜堡还有一个美丽的名字"桃城"。俯瞰木瓜园堡，我们会发现其城墙东宽窄西，在西城墙的北段有一处凸起，顺山势而建成的城墙宛若一颗仙桃，"桃城"之名由此而来，民间更是有"仙狐指引筑桃城"的浪漫传说。

闻其名而知雅意。历史上的木瓜水资源丰富、湿地较多，在黄土高原这片干涸的土地中，可谓是占尽天时地利。当地一直流传这样一句话："收了木瓜川，瞎了周围山。"意思是说周围的粮食受到荒年的影响颗粒无收的时候，木瓜依然年谷顺成。它是糜谷、玉米、高粱、豆类、山药等农作物的优产区。特别是木瓜的黄米，以色黄、味香、米坚、可口闻名遐迩。素来有"府谷黄米甲天下，木瓜黄米甲府谷"的美誉。聪明的木瓜人以黄米为主料，加入红腌菜、西红柿酱等辅料，通过发酵、熬煮制作出了黄米酸粥，其味美、营养丰富、易于消化，老少皆宜。夏日炎炎的时候一勺黄米酸粥入口，会让你立马地感觉到夏日的清凉舒爽。正所谓"黄米风情美味浆，醇香曲水引流觞。清爽入口舌尖绕，暑到酸粥自然凉"。

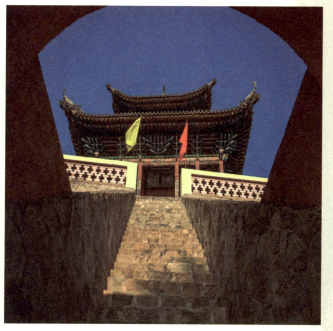

　　"仓廪实而知礼仪。"发达的农业让当地的百姓生活富足，人们也开始追求精神上的充实。行走在木瓜堡内，古楼、古街、古庙随处可见，在这块不大的土地上，号称有"九庙两寺两楼一洞"，即真武庙、吕祖庙、文庙、龙王庙、关帝庙、城隍庙、娘娘庙、三官庙、观音庙、龙泉寺、洪门寺、魁星楼、玉帝楼、朝阳洞景观，俱红砖碧瓦、雕栏玉砌，散发着深厚的历史与人文的气息。由此可窥见当年的繁荣景象。九庙所处位置极妙，将怀珠抱玉的木瓜镇围的严严实实。九庙以吕庙为最，有人说，木瓜文化是一部道教史，也是一部吕祖易学文化史。吕庙位于木瓜西门外的山顶之处，庙内供奉的是道教的始祖吕洞宾。远远观吕庙，我们会看到庙宇的台阶蜿蜒曲折与镇子相连，间或凉亭木椅。拾阶而上，穿过广场，吕洞宾像坐落中央。每逢四月十五庙会，钟鼓齐鸣，本省、内蒙古、山西等地的香客皆慕名而至。宾客烧香敬神祈祷一年的平安。庙宇上空烟雾缭绕，为其增添了一分神秘的色彩。众多的文物古迹，优雅的原生态自然环境，让多彩的木瓜成为国家的AAA级景区。

　　山川凝浩气，物华启人文。灵性的山水，厚重的历史底蕴孕育出了钟灵毓秀的木瓜人。在木瓜紫花坪有户张姓人家，溯其源，其先祖为明朝万历年间张国材。张国材时任登州总兵，在配合戚继光荡平倭寇以后，便被调到府谷木瓜园堡，同其子张守登一同修建守护长城，祖孙几代人坚守在边境线上，守护一方平安。现在府州文庙戟门外还设有"先贤祠"，专祠供奉张国材、张守登，木瓜园堡供奉张国材为城隍神。曹颖僧《延绥揽（览）胜》一书中记载："紫花坪张家，秦、晋、绥较为知名，曾六代世袭木瓜园堡总兵一百多年，世享三品俸禄"。进入民国后，各方势力崛起，面对各种明目的苛捐杂税，木瓜人民的生活苦不堪言，时任两任省议员、一任省参事的袁宝善，在看到家乡父老的悲惨生活后接连上书，呼吁减赋税，同时在家乡积极开办学校，创办了南门高小和木瓜小学，为木瓜培养了大批的人才。在革命战争年代木瓜更是涌现出了一大批的革命英雄。木瓜园堡真真是英雄的城，木瓜人真真是英雄的儿女。

　　行走在木瓜的山水之间，看今朝的断壁残垣、人声鼎沸，抚摸着古老的城墙在千年的洗礼中留下的痕迹。昔日的狼烟烽火虽已随着历史的长河而散尽，然在斑驳的墙面中，我们似乎依然能够看到当年那段荡气回肠的岁月，曾经的金戈铁马犹在耳畔响起，弓马长风、旌旗猎猎……

　　孤山堡位于府谷县孤山镇，东北距木瓜园堡20公里。明正统二年（1437）巡抚郭智置堡西山。成化十一年（1475）移置今堡，筑城垣，周长"三里零三十四步，楼铺一十四座"。万历三十五年（1607）巡抚涂宗浚用砖包砌城垣，并建南、北、西三座城门。明制驻军丁并守瞭军共2656名，马骡驼1764匹，清代驻守兵120名。

　　孤山堡建于孤山川北岸的高山梁上，东、西、北三面临沟，地势北高南低，地形险要。城平面呈不规则长方形，有南、北、西三座城门，北门有瓮城。城周长约1520米，面积约12万平方米。城内以穿越鼓楼的街道为中轴，沿街分布有铺舍和民居。现存城垣及其附属的瓮城、马面、角楼、水门等，城内有城隍庙一处，城外有陶窑一处，有烽火台两座。

　　2017年，明长城——孤山堡遗址被公布为陕西省文物保护单位。

苏幕遮·孤山堡

万重峰，千峰岭，大漠孤山，山外斜阳冷。百里墩台伸野径，横贯东西，恰似苍龙行。

筑高墙，初宁定，盛世清欢，应是寻常梦。弹指春秋如掠影，浊酒一觞，更与何人共。

孤山堡

◎ 孤山堡那些事 作者：张怀树

孤山堡是明代延绥镇三十六堡之一，原名孤圪垯马营，明正统二年设，最初在西山，成化初年移置现在的孤山堡。万历三十五年，巡抚涂宗浚砌砖。孤山堡是明代延绥镇长城的重要节点，许多著名将领都有镇守孤山堡的经历。

汤胤勋

汤胤勋，有些文献写作"汤引绩""汤胤绩"，是明朝开国名将汤和的曾孙，字公让，号东谷，"少负才，好使气，貌类河朔人，两眸睁然，髭奋起如戟"。年少时就被视为"文武才"，兵部尚书于谦，召见面试，汤胤勋"立将台下，问兵事，应对如洪钟，万众环视"，用为锦衣卫百户，后升任锦衣卫指挥佥事，曾随使去瓦剌看望被俘的明英宗朱祁镇。

成化三年，汤胤勋被任命为延绥东路参将，镇守孤山堡。那时的孤山堡还没有修筑完备，城池简陋，士卒训练不足，汤胤勋站在孤山堡的城墙上感叹道：四望黄沙，白草漫漫，我的一腔热血竟然要抛洒在这里吗？奏请朝廷筑城聚粮，增兵戍守。朝廷的批复还没下来，蒙古人大举入侵，"主将闭城门不出兵。虏大掠子女而东"。当时汤胤勋正在生病，闻讯大怒，带病上马，率麾下一百余人和敌人激战，遭到敌人埋伏，寡不敌众，战死殉职。

据清李熙龄《延绥镇志·官师志》记载，汤胤勋战死在正口子邮舍——就是现在的府谷县庙沟门镇口则村，当时是孤山堡的辖区。邮舍壁上有诗一首：

手持长剑斩渠魁，一箭那知中两腮。

戎马踏来头似粉，乌鸦啄处骨如柴。

交游有义空挥泪，弟侄无情不举哀。

血染游魂归未得，幽冥空筑望乡台。

当地百姓传说这是汤胤勣战死后成神显灵，也有人说这是汤胤勣的绝命诗。

明代学者程敏政专门写了《汤胤勣传》，清代学者王士禛论"古来武人能诗"者曾举其名。

汤胤勣为人负才使气，有人举荐他"文武全才，可独当一面"，就被人起了一个"汤一面"的外号；后来边关御敌，被敌人一箭射死，又有人取笑他是"汤一箭"。对一个战死沙场的英雄，这些文人未免有失厚道。

戴辰与戴延春

戴家是军户，祖籍安徽省凤阳县，祖先跟着朱元璋起兵，南征北战，因战功升任千户，起初属山西太原右卫，后来奉命镇守保德所。再后来，又被调到陕西省府谷县镇羌堡，成为世袭军官。戴家就把家安顿在了孤山堡，大概是因为孤山堡正好处在保德所和镇羌堡的中间。

嘉靖三十七年的秋天，蒙古人大举入侵，花马池（今宁夏盐池县）被围，固原、宁夏、延绥三镇主帅分别被困在清水营、小盐池、丰阜墩，粮草短缺，消息不通，情况万分危急，延绥镇主帅李辅紧急征调当时任保德所千户的戴辰救援。戴辰知道形势很糟糕，告别了父亲戴冕和妻子赵氏，带领一百多名部下匆匆赶到战场，冲入敌阵。戴辰杀透重围，一直冲到丰阜墩下，对被围困在丰阜墩的延绥镇主帅高喊：敌人太多了，请大帅不要轻易出击。接着继续奋勇力战，直冲敌营。敌军首领率精锐迎战，被戴辰一箭射死。敌军蜂拥而至，戴辰多处负伤，一直血战到晚上，矢尽力竭而死。蒙古人怀疑戴辰只是前锋，这样拼命只是为了拖住自己，后面一定有大量援军，于是退军解围。第二天，明军找到戴辰的尸体，有刀伤、箭伤一十七处。

戴辰战死时年仅二十九岁，死后追赠明威将军、指挥佥事。礼部尚书诗人吴道南作《挽戴将军阵亡》诗：

风高酋骑踏阴山，大漠尘霾暗紫关。

壮士不忘沟壑死，忠臣何必凯歌还。

解围功绩全三镇，见义心胸比二颜。

千载芳名知日显，昭昭留在史书间。

戴辰战死时，其妻子赵氏只有二十四岁。噩耗传来，赵氏带着年迈的公公戴冕和年幼的儿子戴延春去寻找丈夫的尸体，流落在砖井堡（现在的定边县砖井镇），无钱返乡，靠给别人洗涮缝补度日。

两年后，公公去世，赵氏携子带着两具棺材从砖井堡辗转返回到府谷孤山堡，埋葬了公公，把丈夫的灵柩寄存在翠峰寺。家中一贫如洗，但赵氏对孩子的教育一点儿也不放松，经常流泪给儿子讲述戴辰为国捐躯的事迹，闻者流泪。赵氏四十七岁去世，受到朝廷表彰。

有人写诗称赞赵氏：

亲收战骨付新阡，茹蘖深闺二十年。

俯仰那堪心力竭，国风重咏柏舟篇。

戴辰的儿子戴延春，号少泉，成年后子继父职，任保德所正千户。万历七年，任大柏油堡守备。万历十九年升任石塘岭参将，万历二十三年升蓟镇总兵。后参与抗倭战争，升任都督佥事。万历二十九年，任镇守山东备倭总兵，次年授骠骑将军，诰封两代镇守孤山。戴延春勇猛过人，特别擅长射箭，是个神射手，写文章很快，"凡遇边情奏报，一挥立就"。戴延春的儿子戴天宠考中武进士，官职做到副总兵。

清朝乾隆年间，府谷知县郑居中拓印碑文，将戴辰杀敌殉国详情记录到《府谷县志·卷之六·人物》中。

乾隆三十九年，郑居中"亲临奠拜，墙有坍塌者补之，雨水流破者填之，并示谕旁近村庄共相防护，立案以垂永久"。据记载，当时墓园位于孤山堡北孙家畔东塌桑树梁，外面有土围墙，前门坊额题"骠骑将军戴公佳"。

杜松与杜文焕

杜松，字来清，祖籍江苏昆山，迁延安卫。杜松"有胆智，勇健绝伦"，以"舍人"凭军功升为宁夏守备，战功突出。万历二十二年，蒙古卜失兔部落攻入宁夏下马关，杜松和游击史见、李经带领二千多骑兵出击。战后，杜松论功升为延绥参将，后来再次立功，升为延绥镇副总兵。杜松打仗非常勇猛，上阵时撸起两只衣袖，露出漆黑的双臂，挥舞金刀乱砍，人送外号"杜黑子"。镇守延绥时，与胡人大小百余战，战无不胜，附近的游牧民族都叫他"杜太师"。杜松打仗勇猛，暴脾气。曾因小事，愤然削发为僧。不久，因战事需要，杜松又被起用为副总兵，镇守孤山堡。

万历三十六年夏，杜松接替李成梁镇守辽东。后因战斗失利，被同僚弹劾，杜松怒气上冲，撂挑子不干了。朝廷撤了他的职。万历四十三年，河套地区的蒙古部落大举入侵，杜松被再次起用，大胜蒙古部落，升任山海关总兵。

万历四十六年，镇守辽东的张承荫阵亡，朝廷急调杜松驰援辽阳。第二年，在著名的萨尔浒战役中，杜松兵败身亡。明朝天启年间，追赠杜松少保、左都督，世荫千户，立祠赐祭。清朝乾隆年间，追谥杜松"武壮"。

杜文焕，字弢武，是杜松的哥哥杜桐的儿子，先后任参将、孤山副总兵、署都督佥事、宁夏总兵、延绥总兵。多次打败入侵的游牧部落。当时，河套地区的蒙古兵号称十万，多次进犯都没有得逞，相继表示降服，一时边境安宁。后来杜文焕因病告归。

天启元年，杜文焕第二次出任延绥总兵，奉命支援辽东。杜文焕出兵河套，河套地区的蒙古部落损失惨重，于是联手深入固原、庆阳，围攻延安，抢掠了十几天才退去。朝廷因此解除了杜文焕的职务，让他听候调查。不久，奉命救援成都，收复了重庆。后来朝廷纠责，判其戍边。天启七年，杜文焕被起用为宁夏总兵，不久因病辞职。崇祯元年，朝廷根据他收复重庆的功劳，任命他为指挥佥事。明末农民起义遍地开花，总督杨鹤推举杜文焕第三次出任延绥总兵，兼督固原军。崇祯四年，御史弹劾杜文焕杀良冒功，杜文焕被撤职下狱。崇祯十五年，朝廷又一次起用杜文焕征讨农民军，不久杜文焕第三次因病辞职。

杜松的哥哥、杜文焕的父亲杜桐，曾任府谷清水营守备，有勇有谋，先后任游击将军、古北口参将、延绥副总兵、总兵官。

孙宏谟

孙宏谟，祖籍安徽当涂，他的曾祖父担任山西宁武老营正千户，因此全家定居宁武。其父孙维官至副总兵，人称"西北良将"。万历三十二年，孙宏谟考中武进士，逐步升迁为孤山副将。万历四十三年闰八月，河套蒙古酋长吉能要挟朝廷封王被拒，率兵大举进攻神木大柏油堡，战斗打得非常激烈，中军刘聚等将士奋力抵抗，战死沙场；镇守府谷孤山的孙宏谟奉命率部增援，在神木卧虎寨遭遇伏击，孙宏谟"竭力鏖斗，遂殁于阵"，成为又一位为国捐躯的孤山堡守将。

王所用赋诗一首《左师陷，为孤山副将孙宏谟作》：

邻境严烽堠，笳声彻夜闻。
风旗翻雀影，荒草杂龙文。
白铠摇如月，青鏊断若云。
可怜忠将殒，谁复树奇勋。

不过，史书上还有另一种说法：孙宏谟兵败后并没有战死，而是投降了蒙古人。孰是孰非，难以判断。

曹文诏

曹文诏，山西大同人。最初在辽东从军，是熊廷弼、孙承宗的部下。崇祯三年七月，提拔为延绥东路副总兵，镇守孤山堡。当时，明末农民起义如火如荼，王嘉胤率军攻占山西省河曲县。崇祯四年四月，曹文诏收复河曲县城，王嘉胤败走阳城。曹文诏追到阳城，派部下张立位刺杀了王嘉胤，剿灭了这股最大的农民军，因功被提拔为临洮总兵官。紧接着，曹文诏转战陕西、甘肃，先后剿灭了点灯子、李老柴、一条龙、扫地王、杜三、杨老柴、红军友、独行狼、郝临庵等农民军。一时农民军谈曹色变，纷纷从陕西流入山西。朝廷命令山西、陕西的将领一同受曹文诏指挥。

崇祯六年正月，曹文诏进入山西，剿杀了混世王、滚地龙等，农民军望风披靡。崇祯七年七月，清军围攻怀仁、井坪堡、应州等地，曹文诏坚守怀仁。八月，怀仁解围，曹文诏攻击清军失败，被定罪充军，为山西援剿总兵官。崇祯八年，闯王高迎祥、八大王张献忠聚集二十万农民军与洪承畴为主帅的官军对峙。曹文诏率领三千人在镇宁的湫头镇被农民军数万骑兵包围，转斗数里，体力不支，拔刀自刎。洪承畴得到消息后，捶胸大哭。崇祯皇帝十分痛心，追赠曹文诏为太子太保、左都督，下诏为他立庙，每年春秋两季祭奠。农民军则互相庆贺。《明史》称"文诏忠勇冠时，称明季良将第一"，评价有所夸大。但纵观明朝中晚期，曹文诏排第一也不算过分。清朝乾隆皇帝评价说："曹文诏秉资骁猛，练习戎行，慷慨出师，勇烈并懋，追谥曰'忠果'。"

艾万年

艾万年，字毓华，陕西省米脂县人，武举出身，以军功晋升为神木参将。崇祯四年，艾万年随副总兵曹文诏攻陷农民军占据的山西省河曲县城。崇祯五年，艾万年随参政樊一衡清剿不沾泥张存孟，又与李卑、贺人龙合击张献忠、扫地王等。崇祯七年，艾万年捕杀农民军首领王之臣、领兵王；俘获农民军首领翻山动、姬关锁、掌世王，升为都督佥事，不久因病告归。

崇祯八年，艾万年任孤山副总兵，总督洪承畴命其出征。艾万年上疏献策："臣仗剑从戎七载，复府谷，解孤山围，救清水、黄甫、木瓜十一营堡。转战高山，设伏河曲，有马镇、虎头岩、石台山、西川之捷。战平阳、汾州、太原，复临县及蹄亭驿。大小数十战，精力尽耗。与臣共事者李卑，溘先朝露。臣病势奄奄，犹力战冀北。又抚剿王刚、豹五、领兵王、通天柱，解散贼一万三千有奇。蒙恩许臣养病，而督臣洪承畴檄又至，臣不敢不力疾上道。但念灭贼之法，不外剿抚，今剿抚俱未合机宜，臣不得不极言。夫剿贼不患贼多，患贼走。盖叠嶂重峦，皆其渊薮，兵未至而贼先逃，所以难灭，其故则兵寡也。当事非不知兵寡，因粮饷不足，为苟且计，日引月长，以至于今，虽多措饷，多设兵，而已不可救矣。宜合计贼众多寡，用兵若干，饷若干，度其足用，然后审察地利，用正用奇，用伏用间，或击首尾，或冲左右，有不即时殄灭者，臣不信也。次则行坚壁清野之法，困贼于死地，然后可言抚。盖群贼携妻挈子，无城栅，无辎重，暮楚朝秦，传食中土，以剽掠为生。诚令附近村屯移入城郭，储精兵火器以待之，贼衣食易尽，生理一绝，鸟惊鼠窜。然后选精锐，据要害以击之；或体陛下好生之心，诛厥渠魁，宥其协从，不伤仁，不损威，乃抚剿良策。"崇祯皇帝阅后认同，但最终未落实。

军令如山，不得不行，艾万年勉强与副将刘成功、柳国镇，游击王锡命合兵三千出征。六月十四日，艾万年部在宁州襄乐镇甘家寨陷入重围，战败身死。

明代孤山堡名将辈出，一因万历年间，延绥镇的东协就设在孤山，常年派驻副总兵一员，一直到顺治十三年才移驻神木，为名将的成长提供了足够的空间。二是因为孤山堡东连府谷，西顾神木，北临蒙古，对内对外战争不断，为名将的成长提供了磨砺锻炼的机会。三是因为明末农民起义首先从府谷爆发，初期农民军一直辗转于府谷周边，为名将的成长提供了立功的机会。正如明代三边总制杨一清视察长城时题写的《孤山堡》一诗：

簇簇青山隐戍楼，暂时登眺使人愁。
西风画角孤城晓，落日晴沙万里秋。
甲士解鞍休战马，农儿持券买耕牛。
回思未筑边墙日，曾得清平似此不？

　　东村堡位于府谷县新民镇新城川村北部的山原上。根据城堡的建筑形制、结构、形式等判断，该城可能建于宋元时期，明初沿用。成化二年（1466），巡抚卢祥将此堡移建于今新民村，称镇羌堡，东村堡遂废弃不用。

　　城平面呈不规则形。城垣周长1782米，占地面积约17万平方米，城垣以黄土夯筑，墙体未包砖砌石。有马面、城门瓮城及角楼遗迹等，城内地面无建筑遗存。西城垣长430米，夯层厚0.10～0.18米；北城垣长336米，夯层厚0.08～0.18米；东城垣长500米，东城垣北段破坏严重，多处被冲沟断开，夯层厚0.1～0.19米；南城垣长516米，夯层厚0.12～0.22米。城垣各角上均建有角楼，亦为土筑，未作包砌。城垣上共建马面8座，四面墙体上各建2座。东村堡建有北门和南门两座城门，均外筑瓮城。

　　2017年，明长城——东村堡遗址被公布为陕西省文物保护单位。

武陵春·过东村堡

风过东村微落雨，残堡已年深。昔日韶光无处寻，勒马几沉吟。

廓外草肥牧羊地，也历四时春。每忆当年故土魂，山外起白云。

东村堡

◎ 守百年颂歌 乘大漠雄风 作者：申静杰

俯瞰这片广袤无垠的黄土地，横无际涯，气象万千，在历史的长河中被肆意雕刻，留下了无法磨灭的印记。这些印记是历史的眷顾、时代的恩赐，展示着榆林古往今来的史诗画卷。

翻开这本画卷，绵延万里的长城最先映入眼帘，无论是山峰、河流，抑或是荒漠、戈壁，都没有阻挡它前进的步伐，长城就像是民族边界的"守卫军"，守卫着一方和平；分布在各段落的营堡错落有致，各营堡间遥相呼应，修筑营堡是明长城构建防御体系的关键一步，它不仅仅是过去军事防御的重要保障，更是古今文明对话的桥梁。

据《榆林府志》记载："正统二年，守将都督王祯，始请榆林堡往北三十里之外，沙漠平地增筑瞭望墩台，虏窥境即举烟示警……开创榆林一带营堡，累至二十四所。"明成化七年至十年（1471～1474），延绥巡抚余子俊移镇榆林，并在沿边筑墙置堡。"东起清水营（今府谷东），西抵花马池（今宁夏盐池）延袤千七百七十里，凿崖筑墙，掘堑其下，连比不绝。""役军四万人，不三月而成。"巡抚余子俊筹划并布置了城堡的迁移、修筑和增建工作，并开始第一次大规模的修建延绥镇长城，可以说延绥镇长城的建设远远早于长城主体的建设，此举为陕北发展和抵御蒙古族的入侵有着不可低估的价值。在榆林，营堡的数量不知凡几，东村堡的故事便是从这里开始。

东村堡建在山原之上，依据地势而筑，设立据点监察战事。城垣周长约一千七百多米，城堡平面呈不规则形，建有北门和南门两座城门，均在外修筑瓮城。中国历代军事家都强调利用地形和险塞进行军事活动，《孙子》指出："用兵之法，有散地，有轻地，有争地，有交地，有衢地，有重地，有圮地，有围地，有死地。"隶属于三十六营堡的东村堡，是明长城榆林镇重要关隘，位于府谷县新民镇新城川村，根据城堡的建筑形制、结构、形式等判断，该城堡可能建于宋元时期，明初沿用，成化二年，巡抚卢祥将东村堡移建于今新民村，改名镇羌，万历三十五年砌砖。

明朝时府谷又处边地，镇羌为边塞要地，是延绥镇沿边三十六堡之一，是府谷西大门。据《延绥镇志》记载："镇羌堡东至府谷县八十里，孤山堡四十里，北至大边十里，西至永兴堡四十里，隋连谷县地，唐麟州郡。明始守东村，成化二年巡抚卢祥置，城设在山原，系极冲中地。周围凡二里零二百二十九步，楼铺十座。"在漫长的历史长河中，镇羌堡曾经是府谷的军事重镇，商业物资贸易中心，文化教育中心。2014年，镇羌堡被列为陕西省文物保护单位。

营堡多分布在一些可供开垦、交通便利、方便贸易或是水源充足的地方，既可以保证军事防御的实施，发展农业生产，又促进了长城沿线的贸易。东村堡的修筑便是严格遵循这一原则。营堡既是边防的节点，也为沿线的农贸发展和文化交流提供便利。今非昔比，如今东村堡四周皆是农田，沉浸在四季轮回里，聆听过往人群的喧闹声，这座历经战火硝烟的城堡终于能够停歇下来感受生命的色彩在这里临摹，百感交集，想必它也会为自己的坚守而感到自豪和欣慰。

东村堡最初以黄土夯筑，城垣城墙等均未用砖石包砌，由于自然环境的影响，城堡一定程度上被损坏，仅剩马面、城门瓮城和角楼等遗迹，城内地面无建筑遗存，东城垣北段

的破坏程度尤其严重，多处都被冲沟断开。尽管当时的时空背景已无法复制，但留在这片土地上的战火和烽烟，却依旧震撼着我们的心灵。2017年，明长城——东村堡遗址被公布为陕西省文物保护单位。

东村堡储存着守护大漠边塞的历史记忆，凝聚着中华民族自强不息、众志成城的爱国情怀，长城精神激励鞭策着祖祖辈辈的府谷人民，造就了他们坚韧不移、清风劲节的非凡品格。厚重的黄土层中掩埋着历史的踪迹，藏匿着文明的密码，山川草木的四季变换，在茫茫岁月中化作生动的历史影像，向世人讲述着东村堡的故事。

东村堡不仅仅是府谷文化的无尽宝藏，也是榆林珍贵的文化财富，更是中华民族全力守望的精神文明家园，只有齐心协力保护好这些遗址，才能使营堡的故事得以流传，长城的精神得以传承。

时至今日，远远望去，古长城的轮廓仍清晰可见，斑驳的脊梁仍坚韧挺拔，昔日的战火仍令人悚然。虽然久历风尘，饱经忧患，历史的洪流也褪去了它原本的容颜，身体也早已变得千疮百孔，但却不能磨灭它守护和平的决心。时过境迁、沧海桑田，城堡退出了历史的战场，告别了硝烟战火，终究是"守得云开见月明"，迎来了故乡的黎明曙光。

"天高云淡，望断南飞雁。不到长城非好汉，屈指行程二万"，这首词抒发了此战必胜的革命豪情。因此，登上长城也象征着中华民族积极向上、奋发图强的精神气魄。

一道道边墙，一座座营堡连接起来，构筑成了逶迤曲折、气势磅礴的万里长城，它是文化之根、民族之魂，它像一条巨龙盘旋在神州大地上，撑起了中华民族的脊梁，眺望着中华民族每一寸土地，庄严肃穆，让人望而生畏；它不仅仅是守护边塞、护卫疆土的坚实壁垒，更是中华民族古代文明在世界建筑艺术史上留存的千古绝唱。

　　镇羌堡位于府谷县新民镇新民村，城堡所在区域古称高寒岭。明成化二年（1466）巡抚卢祥由东村堡（新民镇新城川村）迁建于今址，筑镇羌堡垣周长"二里而二百二十九步，楼铺十座"。万历三十五年，巡抚涂宗浚用砖包砌城垣。明代镇羌堡驻军丁及守瞭军共706名，配马骡229匹，设操守、坐堡、守备各一员。清康熙年间，驻守兵110名，设守备1员领之。

　　镇羌堡所在区域为镇羌山，平均海拔1400米，为府谷县最高点，城堡四周沟壑梁峁相间，地势险要。城堡平面近方形，东北角向内缩回，周长1394米，占地面积11.25万平方米。城内建有钟鼓楼，主要街道为南北向街道，穿过钟楼与南、北门相通。街道两侧有十余处店铺和民宅。现存城垣四面墙体及附属的水门、马面、角楼、瓮城、护城墩台，城内遗迹有仓储1座、衙署1座、店铺1座、街道1条、钟鼓楼1座及庙宇3座。

　　2014年，镇羌堡城址被公布为陕西省文物保护单位。

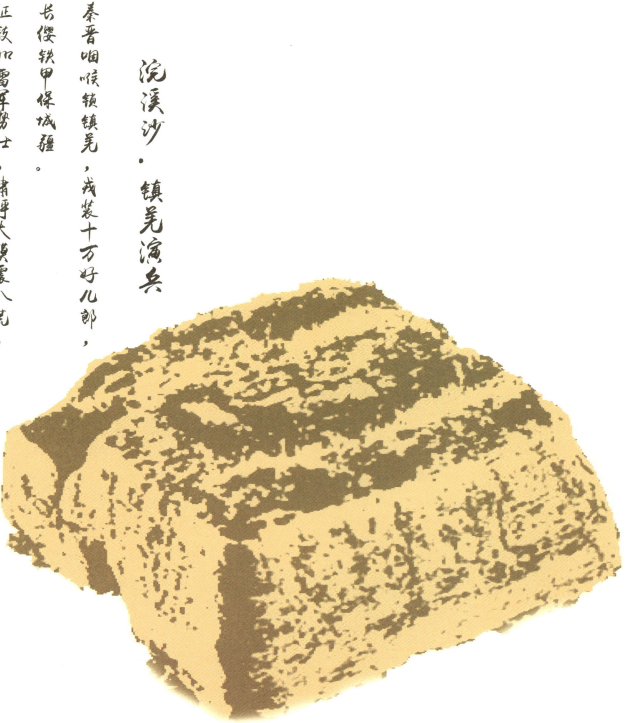

浣溪沙·镇羌演兵

秦晋咽喉锁镇羌，戎装十万好儿郎，
长缨铁甲保城疆。

征鼓如雷军势壮，啸呼大漠震八荒，
飞驹翻蹄塞前霜。

镇羌堡

◎ 五百年大风长歌

作者：王树强

每一块砖都有声音，每一层夯土都有血泪，在残石瓦砾间听取边塞的号角声声，那穿越时空的马蹄声总随那长城遗址蜿蜒而去。行走在镇羌古堡（府谷县新民镇新民村境内），远去的500年时光，便如那檐角垂挂的风铃，在徐徐风中阵阵回响。这声音是如此悠长，古堡的面目已被岁月洗礼得苍凉斑驳，停下思绪，就此解读古堡城的寂静。

古堡雄风今犹在

镇羌堡，顾名思义，是针对北方游牧民族而建的军事堡垒，带有浓厚的边塞色彩。而其民国以来的名字，则是"松翠林"。据新民村委会主任郭志强介绍，"松翠林"因附近遍山长满松树而得名，民国时期也是"松翠镇"的驻地所在。1952年，为了民族团结，这里就改为新民村，直至1980年搬迁到沙沟岔，1998年新民改镇建制，这里只留有老城和散落的居民，静静地守望着古镇羌堡城的风雨沧桑。

据《榆林府志》记载：（镇羌堡）"明初置，在东村，成化二年（1466年）尚书王复奏，从东村堡移至高寒岭。城在山原，周二里，系极冲地，楼铺十座。万历三十五年（1607年）砌以砖。"镇羌明清时设过都司署，旧志载"署内设大堂、二堂、科房、库房、书房、旗台、火药库"。

需要指出的是，镇羌堡是府谷长城沿线最南端的一个军事防御重镇，历代战事连连。宋代张亢筑建宁寨抵抗西夏兵，元代羌族势力引发边患不断，明清党项羌族残余势力，河套鞑靼、瓦勒军屡犯镇羌，清代同治年间起义军攻入城堡烧杀抢掠。此地屡发战事，使镇羌地方历来成为兵家必争之地，故称其为"秦晋咽喉""榆关保障"。

镇羌堡没有西门，相传，当年在修西门的时候发现一条蟒蛇，就取消了西门，所以镇羌堡只有现在的东门、南门和北门。现堡城土城墙保留约95%，南门旧貌仍在，东门尚有模样，北门遗址犹留。

镇羌堡内外曾有儒、释、道三教建筑28处，除此之外，堡内还建有戏台七座。其中南大街戏台楼阁高大，横置一匾刻"遏云楼"。上述庙宇大多数损毁，失去了古建筑原貌和历史价值，但其历史上的庙宇群却曾在秦晋蒙毗邻地区颇有名气，往日云烟融合在古堡500年苍凉血泪史里。

2014年6月，镇羌古堡成为省级重点文物保护单位。

镇羌护城墩

明清时期，镇羌辖区内有长城边墩（烽燧）35座，长城边口10处，腹里烽墩16座，塘汛3处，可见当年烽火连天。

一直居住在老城里的白成华老人说，府谷长城境内有墩台197个，最为典型的便是镇羌堡的墩台，人们常常在此登高释怀，一览百余里的风光。民国时期，堡内居民还曾入墩台躲避土匪之患（最多可以藏匿500余人），将其作为托命之所。据了解，这座护城墩原本是一座空心楼，墩上建有阁楼，左面原来是尼姑庵，右面原有戏台，再往前是睡佛殿（睡佛现已被供奉于藏经楼内）。

据老人讲述，镇羌堡东门原有一座校场，我们看到现已是一片荒草，间或有人家种点绿豆、土豆之类东西。镇羌堡为明朝边外四堡，是兵家必争之地，历代这些游牧民族与中原王朝进行过波澜壮阔战争，明朝张邦教（嘉靖二十年为榆林道兵备、后为陕西按察使）在其诗作《镇羌阅武》里写道："健儿拍马力追风，手挽长弧射两鸿。三千齐选征荒服，十万匈奴定可攻。"可见当年战事的激烈。在留有乱砖残瓦的戏台前，我们依稀感受当年战歌凯旋、犒军歌舞的热烈场面。

站在护城墩台上，可将西北方向的十里墩尽收眼底。在此不由想起范仲淹"千嶂里，长烟落日孤城闭"的词句，意境悠远。回首再望，那远去了历史纷争的镇羌堡，像一位年迈的老人，颤巍巍地伫立在苍茫的黄土高原，远处工厂的烟囱在大漠伸展，还在延续历史的长烟，在召唤着五百余年的镇羌堡魂灵。

塞上小北京

　　据史料记载，镇羌堡始用于抵御蒙古铁骑，后来才逐步发展为一方经济贸易中心，明清时期甚至有了"小北京"的美称。清末民国时期，镇羌堡内商贸繁荣，物流发达，票号、商铺、酒坊、油坊林立，繁盛至极。雄厚的经济基础也让文化也在堡内积淀，明清时期，孙姓、刘姓等几大家族在堡内建有四合宅院25座，普通宅院28座，建筑风格独特，是中国北方汉民族建筑风格典范。可惜在二十世纪五六十年代，镇羌城内大量的民居宅第因失修及多次转手，每况愈下，今日已存留不多。现在的孙家大院，只留有残破的院落，刘家大院少有人迹，只有门外楼头诉说着当年家族兴盛的景象。

　　建在城堡的中轴线上的十字洞鼓楼，自然地将古城街道分成了东、南、西、北四条大街。除此之外，堡内还设置了东、西、南、北四道长巷及南北巷、五道庙巷和两条短巷。城内街巷四通八达，井然有序。放眼望去，在街道的中央，南街的钟楼和戏台之间还保留着原有的和铺面，我们能感受到当年的繁荣景象。"以前这些地方都很红势。"在鼓楼旁一位93岁的杜姓老人颇有兴致地说起成年往事，很有自豪的感觉。老人说她17岁嫁到镇羌，自家种地为业，农忙时雇有长工，日子过得殷实，因为堡内水土滋养，90多岁高龄的人看上去和城堡一样，一点不显苍老。

　　在城堡内，还有些上了岁数的老人，或在墙根底下晒晒太阳，或手拄着拐杖蹒跚在街道中央，守望着那些残垣断壁，守望着那些分门别类的寺庙。或许，在他们的内心深处，有着和我们不一样的希望，是否在心里吟唱那首一千年以后繁华落幕，我还在风雨之中为你等候的歌谣。

长歌再次回响

  走在堡内，一次次举起相机，把听到的看到的都拍进去，拍出那无以着落的生命长调和滚滚烟云，在历史的轮廓中，古堡是如此的恢宏壮丽、厚重缥缈。

  长风当歌，浩荡风流。历史的脚步从不停息。古堡残垣有幸，近年来，新民镇党委、政府积极开展文物保护和旅游开发工作，众多有识之士联袂响应。历史向我们走来，希望不远的将来，古堡会顺势而发，以新的面孔，再现昔日的辉煌，成为府谷新的文化旅游景区。最后借韩二林先生所撰"两个文明，一座古堡，众星捧月，建设景点，打造陕北一流边塞名镇；百年呼唤，巧夺天工，笔绘蓝图，悉心经营，再创古堡社会人文景观"一联，与社会各界共勉。

　　永兴堡位于神木市神木镇堡子村，东距镇羌堡18.5公里。明成化年间，余子俊遣镇羌指挥使宋祥筑城于山上，城垣周长
"二里零二十五步，楼铺八座"。万历三十五年，巡抚涂宗浚用砖包砌，至清道光年间，包砖已全部脱落，后再未复修。明
代驻军丁及守瞭军共1006名，配马骡399匹，设操守、坐堡、守备各1员。清康熙年驻守兵110名，设守备1员统辖。

　　城平面呈不规则形，周长1004米，占地面积73540平方米。永兴堡保存较差，除南城垣基本保存外，其余城垣及城内建
筑基本无存。城堡原建有三座城门，其中东、西门均毁坏，南门及瓮城遗址尚在。原有四、五座马面，现存于南城垣上的
1号马面保存较好，其余破坏严重，位置难以确定。南城垣在四面墙体中保存相对较好，现存墙体长214米，黄土夯筑，土质
较硬，夯层厚0.08～0.12米；东城垣遭人为破坏严重，只保存有大部分外侧墙体，现存长度234米；北城垣残长131米，外侧
残高5米；西城垣残长216米，外侧残高2～7.5米。

　　2017年，明长城——永兴堡遗址被公布为陕西省文物保护单位。

卜算子 · 永兴堡

向晚独登台，家堡依山隈。
古寺松风过重峦，月在边城外。
拾眼望胡尘，戍宇何轻怠。
只愿烽烟永止息，陌上花如海。

永兴堡

◎ 永兴堡纪事

作者：许永刚

  永兴堡位于神木市神木镇堡子村，是明长城进入神木的第一个营堡，是延绥镇"三十六营堡"之一。修筑于明成化年间（1465～1487年），万历三十五年（1607）以砖包砌城垣。城堡地势险要，所在位置较高，周围有8个烽火台，与城堡间可进行直接的通信交流。永兴堡是明长城延绥镇重要的关隘。明长城由府谷县向西南延伸进入神木，境内分为两条，俗称大边和二边。其中大边长约85公里，二边长约100公里。

  相传永兴堡城最早叫永天府，后来曾叫过凤凰城。城内的三官庙是凤凰头，菩萨庙是凤凰的尾巴，老爷庙和小城是凤凰的两翼。永兴堡依山而建，呈凤展双翼之势，有一种高飞于林的感觉。娘娘庙的东面是校场梁，远远望去便可想象出古代士兵们是如何于此守望疆场的。永兴堡山上有七座长城墩台，如今这些墩台都已严重坍塌，砖瓦很难见到，但遗迹尚还连贯，和长城墩台一样凋落的永兴堡，村里居住的人很少很少，年轻人都已进城，只留下了一孔孔破旧的窑洞和杂草丛生的院落，乡间小道上偶尔有几位老人走过，一缕缕淡淡的炊烟飘荡在村子的上空，整个村庄一片寂静，偶尔间传来一声声鸡鸣狗吠声，顿时划破了那份神秘与宁静。

走进堡子村，首先映入眼帘的就是高高突起的长城古墩台，古墩台矗立在杂草丛中，四周被村民耕种的田地紧紧包围起来。周围土壤松软，庄稼长势茂密。古墩台犹如一位整装待发的士兵静静地站立在那里。墩台外围全由砖头垒起来，墩台内部是由夯土做成，下边留有4个洞口，十岁的女儿欣喜地穿梭于各个洞口前，好奇地东张西望。拾级而上，站在墩台顶上，居高临下，隐隐看到前方的烽火台在遥遥相望，四周景象一览无余。

　　据史料记载，永兴堡为明成化中巡抚余子俊遣镇羌（今府谷新民堡）指挥宋祥，置城于山上，周二里二十五步，南面一门楼铺八座。明朝时期，永兴堡辖长城"六十二里八十六步，墩台三十九座"，当时驻兵762名。永兴堡曾经是一座人口繁盛，庙宇林立的长城古堡，三面临沟，地势险要，易守难攻。堡子里有座大仙庙，庙里香火很旺，大仙庙背后曾经有一个衙门，体现了永兴堡当时的繁荣与兴旺。因神木地处河套之南，陕北之北，长期以来就是兵家必争之地。边塞要地修筑长城是古人在冷兵器时代抵御外族入侵的重要举措，一墙可敌百万兵。经过几百年的风雨沧桑，现在只剩下了依稀可见的城墙，城内大部分都已经变成了庄稼地。这里原来有西明寺，有东西南北四门以及城门洞，传说永兴堡原来有十几棵三人合抱的古树，现在只剩下一棵了。五百年的世事变迁，唯有古树一直在守望着这座古堡。

　　如今走进堡子村，一座偌大的长城墩台依然静静地伫立于村头。在与一位老者的交谈中，他谈到了一些有关长城的记忆，在他们还小的时候，墩台上的砖头还有，经常听大人们讲一些祖传下来的长城故事，他们爷爷的爷爷把古老的传说一遍又一遍地叙述给他们，那些英勇而传奇的历史故事听得让人揪心而伤痛，每一个故事的背后都浸润着先民们的鲜血，在那些战乱的年代里，人们过着食不果腹、衣不蔽体的生活，还要忍受战乱带来的苦难生活，那些凄惨的故事情节令人悲恸至极。那时候经常是听着故事望着长城，感觉到长城的雄伟与壮观，更多的是充满了神秘的色彩。随着时间的推移，长年累月的风雨侵蚀，墩台受到了严重的损毁，后来人们把砖头捡来用于修建，因此墩台在逐渐地破坏。近年来，政府出台了一系列的长城保护政策，长城遗址才得到了有效的保护，长城墩台附近有了围杆并标注了警示，提示人们在长城的保护范围内禁止开挖或种地。

　　初秋的午后，秋风瑟瑟。古老的墩台显得那么雄伟而又凝重，脚下是一些凌乱残损的碎石瓦片，它们静谧地躺在高高的杂草丛中，在历史的岁月中安然入梦。我踏在沉睡的杂草瓦砾中，生怕惊醒它们。在密实的夯土墙上，我用手指轻轻地摸了一下，仿佛是在触碰一块坚硬的骨骼，那裸露的肌肤早已被历史的风雨冲刷得伤痕累累，好在现在做了保护性的修缮，墩台才显得完整无损。站在墩台顶上，我久久注目，回望历史依然可以感觉到墩台的肌肤在散发着浓浓的战火硝烟气味，在不远处仿佛听到了隆隆的战鼓声，眼前闪现出一个个身披战袍的铠甲战士，他们英勇抗战、宁死不屈的顽强精神深深地震撼了我。突然，女儿的一身呼喊打断了我的思绪，女儿的询问让我们又一次回到了远古的岁月。

　　走进古墩台，就像走进一位历史巨人，在它斑驳的岁月长河中，让人不禁浮想联翩，在这古老的墩台上，曾经流淌过多少血汗，有多少人挥洒汗水，又有多少人流血牺牲。每个墩台又有多少个将士日夜驻守，他们身披铠甲，驻守阵地，保卫疆土。凝视古墩，回望历史的脚印，那里有刀光剑影的残忍气势，有战马奔腾的豪壮场景，有凄凉悲壮的历史画面。历史的云烟早已逝去，长城已经成为我们华夏儿女见证民族团结和祖国统一的有力证据，在今天，长城不仅是古代的军事建筑，它更多的是体现我们中华民族坚强不屈，奋发向上的一种精神。

　　历史的车轮在不断地前进，带走了那个时代的沧桑。经过几百年的岁月洗礼及人为的破坏，今日营堡墩台早已面目全非，但是从残留的墩台和散落在地的砖瓦碎片中，我们可以联想到曾经兵荒马乱的那种情景。巍巍长城，像一条巨龙一样盘旋于群山之中，奔腾于万山之巅，犹如一条跨越历史时空的巨龙，以其坚固的防御体系，横亘古今，守护着苍茫大地，经历千百年的风霜雪雨，昔日雄关漫道早已不复往日的雄浑，仅存的残壁断垣，青苔瓦砾，散落在沿线的营堡之中。

　　大柏油堡位于今神木市解家堡镇大柏油堡村，北距大边长城1.5公里，东北距神木县城15公里，西南距柏林堡20公里。明弘治初年建筑堡垣，周长"二里零九十二步，楼铺一十二座"。万历三十五年(1605)，巡抚涂宗浚用砖包砌城垣。明代该堡设驻军丁及守瞭军共466名，配马骡149匹，设操守、坐堡、守备各1员；清康熙年驻兵100名，设守备1员领之。

　　城堡建在南边盐碱沟，北边柳沟川之间的高山梁上，平面呈不规则长方形，城垣周长1094米，占地面积约43630平方米。大柏油堡西、南、北城垣保存较好，西城垣长126米，南城垣长456米，东城垣长68米，北城垣长444米。西门设有瓮城，角楼仅存2座，城内有中心楼基础1处。城外有护城墩、石窟各1处。

　　2017年，明长城——大柏油堡遗址被公布为陕西省文物保护单位。

一剪梅 · 大柏油堡

塞上春回残雪消。绿藓初生，草碧芳郊。

城西平漠燕低徊，飞去楼台，何处羌箫。

往事随风一梦遥。近川如流，已是今朝。

百年老树未曾凋，烽堡常存，地远天高。

大柏油堡

◎ 大柏油堡散记 作者：李 岸

　　奔赴在神木南部的荒野里，这儿的一切尚未被工业所浸染，在荒草丛生的灌木间穿行，一路上蝶蜂等各种飞虫不停地在花草间萦绕，虫蚁们一直在奔忙行走寻找中意的食物，众物怡然自足互不妨害，共同为荒野提供着蓬勃的生机，这原始的野性与生气激发了我们欢快的豪情，让我们沉寂的大脑与思维不由变得活跃而清明。如果有幸，在这偶尔也能碰见牧羊老人蹲坐在树荫下，悠然放牧着羊群，与远处断断续续的长城墩台，构成一幅古老的农牧图，给人以历史的厚重感与沧桑感。

　　远远地就能望见兀立在梁峁上的大柏油堡了，这座重要关隘，据《榆林县志》载："弘治初置，城在山上，周二里九十二步，高二丈。西、南、北门三，楼铺二十座，系极冲之地。万历三十五年（1607）巡抚涂宗浚用砖包砌。"如今早已不复当年的雄伟模样，一副"残兵败将"样，七零八落地或卧或立于山间，虽短短几百年光阴却沧海桑田、物换星移。呜呼，生命须臾之短暂，让人不禁望墙而泪，多少雄伟的事物就这样在时间的浪潮里悄然不见，徒留一抹浪迹，"子在川上曰：'逝者如斯夫，不舍昼夜'"，君不见江山代代换新人，吾辈当自强自立，在那刹那中寻求永恒。

通过起伏的山路在大柏油堡的入口处有座庙宇，由一座墩台改造而成，在庙旁的台阶上面也有座庙宇，是曾经的大柏油堡中学演变而来，右面是城隍庙，从庙内琉璃瓦上的刻字"万历三十五年"可知该庙历史悠久，环山而望，山间庙宇众多，其中兴隆寺庙群最为出众，其由大寺、菩萨殿、三官庙等四部分十三处庙宇和南寺峁两处石窟组成。从这些庙宇中不难看出此间庙宇已然成为古今生活在此处的守将、战士及居民的精神庇荫之所，神灵成了他们在与苦困现实抗争后走投无路的一条出路，也许神灵虚渺终不可寻，可它却成为一种真切的力量支撑着人们穿越了苦难与挫折。在这些肃穆的庙宇山底是农人朴素的居所、宽阔的田地、潺潺的流水，在道路旁林立的树木与居所间偶尔会传来狗吠鸡鸣声，往往还伴随着牛羊的叫声，阳光下田间堆立的草堆与玉米堆等与这一切构成了一幅恬静淡雅的农家闲乐图。

附近有座翁城遗址，城门坍塌，堡墙破败，横亘在山梁之上，城墙左右延伸，将古道通路卡死，系史书记载的极冲之地无疑，抬眼望去，山对面的烽火台像一只巨大的雄鸡矗立在山顶，在夕阳的衬染中雄伟至极，犹如伟人傲立群峰，指引前行的道路。纵观此地的长城段落或墩台上的砖块多数已然剥落或被破坏，一簇簇荒草从隆出地面的土墙上，挺出身姿，仿佛是引领草木的将领，在做一番向生发起冲击战的鼓舞士气的战前宣讲，放眼望去漫野的荒草与灌木占据了整片疆域，仿佛没有边际，漫漫豪情与生气油然而生，而山底的居民代代又何尝不似这荒草一样柔韧而强健地扎下了自己的根，慢慢结出自己的籽。

我心中感慨，走过去要爬上一段土城墙时，在草丛里发现一块白色的骨头，不知是明代，抑或什么朝代战士的骨头，被雨水冲刷了出来，寂静的白骨似乎还在低吟着曾经战况的惨烈与对安宁生活的向往。曾经北方的民族为了生存南下掠夺资源，被劫掠者为了生存筑起了长城，为此人们互相残杀，戕贱生命，不禁让人无限悲痛。据历史记载：在万历后期，大柏油堡战事频繁，蒙古骑兵来进犯，在万历四十三年，元蒙吉能等人聚集精兵四千余人，要挟大明朝廷，提出封王、赐印、赠玉带及蟒衣等十条要求，神宗皇帝朱翊钧派出太监出使，训斥了吉能一番，吉能等人恼羞成怒，斩杀了太监和十二个随从，随即大举进攻大柏油堡。孤山副将孙宏谟、中军刘聚等闻讯奔来相救，在卧虎寨遭遇埋伏而伤亡惨重，最终大柏油堡守军七百余人在孤军无援的境况中全部战死，大柏油堡被攻破后，偏关守将万福成带兵从河曲县西渡黄河前去救援，最后击溃吉能，由此可见当时战况何等惨烈。

在康熙帝时，一次朝官言及，长城几经兵燹和岁月的冲刷已变得破败不堪，急需修缮。长城是国家的军事屏障，历朝都着力经营，我朝也应依此成例，修葺整顿为妥。康熙皇帝沉吟片刻说，明修长城，工程浩大，劳民伤财。何曾能阻我先帝龙兴关外，革鼎中原！修长城又有何用？不足取。人心即是无形的长城，只要人民安居乐业，天下一心，便是万古不废之长城！康熙帝的这番话与其说是为政者要让天下百姓安居乐业，才可邦国永固，倒不如说是只要我们人人能相亲相爱，自立自强，互帮互助，无论是邦族还是异族，皆可共荣共生。英国诗人堂恩说过"没有人是一座孤岛"，虽然过去人们对这一认识还很浅薄，但是随着灾难的频发与信息的畅联互通，使得人们越来越深刻地认识到彼此命运的紧密性。

如今，站在废弃的城墙上，眼前的一切早已没有了疆域的界线，俨然是一片荒草与树木的世界，没有烽烟，没有马嘶人喊，曾经互相敌视的王侯将相、军队、子民都已在这片土地下安眠，所有的证据都表明，一切事物在时间这位老人的调解下达成了和解，而自然这位仁慈的女神，依然慷慨地敞开门户，欢迎每一位热爱它，并能在此获益的人们的到来，它用无声的语言告诉人们，无论人们如何设下藩篱，终将在它的仁慈的伟力中化为烟云，它还告诫着人们唯有爱与宽容才能救赎我们彼此，因为我们每个人都是从自然之树上结出的果实，彼此的命运休戚与共，而贪婪与狭隘是阻碍我们相爱相生最为有害的事物。因此，我所希冀的事，是人们可以在爱与宽容的沐浴下，像桃杏一样灿然地绽放，像草木一样持久地蓬健，并能够像它们在地底的黑暗中相互挽紧根系一样，相互扶持，相予力量。

　　柏林堡位于神木市高家堡镇柏林村。唐为胜州地，产柏故名。明成化初，巡抚卢祥置。城设在山塬，系极冲下地。周围凡二里零一十二步，楼铺八座。万历三十五年(1607)巡抚涂宗浚用砖包砌，边垣长四十三里零一十六步，墩台二十六座。

　　堡城建在四面临沟的台地上，平面呈长方形，城垣周长1236米，占地面积约9.5万平方米。柏林堡设东西两座城门，均有瓮城。城内现存中心楼一座，城内原为十字街道布局，城内东北部发现几处建筑基址。墙体为黄土夯筑，外用砖石包砌，东城垣长288米，底宽8米，顶残宽1～3米，夯层厚0.10～0.14米；南城垣长322米，底宽8米，顶残宽1～3.5米，外高1～6米；西城垣长286米，底宽8米，顶残宽2～4米，夯层厚0.10～0.14米；北城垣长340米，底残宽5～8米，顶残宽0.6～3.5米。

　　2017年，明长城——柏林堡遗址被公布为陕西省文物保护单位。

临江仙·柏林堡

丹霞如绣生晴彩，朝云掩映山城。
照风摇曳杏黄旌，戍边台下，古栈送驼铃。

车水马龙繁盛地，四方佳客相迎。
春光又绿柏林东，百年岁月，几度演清平。

柏林堡

◎ 柏林堡 作者：杭建新

从夏代至元代三千多年的时间中，神木这块土地上民族对峙，兵燹不断。在浩瀚的大漠和广阔的高原上，至今残存着战国秦及隋、明时的长城，因地随形，以险制塞。尤以明代长城，构筑雄伟壮观。

神木境内明长城防御体系上的五座营堡，坐落于长城的"大边"和"二边"之间，负责着一段墙体和墩台的瞭望攻守任务，成为相对独立的边防古城。

柏林堡，东至大柏油堡20里，西至高家堡40里，南至黄河120里，北至大边2里。素以"三十六营堡之冠"称雄延绥镇边塞的高家堡，得到许多人的关注，它拥有着无数个传奇故事，尤以距今4000年左右的石峁遗址，震惊世界。距离高家堡几十里的柏林堡，也因此让人有了种种猜测。

行驶在弯弯曲曲的山路，柏林堡的名字听起来就让人浮想到它的前世今生。

走进一座城堡，一定要熟悉一段历史，或远或近，我已被这座古老的城堡遗址所惊叹。明成化初年，时延绥镇巡抚卢祥最早置土城于山原，建起了柏林寨。在柏林山上，千年的古柏苍翠挺拔，繁茂如盖，而且其枝皆左扭纹，成化九年改为柏林堡。柏林堡平面呈长方形，城垣周长1236米，占地面积约95000平方米。我站在距今有550余年的古堡前，抬头仰望着近20米高的角楼，自己却变得如此的渺小。高约5～7米的城墙有被青砖包砌的痕迹，残破的墩台和墙体，败落而沧桑，仿佛一个个身披战袍的将士迎着风傲然挺立。怀揣一份敬意，小心翼翼地穿过杂草丛中，这些沾满了江湖风云的野草，锋利地刺向我，忍不住弯下腰来，以礼相待。清康熙《延绥镇志》载："周围凡二里零一十二步，楼铺八座。"万历三十五年，辖长城"四十三里零一十六步，墩台二十六座"。在明正德年间到清咸丰年间的300余年的时间里，是柏林古城最为鼎盛、繁荣的时期，沿街房舍井然，店铺林立，人有上千，每逢农历初一、初五，客商云集、车水马龙。

柏林堡属明清时国家驿路的腰站，东25里接解家堡，西40里到高家堡正站。当时公文的往来，均由各站传递，在当时它的重要性可想而知。明代柏林堡驻兵多达627名，另配骒马223匹，可谓是兵强马壮。到了清代逐渐裁减为35名，配马5匹。据说在柏林堡，还有赵总兵戎马生涯的故事，对于这样的传奇人物，还是留给他的后人来讲述。据《神木县志》记载，明一代柏林堡并未发生大规模的战事，清同治七年也就是1868年正月，柏林堡被义军攻克，此后昔日的军事重镇、商贸中心已荡然无存。城堡的居民，受此劫难之后，纷纷迁出古堡，另地谋生。当读到这段文史资料时，我渐渐对古堡多了些惋惜之情。曾经的一切都已成为过眼云烟，只有这些散落在各个角落的历史残片依然在讲述着它的故事。静静地聆听，风中时不时传来号角声和战士的厮杀声。

城中心，有一座1944年由驻守神木的国民党军队修建的"白墩"，其实就是一座居高临下、易守难攻的碉堡，正面镶嵌着一块书写着"安邦"的石质匾额，或许在那个战争年代里有着它的另一番寓意。轻抚着一块块厚重的城砖，它们依旧像边关将士屹立在那里，固执地守护着这方水土。城南、城中心、城北的那几处建筑遗址中，虽已断壁残楼，多有坍塌，视野之处全由野草覆盖，但能想象到它在当时延绥地区重要性。

九月的柏林堡，依然沉浸于风吹草动的边塞诗中。放眼望去，瓦蓝的天空下，在这块丰饶之地，每一株野草、每一簇野花，每一棵老树，都格外的亲切。能让人欣慰的是几场秋雨过后的柏林堡越来越有精气神，它不再有苍凉之感。从城中向远望去，你看那一台台风力发电机，恰似新时代的忠诚卫士，在高原默默地挺直了腰，源源不断地把新能源输送到大江南北。

有时候我经常这样想，倘若能够穿越一回，我一定要走进那个远古的时代，站在烽火台上，眺望着远方。每当落日余晖，一片片彩云像旌旗一样插在墩台、城墙上，迎风招展。在黄土黄沙血汗筑牢的烽火台上点燃篝火，战鼓雷鸣、金戈铁马、大漠孤烟、战士凯旋、解甲归田，何乐而不为之。

通过走访、观看视频和翻阅文史资料，我对柏林堡有了更深刻的了解。当地人的口中流传着一句俗语，那就是"二龙戏珠水包城，山中的圪坨坐山顶"，其实这也是对柏林堡的地势和风水的写照。

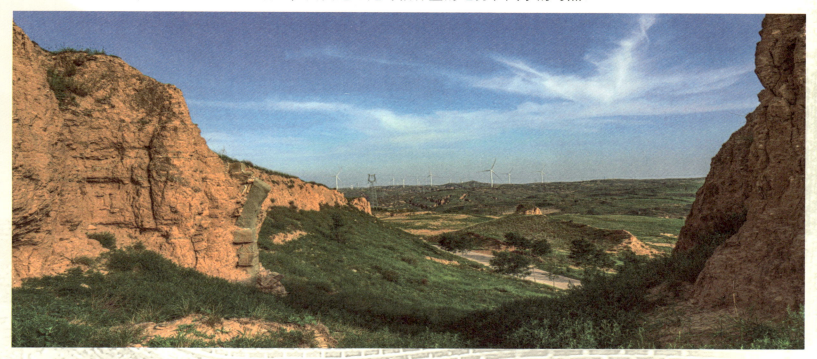

在这里不得不提一下被称为"榆林之父"的余子俊，据史料记载，余子俊在榆林除了振兴城池，在塞北边陲改建延筑长城，守护一方安宁，也给这块饱受兵戈之苦的土地，带来了改变契机。榆林长城的修筑和防御体系的完善，带动了边贸交易，经济、文化逐渐取代了军事斗争，汉族与蒙古族及西北少数民族的交往日渐频繁。九边重镇之一的延绥镇长城沿线的三十六营堡这些重要关隘，数百年来守卫着陕北这块神奇的土地，当烽烟远去大美是沧桑时，让我们在历史的长河中，寻找、挖掘、传承着一种忠勇报国之魂。

　　柏林堡的过往，跌宕起伏，盛衰荣辱，但最多的还是作为长城卫士，它用黄土身躯，抵御着外来侵略，守护着疆土的安全。在它的身上不难看出一种戍边守边的"民族脊梁"。明长城无疑就是中华之瑰宝，它闪烁着民族精神的光芒，在当下它激励着一代一代麟州后人，为弘扬长城精神、赓续中华文脉而砥砺前行。

　　在柏林堡的分分秒秒，碧绿与金黄色伴随着九月之光，深深烙印于心扉，不得不说，大自然的古朴、浩瀚、幽美，让人瞬间远离喧嚷的闹市区，风悠悠地吹过，耳畔传来历史的回音。

　　时间真快，一晃就过了中午，于是带着对古堡的一份恋恋不舍，轻轻拍一拍身上，不带走千年来的尘埃。

　　驱车原路返回，一路上依旧要翻过一座座山梁，开过一道道深沟，秋阳下的沟壑、风车、村落、羊群，离我越来越远，在即将拐弯驶向宽敞的公路时，我看见一群秋雁排成人字形，缓缓地向南飞去，它们肯定会飞过柏林堡，飞向更远的家园。

　　高家堡位于神木市高家堡镇。历史上高家堡的行政建制屡有兴废，政权更迭频繁。秦属上郡，汉置圜阳县，唐属丰州地，宋称飞鸦川，金置弥川县，元为弥川巡检司。据《榆林府志》记载，明正统四年（1439）。陕西巡抚陈镒将弥川寨移设于高家庄，建立高家堡。城设在平川，系极冲上地，周长三里零三十八步，楼铺十五座。驻扎军丁1584人，配马骡驼1058匹，设操守、坐堡、守备各1员，守瞭巡防大边长城"四十二里零二百三十八步，墩台四十四座"。

　　《延绥镇志》载，后余子俊展修，万历三十五年（1607），巡抚涂宗浚用砖包砌。清康熙年驻守马步兵共145名，配马15匹，设守备1员统辖。清乾隆十五年（1750）、二十七年（1762）、三十三年（1768）均有维修。

　　高家堡是明长城的戍边要塞，西北距大边长城约5公里，史称"极冲上地"，先后为延绥镇"十八堡寨"和"三十六营堡"之一，城内"益阜仓"也是延绥镇"十八仓场"之一。

　　高家堡建在秃尾河东岸的二阶台地上，地势开阔平缓，建造规整。城堡平面呈长方形，城垣周长1550米，占地面积19万平方米。城内以中兴楼为中心，设东、西、南、北四条大街及小巷等，铺舍和四合院民居沿街巷布局。城垣保存完整，设城门四座，有马面、角楼等。

　　2008年，高家堡古城被公布为陕西省文物保护单位。

生查子、高家堡

塞上旱码头，商贾通蒙汉。
牛羊遍地行，百姓呼朋伴。
四街若棋盘，楼鼓随风远。
把酒望西川，忽觉春山晚。

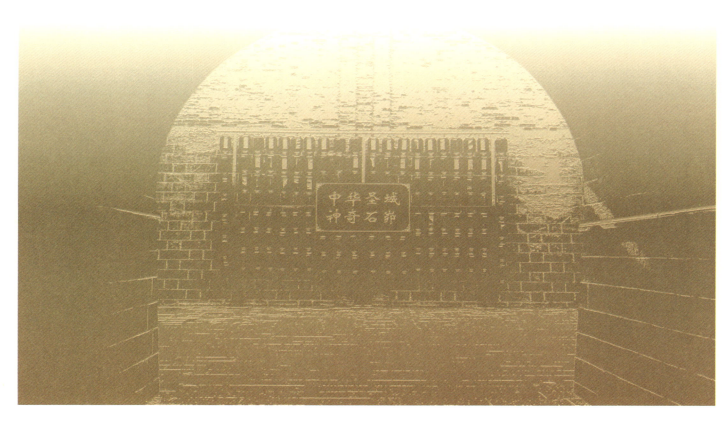

◎ 边墙古堡的背影 作者：党长青

　　长城在陕北俗称边墙，墩台垛口都有风化不了的历史传说，塌垮的是砖石垒砌的琐碎日子，矗立不倒的是千年神话累积。如果把长城比作一条随风飘招的长袖，那么高家堡和建安堡就似缀在长袖口的两粒纽扣。纽扣不仅仅起装扮作用，更有着守口把关的封锁之效。要说高家堡的背影长短，先得牵扯石峁山的悠远和短暂。眼近念远时，让人心旷神怡；山高水长时，让人心潮起伏。春天里白草醒了，雷家塔的红皮葱在石缝中与白草一起发芽，古堡东侧的无量山光秃秃的呵欠声响起，叠翠山半山腰的石洞门却咬紧牙关哑无言语。狂飞的沙尘扫视了石峁山，昏黄的落日照在高家堡破损的城墙上，城砖缝隙里斜生的几株柠条和榆树苗，面对撂荒的城池欲哭无泪。

　　明长城榆林卫三十六堡之一的要塞之地，难比石峁古城四千多年的年龄啊！当年宏阔雄傲的石头城，有皇城台巍巍屹立，考古专家们发现的纴木、壁画、少女头骨、骨制口簧琴、鸵鸟蛋、玉片牙璋、骨针、麻织纤维、陶制品、雕刻人面像等等出土文物，无不显示着人类文明草创时代的辉煌物证。壮观的石峁城背影，我没办法恢复它的恢宏气势，只是在局限的想象里思考。所有的考古专家都是思考者，从洞穴居住到采光遇风的舒适住所，从人工取火到熟食的烹煮，生香活色的远古生命，进化到极致的群居人类，水、植物的选种、动物的驯化，都是一个个伟大创造的过程。

为抵制蒙古部落入侵明朝疆土，1439年在秃尾河东岸山屏河据处，右副都御史陈镒择的筑城。1472年，巡抚余子俊展修高家堡为军事重镇。1608年，巡抚涂宗浚用砖包砌堡城，高家堡面貌为之焕然一新，边声狼烟互衬。军民需要教化，文化教育必须跟进开办，及至民国，有学士裴宜丞、刘文蔚、方镜堂等人，创办新式学校，更兼女子读书掀风潮，这是民国教育的夏天之花绚烂之时。孔门之教兴起于闭塞边地，文化知识与世界接轨彰显文明风尚。为普及教育，没有贵族贫民之分，地方绅士捐钱捐粮，开化之潮水荡涤封建腐朽的余味，洗净了人们头脑中残存的三纲五常。马列主义的微光照亮暗夜，一批有识之士史仙州、康恭安、李登瀛、张秀山等人走上闹红前线。古堡高家堡的文化底蕴，在革命者的头脑里掀起为群众利益拼命的风暴，也是时代给古堡小巷添加的一种改朝换代思考。一弯月亮照着汩汩南流的秃尾河，夏季的山洪让河水涨溢泛滥，它是黄河的支流，理应有中华民族波涛汹涌的原生力，携带一股力量涌入大海，将黄色文明和蓝色文明稀释混合成汪洋之势。

　　在高家堡南街和东街上，留有一排排古旧的商铺。扣板铺门俨然留下影子一样的商人气息，仿佛戴着石头老花镜的一个个老汉，正拨弄着落满灰尘的大算盘。精明的打算和强悍的心机，哺育着旱码头商人的眼界胆量，驮运贸易的交换和军旅保护的地方主义稍有疏散，就会形成经济发展的激变。高家堡由于山形水势的地理交通优越性，隐伏下百年的商机积散福地，让无数商客云集这里，享受着各个时代商业大潮的过滤式洗涤礼仪。不必说粮油皮毛盐碱的红漾交易，不必说刘大荣、寇瑞生、亢万里，张子英大商户，在民国年代的声名鹊起，单是名医世家"仁寿堂"的杭氏中药房，堪称医界一绝。从杭锡龄从医开始，一直引领徒弟为堡民诊断疑难杂症，历经五世研究中医大成者，尤其是杭逢源名医，享誉陕北医界和民间。

　　冬临时，雪花四下飘无踪。高家堡老街一间老铺里，有十多个音乐弹奏爱好者，他们是戏迷也是民间乐器班的老年人。弹扬琴的老者戴副墨镜，大约八十多岁吧，"心随境转则凡，心能转境则圣"（《菜根谭》语），音乐净化老者灵魂。老有所养是以健康为前提的，而那一把二胡，一把三弦，一副扬琴古筝，手不拨动时，装在乐器里的声音正在悄悄发酵，一切语言都暗哑了，一切盼望都诸存在有记忆的弦子上。五音全不全，谱子里埋着朝气和暮味，只要心有灵犀地拨弄，梅花绽放雪天的美景，在老人们一树梨花迎头开的这般年龄，会幻化出绝妙的古堡故事的。听！阳春白雪和下里巴人的曲子，正从手指上淌出……耳边响起风雷阵阵，西山的龙泉寺在听！东山的无量叠翠在吟！秃尾河弯曲着流过古堡了。

　　建安堡位于榆林市榆阳区大河塔镇大河塔村建安堡自然村，东北距高家堡20公里，为延绥镇东路营堡最西者。明成化十年（1474）巡抚余子俊置。万历三十五年（1607），巡抚涂宗浚用砖包砌城垣，城"周凡二里零一百七十二步，楼铺一十五座"。明驻守军丁并守瞭军共680名，配马骡347匹，设守备、坐堡、操守各1名。清康熙年，驻军兵120名，设守备1员统辖。

　　堡城建在西、北临沟的山梁上，平面呈长方形，因自然地形所限，城东北角呈圆弧形。城垣周长1416米，占地面积110400平方米。城内中部偏东有中心楼。建安堡设东、南、北三座城门，外筑瓮城，城内中心有钟鼓楼，庙宇、民居基本无存。城垣除西城垣北段断续相连外，其余夯土墙保存完整。东城垣长470米，南城垣长226米，西城垣长484米，北城垣长236米。堡城修建规整，四角均建角楼，现存夯土楼台保存较好。

浪淘沙令·得胜归

暮野映苍峦，猎猎烽烟。
将军策马灭敌顽。驱尽豺奴长啸去，剑指南天。

归胜建安关，十里欢颜。
金钟声破五更寒。若问男儿平定处，塞外云山。

建安堡

◎ 叩访建安堡

作者：王甜甜

　　早就想拜访建安堡了。驾车从榆林出发，经麻黄梁镇双山堡至大河塔镇建安堡，沿途地形沟壑万千，又有广袤大漠，偶尔可见零星的一两户人家。大约一个小时车程后，我们首先看到了一段城墙角，依倚层崖，气势非凡。建安堡位于南山之巅，北面临沟，沟里有潺潺的清水河从山脚下缓缓流过，清澈甘甜，为古堡提供着水源。车辆按着道路指示，盘行而上，可以直至南门瓮城。据说瓮城原有砖包，如今早已不见了踪影，黄墙裸露、残留半边，但看起来仍然非常坚固。

　　穿南门而入，好像穿越了历史的隧道，瞬间穿越回到那个金戈铁马，硝烟弥漫的时代，建安堡前后五个多世纪的风风雨雨绰约在脑海闪现。明朝中叶，朝廷为了防御漠北蒙古贵族残余势力南侵，先后在榆林境内的长城沿线构建营堡41座，统称"三十六营堡"，建安堡是榆林东线著名的营堡。据清道光年《榆林府志·卷六》记载："明成化十年（1474）巡抚余子俊增置，城在山畔，周二里零一百七十二步，楼铺一十五座，系极冲上地。万历三十五年（1607），巡抚涂宗浚用砖包砌。清乾隆二十三年（1758）知州刘度昭请修，二十七年改属榆林。"史料记载，建安堡在当时驻兵701人，马401匹，都司一员。清代由于边防无事，汉、蒙双方议和开启互市，建安堡的军事作用下降，榆林府便将驻军裁撤。1912年7月，建安堡还发生了神团农民反抗官府强行铲除罂粟苗的风潮，农民遭到官兵的血腥镇压，民房和庙宇都被烧毁，群众被迫背井离乡，四方避难。鼎盛时期曾有一千多人口的建安堡，现在只有几十户人家分散居住，整个城堡内显得空空荡荡的。

从南门的瓮城望进去，堡内的几座城楼呈一字排列，最为显眼的是位于中央的钟楼。钟楼建在城堡的中心，是小城的信仰中心和文化中心。据文字说明所载，此楼初建于洪武三年（1370年），比整个城堡早建一百年以上，可见后来的城堡是围绕此楼建造而成。通常情况下是先建有城堡，后在中心建楼，而建安堡钟楼的情况却比较罕见：先有楼，后有堡。城堡内外原来有近20处庙寺，陆续建于明、清两代，如今仅有，娘娘庙、龙王庙、三官庙、关帝庙等数处。钟楼上供奉着玉帝，"威震北方"的匾额高高悬挂。不远处修有戏楼，听说庙会时唱大戏三天，祈祷诸神保佑百姓民众，风调雨顺，国泰民安。

　　我们顺着南门旁边的一条小道攀爬而上很快就登上土城，四周一千多米的矩形城郭历历在目。相对于长城沿线其他古堡，建安堡要完整得多，除了北墙有部分坍塌外，其余三个方向的城墙基本连在一起。看到这样保存如此完整的一座古城，真令人欣喜。哪怕是驱车一天能够抵达，也是值得的。堡设东、南、北有三城门，西边地势较缓，没有设置西门。举目北望，长城时隐时现，周围还有墩台数座。堡城南门外的关帝庙，据重修庙宇碑记所述，此庙初建于后唐，则已有千年以上的历史。后来累废累兴，香火未绝。在离建安堡不远的地方，还有三台界长城遗址，这是一条游牧民族与农耕政权的分割线。如今沿线上的长城遗址基本圮塌，只留下一座残垣断壁的烽火台高高矗立，似乎在诉说着激荡人心的沧桑往事。

　　由于建安堡整体保存较为完整，越来越受到社会各界的关注。电影《东邪西毒》和《大秦腔》摄制组曾先后在这里拍摄外景。1990年建安堡遗址被公布为市级（榆阳区）重点文物保护单位，2008年建安堡遗址被公布为省级文物保护单位。这几年，越来越多的游客来到建安堡，游览黄沙、旧堡、荒漠、峡谷，体味一段消逝的记忆，感受一种说不尽的苍凉。

　　建安，创设安宁之意。堡内居住的村民攒集在古堡的中央偏南一带，而古堡北部为空旷的田地。大概是假期吧，堡内安静极了，只见一老人肩上搭着树铲和勾连，拉着不慢不快的脚步出了南门。西南墙角的玉米已经开始收割，中年男人弯下腰砍着玉米秆，顺着摆成两行，两名头戴包巾的妇女坐着剥出了一堆一堆金黄色的玉米，两名小孩在地里不停地打闹嬉笑。

　　城因人聚而兴，人因城兴而居。也许，人与城最好的关系就是相依相偎、相互滋养，如果割裂任何一个方面都会造成失衡，甚至是衰落。这应该也是城市建设中的一个参考吧。

　　返程时，我们没有从南门原路返回，选择了从东门出堡。离开时还是有些依依不舍，多想在这个古堡住一晚呀！

　　双山堡位于榆阳区麻黄梁镇双山堡村，北距大边长城5公里，东距建安堡20公里，西距常乐堡20公里。明正统二年（1437）延绥巡抚郭智在北地湾筑堡寨。成化年间，巡抚余子俊移筑今堡，将柳树会（今佳县王家砭镇柳树会村）守兵调守双山堡。万历六年（1578）重修。堡垣周长"三里零九十步　楼铺一十四座"。屯驻军丁及守瞭军共660名，配马骡331匹，设操守、坐堡、守备各1员，守瞭巡防大边长城"三十里零四十五步，墩台四十座"。清康熙年屯驻守兵100名，设守备1员统辖。

　　双山堡建在四面沟壑相连的独立山梁上，形状呈不规则长方形，当地俗称"凤凰城"。城垣轮廓清楚，城周长1610米，占地面积约80400平方米。双山堡残存部分城垣及其附属设施，包括南瓮城、马面、角楼，城门遗迹等。城垣黄土夯筑，南城垣长210米，西城垣长660米，北城垣长41米，东城垣长700米。城设东、南、西三门，四角均有角楼。

　　2017年，明长城——双山堡遗址被公布为陕西省文物保护单位。

临江仙·双山月夜

秋月斜照西楼上，落花飞满城东。
朝来微雨晚来风，双山旧堡，左是凤凰城。
连绵壑壁云山里，韶光演尽衰荣。
亭台榭宇早成空，几枝老树，步步待归鸿。

双山堡

◎ 黄土高原的一幅画 作者：王建霞

双山堡

　　双山堡，像挂在黄土高原的一幅画，朴实、简单、幽静、温馨。画面安逸、恬静、祥和，充满浓浓的烟火情趣和生命的向上活力。

　　堡民就是画中人，他们的日子过得不紧不慢，习惯和满足种庄稼、养牲畜的农牧生活。房前屋后收拾得干干净净，地里庄稼劳务得整整洁洁，窑面子上挂满的红辣椒、玉米棒、大蒜辫，没有一样不是经了一双劳动的手。

　　进村都是客，堡民拿出自己地里收获瓜果招待，还要烧火做饭留吃饭，实诚，憨厚，热情。

　　双山堡位于榆林城东36公里处，北有明长城庇护、东西有建安堡、常乐堡两堡左臂右膀，南边对应两座雄厚的大山像城门上的两把巨锁。因此有双锁山之称，明代建堡改称双山堡。

　　双锁山像两位血脉相连的兄弟，南北咫尺，默默凝望。也许它们本来就有着一段又一段讲不完的故事。

双锁山汉代为真乡地，宋代属西夏，明代属延绥镇。明正统二年（1437），为了防御游牧民族入河套进犯，延绥镇都督王祯在麻黄梁镇段家湾（初始称水地湾）也修筑了寨子。因寨子地处沟崖，相对孤立，不能与周围堡寨相援，加之水源干涸，明成化八年（1473），延绥镇巡抚余子俊筑长城时，修建了双山堡，将水地湾堡寨守军撤到了双山堡。

　　双山堡城原为土筑建筑，明万历六年（1578）扩建并包砖。时堡垣"三里零九十步，楼铺一十四座，守瞭军660名，马骡331匹，设操守、坐堡、守备各一员"。守瞭巡防大边长"三十里零四十五步，墩台四十座"。 到清康熙年边界战事停息，屯驻守兵减为100名，设守备各一员；后旗人汉八旗和汉人绿营军双方均有驻守。堡内先后设有守备等衙门3个，还有兵营、校场、马厩、仓库、草料场、监狱、街道、盐店等。

　　偏僻，却不孤零，沧桑，却有色彩。

　　双山堡曾以边塞重地和商贸集散地而闻名，如今却保持着高原二十世纪六七十年代的面貌，就连风还带着古老的黄土味。

　　双山堡作为军事重地，宜攻宜守，却不利于新时代经济发展。1985年，双山堡的政治文化中心迁移到了新建的麻黄梁镇，双山堡的行政建制成了双山村，充满农耕时代的乡土元素，让人感受得到她的温度、深度、厚度。

长城

　　有人说，想研究黄土高原的地质就到麻黄梁，要研究长城文化就去双山堡。麻黄梁有距今250万年前形成的午城黄土、约100万年形成的离石黄土、有至今5万～10万年形成的马兰黄土；双山堡可以看到长城在黄土高原蛰伏的肃穆，可以看到在毛乌素沙漠游龙的蜿蜒。

　　这是一种苍凉，还是一种诗意？一抬眼，烽火台、长城如尘外之物清润着人的眼睛。但地毯一样的绿一次次把远飘的思绪拽回眼前。

　　双山堡附近的杜家窑子有战国秦长城，东南头已经消失在毛乌素沙漠的漫漫黄沙之中，现存战国秦长城长30米左右，高度约1.5米，原来的高度已经无法辨别。露出的夯土层土质坚硬，墙体周边撒落很多绳纹陶器瓦片。

　　长城就近在眼前，堡民对其已经习以为常，习惯称烽火台为"黄土墩"，称长城为"边墙"，憨笑着不肯改口。也难怪，他们知道这是万里长城也是近两年来的事。看得出，他们很自豪，为生活在长城边而荣耀。

李棠故居

到双山堡，拜谒"李棠故居"也是必不可错过的。

李棠与陕西三原的于右任、榆林神木的王雪樵被誉为民国陕西杰出三大书法家。

李棠故居依山而建，坐东北向西南。北院是李棠的祖父修建，南边的文昌庙最早也是他修建，他还在文昌庙设私塾，开了双山堡教育的先河。东院由李棠的父亲李生芳修建。李棠的父亲在修建东院的时候，一同修缮了北院和文昌庙，并将北院和东院两院合修为当时先进的窑洞二进院。当时李家经营的"万源成"盐行就设在此窑洞四合院里，院落外还养有三百多峰骆驼，是民国时期榆林有名的边商巨商。

李棠，1865年出生和成长于窑洞四合院东院，所以人们把窑洞四合院称作"李棠故居"。1894年甲午恩科举人，1903年至1911年在京任"内阁中书"，辛亥革命爆发后返乡回榆，1913年秋至1916年秋任靖边县知事，任职三年，卸任后被公推为六县商会会长。

村人讲，李棠自幼好学，14岁"幸获采芹"考中秀才时，其父大为高兴，在文昌庙前修建了魁星楼。双山堡至今家有考试的学子，都会到魁星楼拜一拜，祈求保佑。

在二十世纪七八十年代，李棠故居东院双山堡公社办公，北院开设双山供销社，改革开放以后闲置。窑洞因久不居人，北院部分坍塌，院子野草齐身。近几年，随着文化复兴，不断有客慕名前来。李棠的曾孙李士孝长居西安，2022年专程回来动工修复，窑洞四合院即将恢复和焕发原来的生机。这是李氏家族的幸事，也是双山堡的幸事，社会的幸事。

寺庙

我们来双山村的那天，崇宁寺正在唱戏。阳光炙烤大地，崇宁寺的琉璃瓦在阳光的映照下流光溢彩。

寺庙戏台里演员正在演出晋剧《打金枝》。看戏的人寥寥无几，这并不影响演员们认真演出。戏台前停放着两个神位。

在陕北，有村就有寺庙，似乎是约定俗成的规律。特别是长城沿线，人们缘于对自然的崇拜、对边关平安的祈盼、对英雄的信奉，寺庙更多。

双山堡崇山寺，原名大寺，与堡同期修建于明成化八年（1473）。古碑记载，清乾隆十七年（1753）由双山堡都司尹公主持重建，延绥中路双山堡都司金使事、延绥中路双山堡经制外委把总、署延绥镇双山堡经制外委把总等出资。后又被拆毁，二十世纪八十年代，堡民自发在原庙址上重建并扩大。自此，大寺改称为崇山寺。

崇山寺东侧有一小院，生长一棵600余年的木瓜树。传说由大寺第一任主持亲手栽植，原为"一主杆分两叉"，某年，树杈的一半遭雷击而烧毁，但另一半生长旺盛。光绪年间，寺内住持为防人砍伐，在树干周身上打入5寸长短的几十颗铁钉，至今还在树身内。寺中僧人称其果为"菩萨果"。崇山寺现存明代残碑一通，清乾隆十七年古碑一通，清康熙十二年铁钟一口，"山西夫子"石匾一块，它们和木瓜树一同见证着双山堡的历史和发展。

除了崇宁寺，关帝庙也值得拜谒。

关帝庙被视为镇守北方的神灵，在长城沿线修建最多，老百姓敬称"老爷庙"。清康熙三十六年长城边界"禁留地"开放后，边贸兴起，关帝庙又被看作财神庙，香火从没间断过。

双山堡的寺庙现在成了牵扯游子回家的纽带。每到庙会日，村民自觉组织，做饭，联系剧团演出，指挥秧歌排练……那些打拼在各大城市创业的游子，不管离家多远，不管多忙，有钱的、没钱的都会极力回来团聚。只有回家见面了，拉话了，漂泊的心灵才得到了安抚。

传说

双山堡是一个有故事的地方，村民也善讲。

双山堡周围的断桥村，原来有一座天然自生的黄土桥。传说，孟姜女千里寻夫，来到断桥村，找到了丈夫范喜良的尸骨，跪在桥头哭了三天三夜，哭塌了长城，哭断了黄土桥，此后，黄土桥就叫断桥。孟姜女哭倒长城就在断桥村。

另一个传说，王昭君和亲出塞，在双山堡的秦长城下休息了10多天。因为即将要越过长城出关了，她伤心地留了很多泪，泪水滴落渗到地下，双山的水变得清凉甘甜；她随身携带的麻黄和地椒散风寒药材，被大风吹落，在黄土山生根发芽，自此双山生长了麻黄和地椒，便有了麻黄梁之称。

古戏剧《双锁山》里演的巾帼英雄刘金定比武招亲的故事，也发生在双锁山。传说，北宋年间，刘金定驻扎在双锁山。一次遇到准备去今佳县柳树会搬兵途径双锁山的北宋大将高俊保。高俊保年轻英俊、气宇非凡，刘金定顿起爱慕之心。因有意逼其成婚，故意阻挡其通行。高俊保不为所动，两人厮杀开来，几个回合不分胜负。刘金定便用激将法将引诱高俊保上山，在绊马墕（今称双墩墕）擒拿了高俊保。不打不成交，高俊保渐渐对刘金定动了心。于是，二人在双锁山举行了成亲仪式。刘金定随夫投奔了北宋。二人的爱情故事和在收复西夏英勇作战的战绩在当地广为流传，被编成戏剧《双锁山》。

村民很热心，专程带我们去看了双山堡刘金定故居遗址，还有北梁的点将台、饮马沟上面的校场墕、南面的遛马台（今称八盘山圪垯）、饮马沟，以及刘金定当年在开光川河西沙漠阻挡西夏兵的"马已踏沙"。

双山堡关帝庙也有传说。庙修建于明正统二年（1437），最早在城堡外。明代大将朱勇镇守水地湾时，每次战前都要到关帝庙祈祷。其中两次，朱勇以少胜多大败游牧民族的进犯。朱勇认为是关公显灵，上报朝廷，说关公显圣吓退了进犯者。朝廷即拨五千两银子让修缮关公庙，还加派了800兵士、400匹战马、加固寨子。朱勇用这笔钱修缮了关公庙。整修了宋代留下来的练兵场地。点将台、校场墕、遛马台以及饮马沟的下沟路。

双山堡的故事就是一部写不完的书，周围还有汉墓群、千年古柏群，以及新建的麻黄梁地质公园、画家王一明艺术写生工作室、麻黄梁长城博物馆、麻黄梁美术馆等等，令人意犹未尽。

　　常乐堡位于榆阳区牛家梁镇常乐堡村，北距大边长城0.5公里，东至双山堡20公里，西至榆林城15公里。明成化年间巡抚卢祥在岔河儿置堡（今榆阳区麻黄梁镇西南旧堡）。弘治二年（1489），巡抚刘忠因旧堡"地沙碛缺水，北徙二十里"，在今址建堡，堡垣周长"三里零五十步，楼铺一十五座"。万历六年（1578）重修。明代常乐堡屯驻军丁及守瞭军共648名，巡防大边长城"一十八里零一百七十六步，墩台三十七座"。康熙年屯驻守兵110名，设守备1员统辖。

　　常乐堡建于平川内，因环境变迁，现处于沙漠当中。城堡平面呈长方形，城垣周长1680米，总占地面积约176400平方米。城堡仅存城垣、马面、四角隅墩，设东、西城门及瓮城。

　　城垣黄土夯筑，东城垣长422米，南城垣长414米，西城垣长416米，北城垣长428米。

　　2008年，常乐堡遗址被公布为陕西省文物保护单位。

惜春令·常乐堡

平漠无边秋意深，斜阳晚，雁阵难寻。料峭西风吹酒冷，沙塞近黄昏。

久筑城楼新，戍烽火，柔断胡尘。其宇家山年复岁，同是故乡人。

常乐堡

◎ 人间难得是常乐 作者：武庆梅

　　知足常乐，乐天知命。于普通人而言，一生的追求大概就浓缩在一个"乐"字。乐的前提是天下太平、生计无忧、心怀希望。只是对几百年前生活于明长城沿线的老百姓来说，这样的乐，似乎是一个奢望。

　　那时，为抵御北方蒙古族的侵扰，明王朝在前代长城的基础上修建了新的长城防线，沿线设置了九个军事重镇，其中之一延绥镇即在今日榆林境内。在延绥镇管辖的1170多公里长城防线上，先后设置了44个军事营堡，驻军防守，称"三十六营堡"。几百年里，这些营堡见证了金戈铁马，见证了民族交融，也见证了无数百姓在战乱中流离失所、生死无常。正所谓：可怜无定河边骨，犹是深闺梦里人。

　　然而，即使兵荒马乱、朝不保夕，人们对欢乐平静生活的渴望，从未止息。"三十六营堡"中的常乐堡，其名字大约由此而来？

　　周末，与老友相约，携带幼子，一同前去探访。常乐堡位于榆林城东北15公里的牛家梁镇常乐堡村。在热心村民的指引下，我们先后来到常乐堡东门和西门处。

　　东门保存较好，门洞上石刻的"惠威"字样仍清晰可见。据载，此门曾于乾隆三十六年重修。门洞周边被一圈铁栅栏围起，旁边立有"陕西省重点文物保护单位常乐堡遗址"的石碑。村里忙于收秋的老乡，看到我们绕着城门转，热情介绍："这是老城门，是长城的一部分，只能看，不能碰，不能破坏，要保护哩！"我们微笑回应，陪孩子在此驻留十多分钟。

抬头仰望，天高云淡，依稀可见古城墙上的时光印记。那些历经风吹雨打的砖石、夯土斑驳累身，威严伫立。脱落的墙皮、裸露的黄泥、墙缝里斜斜长出的榆树枝和沙棘条，在秋日骄阳下，相互依偎，莫名和谐。透明的光线里，几只不知名的虫蝶飞上飞下，沿着墙边的几株毛悠悠草腾落在地上，又挺身飞远，飞向东面一小片向日葵地里，引得两个小孩子欢呼雀跃，跟着跑来跑去。

小孩子很好奇，为什么这么旧的"高楼"里不住人，还不拆？她们也对"高楼"上的门洞、"楼顶"上的杂树和小草很感兴趣，谁把它们种上去的？它们的主人吗？那它们的主人也是"高楼"的主人吗？大人们便要绞尽脑汁、费力解释一通。

有风吹过，一阵阵丁零丁零的声音掠过耳畔。铃声来自城墙东南一百多米处的龙王庙。小小的庙前，香炉上方轻烟袅袅。在中国，凡是有农业的地方，就有龙王庙。这里是农牧交错地带，自然也要祈盼风调雨顺、五谷丰登。

驱车，沿着东城门前的水泥路前行几百米，便到了西门土城墙。途中所见院落皆干净有序、遍布绿野。特别是各家各户院墙外的多色菊花，迎风细舞，令人赏心悦目。朋友不禁感叹："要是我的老家在这儿就好了。"

西门处的黄土夯土墙有很长一段，部分墙段仍被掩埋在黄沙中，周边杂草丛生。几处门洞看起来较新，据说是刚补修过。土墙边也围着一圈栅栏，提醒人们：只可远观。

西门往西走一段路，便是常乐堡村的文化广场。广场南侧有一个几十米长的文化走廊，廊顶廊壁上有宣扬"仁义礼智信""孝老爱亲"等传统文化的图画和文字。其他几侧，也零星布置着一些村规民约、家风民风的宣传牌。广场背后便是该村的老年幸福院。正值中午，大部分老人在午休。在广场上偶遇两位老太太。其中一位很健谈，告诉我们她在老年幸福院已住了好几年，两个人住一间房子，吃饭、洗衣都有专人负责，"吃的住的都好，钱都是村上弄，我们一分钱也不用交"。老太太说村里有煤矿，村里人还有养湖羊、搞旅游，日子过得都不错。

与朋友在文化广场小憩闲谈。说到人生几十年的困惑，说到几百年前的民族交融，再说到眼前的城墙，感慨万千。随后半晌凝视着那坑洼的土墙，静默无语。

这处土墙，周边是现代的居民住宅，随处有电缆线、天然气管道和一些不知名的绿植。它处在其中，却一点也不突兀，反而从容挺立。它似乎在静静望着周遭的一切，看着人来人往，看着花草枯荣，看着蝴蝶翩翩，迎着风霜雪露……几百年就这么过去了，世界似乎发生了翻天覆地的变化，刀光剑影、黄沙漫天都已远去。世界似乎并未改变，人们依然在这片土地上生活，春耕秋收、生儿育女；人们对生活的追求依然是平安团圆、知足常乐。

不同的是，对于今日生活在此地的人们，"常乐"不再是奢望，而是触手可及的日常。常乐堡、常乐堡，朋友念叨这座营堡名字取得好，须知人间难得是常乐啊！

　　常乐旧堡位于榆林市榆阳区麻黄梁镇乔界村旧堡自然村。明成化二年（1466）巡抚卢祥始建于岔河儿地方，弘治二年（1489）巡抚刘忠因该堡"地沙碛，缺水，北徙二十里"遂迁于常乐堡。

　　常乐旧堡平面呈方形。城垣周山峦相连，旧堡处在地势相对低凹的腹地内，位置隐蔽。城周长1000米，占地面积约62400平方米。墙体保存较差，城垣上的设施角楼、马面部分保存。城垣黄土夯筑，东城垣长218米；南城垣东段残存墙体约20米，西段无存；西城垣北段墙体断续保存160米；北城垣长234米。城垣四角均设角楼。

　　2017年，明长城——常乐旧堡遗址被公布为陕西省文物保护单位。

归自谣·常乐旧堡

高旧堡，淅淅寒沙连野暮，春回不见东风度。

残楼风动黄昏鼓，鸿声苦，鱼书梦寄天涯路。

常乐旧堡

◎ 常乐旧堡初访记 作者：程怀祥

　　驱车沿着榆麻路向东行驶，大约七公里处向东南而下，踏上北部风沙草滩地区与南部丘陵沟壑区接壤处，远望南山，白云缭绕的山巅上高高耸立着一座百年沧桑的古城堡，巍峨壮观、独具风韵。

　　堡城环抱着古老的村庄。俯瞰着周边起伏的山梁田野。古堡的西脚下路边有"陕西省文物保护单位"的标志碑。仰望古堡，巍峨残垣的堡城耸立在村庄东北边，城墙上有几处参差不齐、坍塌破烂的土窑洞，土窑洞下是一孔孔废弃的砖窑洞，窑洞外一条被树木草丛遮掩的羊肠小道伸向堡城。堡城墙更显得千疮百孔。

　　常乐旧堡遗址位于麻黄梁镇乔界村旧堡自然村中，原名水地湾寨。明成化二年(1466)巡抚卢祥为保卫边界，以防外虏侵犯，在长城沿线的方堰台(今旧堡)修筑寨堡，取名常乐堡，堡城周边地形险峻，可谓是："依南山面北沙岔河在前，东高梁西圪垯护卫两侧，城居中背朔风面南阳坡。"堡城平面呈不规则长方形，城垣黄土夯筑，东城垣长220米，南城垣东段垣体大均20米左右，西段无存。西城垣北段断续保存160米，北城垣长234米。城垣四周均设角楼。周长1000米，占地面积62400平方米。古堡城地理位置显赫，北临大漠、南屏佳州、东贯神府、西通榆林(当时延镇署所在地)。堡城有驻守军士、马匹，配设官员为操守、坐堡。堡城内有街道、商铺、作坊、民居，堡城不大，但人兴业盛。明弘治二年(1489)巡抚刘忠因该堡远离大边长城，不宜成边屯垦，土地瘠薄沙碛，水源不足，满足不了军民生活用水等问题，堡城仅存在二十三年，北徙二十里，遂迁于距大边一公里，水草丰茂、垦田宜成的新常乐堡。后称常乐堡。《延绥镇志》将堡城的旧址注为"旧常乐堡"。堡城虽迁，旧址军事营地仍属于官地，军民为了称谓方便，旧常乐堡就称为旧堡。堡城墙体大部分存在，但保存较差，墙上的设施角楼、马面部分保存。

2017年，常乐旧堡被陕西省人民政府公布为省级重点文物保护单位。

登上堡城，荒草丛生、遍地瓦砾，堡城依险峻峰岭山势，利用自然屏障随着山势的变化砌筑。堡内通过修、夯因地形就地取材。北高南低，形成明显的落差。周边又有几座高山，居高临下、易守难攻。站在高山之上，向北明长城处能观察到戍边将士的战事情况，及时发现敌情便于应对。在二十多年的时间里，驻守在这里的将士一边戍守堡城，一边经营家庭，在这里繁衍生息，但最终因堡城供应不良而遗弃。面前这些残缺不全，断续相连、依稀可辨，几乎要化入漫漫的黄土中的坍墙。还有凸起的土埂，荒草中随处可见的砖头瓦砾，它们朝沐浴霞光，暮迎大漠圆月，将风沙草滩与黄土高原融为一体，构成一部黄土筑成的史诗。

站在城墙最高处西北角楼上眺望，北边是茫茫的大漠，榆麻路由西向东横跨而过。大漠远处显露出两处属于麻黄梁工业园区的厂矿的水塔、烟囱等，蕴涵着浓浓的现代工业气息。

堡城西边靠近村庄的小山头上有座关帝庙，与堡城相对侍，守护着古老的村庄，山脚下是庙会场所、戏楼，戏楼两侧一幅题有"唱出天上思凡情，演书人间悲欢事"的金黄大字，在阳光的照射下格外耀眼。戏台前方是提供乡民落座的一排排循序渐高的台阶，让这里成为古村的文化活动中心，周边乡民访友交流的平台。远处山脚下是一座座暖棚、拱棚蔬果设施的现代农业基地，饱满的现代农业气息在山间飘逸。

堡城南边是连绵起伏的山峦，山巅上的一个个风力发电叶片在不停地转动着，发出声响给静静的古村增添了活力。

堡城东边远处的山梁是周边地形的制高点，一条蜿蜒曲折水泥道路，从远山的尽头伸到堡城脚下。道路两侧界地、山坡地一片片玉米、洋芋、谷物走向成熟，乡民们满怀激情收割着丰收的硕果。堡城就像饱经沧桑的老人感触着周边的现代工业、农业气息。

　　沿着堡城北墙边漫步，茂密的草丛下露出残留的夯筑土墙体和破旧的砖头瓦片，深感脚下土地的沧桑感和厚重感，穿越历史时空，六百多年前的堡城可是何等热闹、辉煌，城墙高大雄伟、威震一方。墙内战鼓擂鸣，金戈铁马，气吞万里如虎。到处都是兵俑将士，骑马射箭，操戈弄刀，守护长城营堡，捍卫民众安危。街道上、店铺前人流涌动，锣鼓声、吆喝声、叫卖声、乐曲声旋律交融、响彻云霄。撒向荒凉僻静的周边原野。

　　北城墙中部墩台与东西角楼夯筑形体相似，台高大约十米左右，宽度并不明显，墩台外凸出城墙部分两米左右。堡内有两座小庙，始建年代不详。一座供奉玉皇大帝，泥塑、彩绘、壁画形象逼真，工艺精湛。庙前不远处有三棵树冠相似的古柏郁郁葱葱。古树下有古建筑遗址痕迹，从堆积砖头瓦砾、残碑石座来看，很可能是一座大型庙殿。另一小庙供奉药王菩萨，庙前矗立着一棵古柏枝叶茂密，像一顶巨伞将小庙遮掩。四棵百年古柏吮吸着堡城厚土之精华，历经风雨、书写春秋，见证着古堡历史沧桑。

　　堡城墙距东角楼墩不远处有一城墙豁口，或许是古城门，一条小路从堡城外通过豁口通往堡内。成为乡民进入堡城的唯一通道。堡内小路西侧，距城墙豁口不远处有一明显低于地表面凹形院落，破院里有一半截被塌土掩埋石碾轱辘。坍塌不齐的墙面上有四孔破旧土窑洞，窑里土炕、灶台还清晰可辨。也许很早以前是一大户堡民的居住地。

堡城南城墙体已被村庄住户窑洞取代。堡城内有几处破旧的土院落，院墙塌处留有痕迹。院内几株零散的枣树，破院里有两头黄牛津津有味地低头吃草，对我们到来毫不在意，冷漠视之。土窑洞大都塌落，破旧不堪。堡下面村道边大部是近年修建的砖窑洞，但基本空闲，古村乡民已经搬迁到附近繁华地段的美丽新居，留下几个老人留恋着古村古堡。他们站在这个静静的堡城下的村道边，看到走下堡城的我们，个个容光焕发、笑逐颜开，述说着堡城的故事。他们也许就是堡城的最后守候人。过去这些一代又一代旧堡人见证堡城的风侵雨蚀、春华秋实。同时古堡城静静地目睹了古村历经百年岁月的悲欢往事，倾听古村曾经发生惊心动魄的感人故事。

　　在古堡的东南方向不足一公里处小山上的山神庙前，生长着一棵已有一千一百多年历史的油松王，树高九米，胸围四米，冠幅达十七米，油松沧桑古老，树干粗壮，斑驳虬结，主躯干分为五股，麻花状相互攀缠抱合向上而生，不由让人联想到"兄弟齐心、其利断金"抱团意境。四季常青的伞状古松犹如孔雀开屏遮掩着山神庙殿，红绿辉映、独秀一绝。古人有诗云："愿持松叶寿，长奉万古欢。"这株古松走过千年岁月，巨冠参天、荫布满院，雄风犹在、苍劲挺拔。现已列为省特级保护古树木。

　　千年奇形古松不由让人联想，这里是否遭遇战争洗涤，是否遭遇雷电袭击，使古树身体四分五裂，然后愈合成五股顽强的力量。年复一年地遭受边塞严寒酷暑、风霜雨雪的摧残，屹立在黄土高坡成为古堡的又一道美丽风景线。千年古松出生在未筑营堡的五百多年前，它在见证古堡的历程时又经历了怎样人间风云，但没有文字记载，无从知晓，千年古松给后人留下了太多的思考。

　　常乐旧堡不仅是明长城沿线的古营堡，它更是边塞传统文化、游牧文化和农耕文化与现代工业、农业文明碰撞交融的窗口。古堡的百年沧桑和古松的千年风韵让这块土地厚重而神奇，在保护文物古迹的同时，充分发展乡村文化旅游资源，让静静的旧堡，再次走向辉煌。

　　归德堡位于榆林城南22公里的归德堡村，东至常乐堡40公里，西至响水堡20公里，南至鱼河堡20公里。明成化年间巡抚余子俊在居虎都伯言寨的基础上建堡，嘉靖年间筑关城，万历五年、六年（1577、1578）重修，堡垣周长"二里六十七步，楼铺一十五座"。属二边长城城堡。明代该堡屯驻军丁408名，配马骡117匹，设操守、坐堡、把总各1员。清康熙年屯驻守兵50名，设把总1员统辖。

　　归德堡建在三面环沟，一面依水的独立山梁上，地势东高西低，呈半山半川分布，平面形似簸箕，上小下大。城垣轮廓清整，周长1324米，面积约90000平方米。城堡仅存城垣及其附属设施，有一处水门遗存。东城垣长184米，南城垣残长180米，推测应长410米，北城垣长410米，西城垣无存，城垣四角原建有角楼，现仅存东北、东南角楼。

　　2017年，明长城——归德堡遗址被公布为陕西省文物保护单位。

霜天晓角 · 归德盛景

小城如斗，古道生新柳。

驿路川流车马，熙熙攘，来又走。

沽酒。春雨后。窗外青梅瘦。

醉看归德南望，好风物，似锦绣。

归德堡

◎ 寻访归德堡 作者：闫晓晶

　　归德堡是榆阳区的一个小村庄，距榆林城不过40里的路程。直到如今，依然有农人在瓜果蔬菜成熟季，赶着驴拉拉车进城卖菜。清晨，趁着太阳未升，去地里采摘一车沾着露水的新野蔬果，然后赶着驴车一路进城去卖菜，晌午时分，菜卖光了，在城里买些家中婆姨们需要的生活用品，再一路慢悠悠赶回家吃饭。

　　归德堡村不大，历史却很久远，选址亦很独特，整座村子建在三面环沟、一面依水的独立山梁上，地形东高西低，系半山半川的腹里中地，地势险要。同所有陕北乡间的村子一样，这里的人过着靠天吃饭的生活，年轻一代渐渐走出村子，走向外面的世界，独留上了年纪，对乡村对土地有感情的老一辈留在了小村庄。但归德堡也有它区别于其他古村的地方，这里有古桥、古堡、古遗址，更有五百多年时光穿梭遗留的痕迹和记忆。

　　先说古桥，在陕北，有水的地方就有人气和灵气。归德堡这座桥位于归德堡村西南1.5公里的榆溪河上，相传是陕北地区最长的石拱桥。据《陕西榆林文史资料·名胜古迹卷》记载，这座石桥为清乾隆（23）年，是归德堡人卜子孝带着他的两个儿子一边化缘，一边修桥，历时20余年修建而成。光绪二十九年（1903年），延榆绥兵备严镜清在桥东石畔架铁链桥1座，三十三年又遭大水冲毁，复建砖石结构10孔拱桥。民国年间增建2孔。1949年后，又续建2孔，形成现在的规模。

　　如今的归德堡大桥全长152米，桥面宽约6.8米，高5米。最大的石块长约1.5米，宽0.6米，厚度超过0.2米。为了降低河水对桥墩的冲刷，人们还以石块砌筑了尖锥形的劈水石桩。14孔桥洞组成的大桥，恰如一道彩虹横跨在榆溪河滩之上。一方立于2007年的石碑上，则可以看到归德堡大桥已被列为榆林市重点文物保护单位。

走在立秋后的归德堡乡间，几场无声的秋雨，已经让空气和植物都染上浅浅的秋意，不少农人在田野里忙着劳作收秋，走在榆溪河畔的农田边，一路问询，终于来到归德堡石桥前。不似现代的桥梁给人感觉光鲜亮丽，古朴厚重是石桥给人的第一观感，但资料介绍的十七孔桥，现在却仅有七孔。据走在桥上扛着锄头的老乡讲，过去河面宽，有一二百米，河水水量也比现在要大很多，要想涉水过河十分不容易，石桥的修建，极大地方便了两岸老百姓。在交通并不发达的年代，归德堡石桥一直是榆林通往横山、定边、靖边的交通要道。老乡扛着锄头自豪地说，这石桥常有人来拍照，当年电视剧《平凡的世界》也来这里取过景。

时光荏苒，榆溪河的河床早已不复当年百米的雄浑壮丽，十七孔桥的桥洞也有十孔被泥沙掩埋，中华人民共和国成立后，随着四通八达的路线修通，归德堡古桥交通上的重要作用就失去了，能保留到现在实为不易。曾有许多人不解，只能看到七孔桥为什么叫十七孔桥，石桥无言地回答，是时间的雕琢，历史的演变，现实的需要。

走在石桥上，溪水潺潺，庄稼幽幽，经历几百年风雨的归德堡石桥，仍然发挥着作用，给人一种生生不息的脉动，往来的车辆，行人络绎不绝，远处的河岸之上，是车流滚滚的210国道。此刻，古桥、国道、高速公路，这一幕场景，仿佛是一道道岁月的年轮，见证着溪水东流，人走高处，无声地诉说着榆林进步与发展的历史进程，见证着生活在这片土地上人们的悲欢离合。

看完古桥说古堡，归德堡的修筑，源于军事所需。

清道光二十一年（1841）《榆林府志·卷六》记载："明成化中巡抚余子俊建在半山半川，周二里六十七步，南北门二，楼铺一十五座，系腹里中地。嘉靖十九年（1540）增筑西关，在忽都伯言寨的基础上建堡，嘉靖年间筑关城，万历五年到六年（1577～1578）重修，高三丈。"近百字的记载，说清了归德堡的大致由来。简单说来，明成化十一年（1475年）延绥巡抚余子俊在修建二边时，发现此处是连接南北和东西的重要交通，加上当时西线战事又多，需要粮草源源不断从归德堡桥过去，经过响水、波罗一直向西，运送到宁夏，甘肃等地支援前线的战争，所以余子俊选在了这处忽都伯颜寨废弃的城址南边，修了这座城不大、墙不高、驻军只有三百多人、主要用来保护粮草的城堡。

登上村子环视四周，矩形城郭历历在目，裸露着的残砖断瓦与沙土搅和在一起，无声诉说着发生在边塞的古堡往事。归德堡东城墙中部设东门，外筑瓮城，南垣中部原建有南门，外筑瓮城，北垣西端建有水门，东端建有马面一座。据说，归德堡城垣四角还建有角楼，城西33丈处建有护城楼，现在都归于历史的尘烟中。

史料记载中的归德堡"有城无边"（指不巡防守瞭长城边垣），然其扼榆溪河孔道，地理位置十分重要，是榆林镇的南大门，又是明清时榆林至西安的重要驿站之一。归德堡城垣现残存1至2丈，堡内尚存部分古建筑。2011年被榆林市人民政府公布为市级重点文物保护单位，2017年4月被陕西省人民政府公布为省级重点文物保护单位。

悠闲坐靠在城内土坡下晒太阳的老人说，归德堡旧时东门有瓮城，南门也有瓮城，北门处地势低洼，城内的雨水都从北门排出城外。归德堡占地不大，周长不到2公里，因形似马镫，被人们称为"马镫城"。据说原来还有西门，但开了西门，又有人说风水不太好，后来就封西门又建西关，老百姓都集中住在西门外，从古至今世代繁衍。

深吸一口旱烟，老人接着说，据老一辈讲，当年这村子也有红火热闹的时候，旧时归德堡村上还有十来家店铺，主要作用是粮草集散地，保护榆林镇粮草的供应，只不过后来时代发展，归德堡的军事作用就渐渐消失。二十世纪七十年代，中苏关系紧张时，全民挖防空洞，榆林处在北方，当然也不例外。在归德堡西城墙下面，还有当年挖的防空洞，除入口被破坏外，洞内基本保持原貌，据说村内共有三个洞口，全长十几公里。

放眼望去，宁静的村落如一幅水粉画，自然，清幽，古堡北城墙和东城墙相对完好，夯土墙看着破落却很结实，上面长满柠条和杂草，背阴处全是苔藓。几百年的风吹雨淋，使得城墙低矮了许多，甚至城墙外野生的榆树，都比城墙高出不少。在城墙根儿的泥沙里面，掩埋着大大小小的城砖。据归德堡村的老人介绍，在二十世纪六十年代，村里搞修建，在北门外的泥土中，发掘出完好的城砖，有一块砖尤为珍贵，上面竟然刻着"万历年"字样，村民们好奇还用秤一称，一块砖头居然有25斤重，可见古人修长城的决心和用料的扎实。

近几年，国家大力倡导乡村振兴，归德堡结合区位交通优势，优良的生态环境、深厚的农业产业基础，成为这座小乡村发展乡村旅游的引爆点。前几年，村上还举办了全区第八届大漠游泳邀请赛，瞧，无定河水上漂流、划沙、秧歌展演、亲子帐篷节、古堡古桥观光和两栖战车体验、赏花活动、芦苇荡乘船游湖体验、自助烧烤、百亩荷花观赏等活动，构成了以古堡、古桥、古庙、传统农业产业、农业和食品深加工、田园休闲、文化体验、康复度假（民俗）、体育基地等复合功能的田园综合体项目，新兴的文化娱乐设施，如火如荼的乡村振兴，让这座百年古堡散发着前所未有的生机和活力。

岁月流迁，为战争而建的城堡，早已失去了它本来的意义，到了今天，反而成为人们凭吊古今的历史遗迹，站在古堡土墙上，几百年的石、砖、城，静默如初，倾诉着一段段风逝的往事。远处是榆林城区建筑群，一栋一栋华丽高挺的建筑拔地而起；古堡脚下210国道上，运煤的大卡车一辆接着一辆；清澈的榆溪河，仍旧滋养着塞上子民。古堡静谧，远处却熙熙攘攘，有种时空穿梭的错觉。

归德堡的往事还有很多，这些珍贵的历史文化遗存，等着后人继续去发掘，飞速变化的生活中，古老的传奇依然在上演。

　　保宁堡位于榆阳区芹河镇新湾滩村南，北距大边长城0.5公里，东距榆林卫城12公里，西距波罗堡20公里，南距归德堡20公里。明嘉靖四十三年（1564）巡抚胡志夔在旧古梁城基础上创修，堡垣周长"二里一百四十步，楼铺七座"。万历六年（1578）重修。万历九年（1581）参将藏士贤增筑东关。明代保宁堡为分守中路参将驻地，屯驻军丁及守瞭军共1280名，配马骡驼675匹，设操守、坐堡、参将各1员，守瞭巡防大边长城"二十里，墩台三十六座"。清康熙年间驻守兵80名，设守备1员统辖。

　　保宁堡建在平地，四周被沙所围。堡城平面呈方形，城垣轮廓清楚，周长1424米，占地面积约97400平方米。堡城总体保存较差，仅存城垣及其附属的马面、角楼等。东城垣长260米，南段湮没于流沙当中，北段保存较好；南城垣长412米，仅村西段部分140米墙体；西城垣长266米，大部分被流沙掩埋；北城垣长386米，多被流沙覆盖。城垣四角均设角楼。

　　2008年，保宁堡遗址被公布为陕西省文物保护单位。

喜春来·保宁大秧歌

秧歌舞尽清平愿，雨顺风调岁复年。

酬神谒庙祝常安，声动天，锣鼓彻云端。

保宁堡

◎ 寂寂边关寥落城

作者：李苗苗

秋光里的陕北大地静穆，也空旷。

南飞的雁偶尔打破天空的寂静，雁群掠过古堡的上空，衰草间，残破的城垣蛰伏于群山沟壑之中。数百年前的雁群也曾掠过堡的上空，彼时，城郭中熙熙攘攘，城墙上寒铁烁影。

保宁堡近了，更近了。

只是，遍寻，也难以找到往日繁华的踪影。

只有一段城墙依然棱角分明，不动声色的昭示曾经的过往。它浑身斑驳，满脸布满褶皱，却如历史的卫士，倔强的岿然不动。让人不由得仰视臣服。

保宁堡在榆阳区芹河乡新湾滩村南，距榆林城西15公里。在明代延绥镇，曾属中路榆林道管辖城堡。

曾雄峙塞北，曾为边关要冲，曾巍峨高耸……一切的一切，都敌不过历史，敌不过风沙的侵蚀，更敌不过一代一代人逐渐在记忆里的消融。

好在，史志的章节段落始终不曾遗忘保宁堡的重要性。

"保宁堡东至镇城三十里，西至波罗堡四十里，南至归德堡四十里，北至大边一里。旧古梁城。明朝嘉靖四十三年，巡抚胡公志夔创建。周围二里一百四十步，铺七座。万历六年重修，帮筑高厚。九年，参将藏士贤劝增东关。堡多水泽之区，为镇城夹道、耕牧地。边冲，兵寡,防守颇难，由此寇归鱼饷道。自筑垣后，又命将守之，虏不敢骤马南下矣。"明代《延绥镇志》中这样记载着保宁堡的创建史和堡城的规模布局。

清代《康熙延绥镇志》则是增录了保宁堡镇守的长城与墩台数目："城设在平地,系极冲下地。周围凡二里一百四十步，楼铺七座。万历六年重修。九年，参将藏士贤增东关。边垣长二十里，墩台三十六座。"

清道光年《榆林府志》对保宁堡更为详细了："明成化年间（1465～1487）巡抚卢祥建。弘治二年（1489）巡抚刘忠移筑今堡。嘉靖四十三年（1564）巡抚胡志夔增修。城在平川，周二里一百四十步，高一丈九尺，南门一，楼铺七座，系极冲卫下地"。将古梁城的建筑史也进行了增补。

先有保宁堡，后有榆林城。在古城榆林，但凡对城史有所了解的人，都能记得这样说法。虽然没有历史记载，但人们都认为，今天繁华的榆林城，是从保宁堡南迁开始的。

严谨的史学家会说，这个说法只是一种传说，保宁堡的称呼在嘉靖年间出现，原名古梁城，榆林卫城最早作为榆林庄出现在明洪武年间，因此，两城之间是否存在迁移、先后关系都存疑，保宁堡的出现是作为榆林卫城的辅助防御的。

但保宁堡在榆林城人心目中的特殊地位，是毋庸置疑的。

险峻，似乎和保宁堡并无太多的交集，堡中四望，唯有辽阔，让人只能滋生对祥和太平的渴望。大约，在此驻扎的士兵，仰仗着兵马众多，只需远远遥望远方游牧民族是否有异动。彼此相安，守望安宁，大约就是保宁堡的职责和初衷。

明代《延绥镇志》记载："保宁堡《会典》原额：官军二百二员名，马骡五十七匹头。今见在军人一百九十一名，马二十七匹。城守军人四十九名。塘马二十七匹。守瞭墩台军夜一百四十二名。"

清代《康熙延绥镇志》的记载则是这样的："保宁堡守兵八十名。明制：军丁并守瞭军共一千二百八十名，马骡驼六百七十五匹。"

在明延绥镇三十六营堡之中，保宁堡建堡时间早，驻守兵马相对其他堡城较多，又于平坦处筑城，无险可据，易攻难守。又建在水泽丰润、牛羊衔尾的富庶之地，

保宁堡，似乎并没有为军事征战做任何准备。这也许就是一个王朝的自信。作为守护延绥镇城榆林的榆林左翼要冲，它又是与常乐堡共同控制归德、鱼河大川的门户，更是守护中原的重要屏障。

保宁堡的守与失，关乎整个王朝的安与危。

如此坦荡于天地之间，徜徉于蓝天白云和大平原之间，特别是陕北这样群山沟壑多于草滩平原的地带。保宁堡的选址和意义，让人不由对历史重新审视，对建城者的微妙心理进行揣测。

金戈铁马、刀光剑影，战争的惨烈记载似乎也确实没有保宁堡的记载。但从明至清，朝廷都格外重视保宁堡的守备事宜。

倘若，没有大自然的残酷进逼，也许保宁堡发展成为一座繁华之城，将顺其自然。

只是，历史从来没有如果。

沙漠南侵、水源渐涸、马无所饮……还是让建城者的初衷偏离了方向。堡始终没有成为一座繁华城，从始至终只能在边关的角色担当中，兢兢业业，尽忠职守。

渐渐的，农耕与游牧携手，再没有纠葛与纷争，保宁堡也许是在含笑中渐渐落幕于历史之中的。

今天，只有古堡遗址成为文物保护单位的标志牌来证实这里的重要性了。

今天，只有规模宏大的庙宇建筑群在公路沿线吸引着人们踏进保宁堡了。

明长城遗址（保宁堡）标志碑醒目的立在庙宇建筑群前，提示人们，这里曾有一座古堡，曾有一群戍边的战士，曾有赫赫边关。

标志碑上的碑文提醒人们重温历史："营堡平面呈长方形，周长1.42千米，占地面积约0.097平方千米。现存城墙、马面、角楼及墩台1座。保宁堡作为明代长城防御体系的重要组成部分，在相当长的一段时间内发挥了有效的防御作用，是研究中国古代政治、经济、军事、文化的重要资料，具有很高的历史价值、艺术价值和科学价值。"

寻找历史的蛛丝马迹，在经乐梵音中，便不由自主成为庙宇殿堂中的迂回。

标志碑过后，便是高大的三门四柱五楼石牌坊耸立，牌坊左右雄居威仪凛然的石狮子。沿着石牌坊的路，寂寞深宫，静穆而神秘。

鳞次栉比，金碧辉煌的庙宇建筑让人不难想象这里香火鼎盛。

只是辉煌的庙宇建筑群更是让人难以找到寥落的保宁堡踪迹。

遍览全寺，好在关公殿让人隐约看到了保宁堡的旧踪。

关帝庙是长城沿线每座堡城必建的庙宇，关老爷是武圣，戍边的将士们都希望关老爷保佑出征得胜、平安凯旋。

一睹雄关的当年雄姿，恐怕再难实现了。

抵御、征战、震慑，就是为了和平，为了不再抵御、征战、震慑。

保宁堡，做到了。

在庙宇中盘旋，听知情人的讲解，堡内原来建有祖师殿、关公殿、三官殿、娘娘庙、南佛庙、三大古佛殿、城隍庙、山神庙、土地庙等近20座寺，还有钟楼、鼓楼、山门、神路等建筑。因为保宁堡的寺庙多，供奉的神灵多，从农历三月三开始至年底，全年要举办10次庙会。

曾经的兵营，在烟火缭绕间，幻化。

只能在史书中的记载，一遍遍遥想保宁堡……

遥想被流沙掩埋的大部分堡城，遥想城墙、马面、角楼……

遥想曾驻守的将士……

他们的寂寞与苦难在保宁堡一定有些许的消解，外敌的袭扰、硝烟烽火、刀光剑影总会少那么一些，守望的和平、亲人的安宁总会多那么一些。也许，思乡的路会近那么一些，也许，往后的人生会长那么一些……

大约就是这样征战渐少，防御之心不得减的日子，才滋生出极富地方特色的"踢鼓子"秧歌吧。保宁堡每年定期的谒庙秧歌和下乡沿门子巡演秧歌，几百年来融祭礼、逐瘟、歌舞娱乐于一体，规模盛大。

保宁堡"踢鼓子"秧歌，据说历史最早可追溯到北宋年间。虽然少有史料能证实这样民间的口口流传，但生活在长城沿线的芹河、小纪汗、补浪河、巴拉素等地的人们，在"踢鼓子"秧歌激越的节奏里，越过了漫长的日日夜夜，对研究榆阳区古代军事，民俗以及宗教、艺术均有十分重要的意义。

《榆林市志》记载，保宁堡"踢鼓子"秧歌征班表演者规定由36人组成。领头二人各手执"拨浪鼓"，称之"拨浪子"，摇动手中拨浪鼓指挥秧歌队表演，紧跟其后为手执"日照伞"者各一，手执"火蛋"者各一。男角称"武身子"，均武士装扮，肩挂腰鼓；女角称"包头"，又名"文身子"（旧时多由男子扮装），头饰3朵彩布堆花，着古装连衣裙，束腰带，配挂红、蓝、黄、青等色云肩，边呈莲花形，手执小板；踢鼓子者与兰花女间隔搭配列队。扭秧歌队形图案变化多样，开场是"白马分鬃"，依次是"走八角"等，最后以"天地牌子"收场。

寂寂中，保宁堡旧日雄风未见，没能看到保宁堡"踢鼓子"秧歌的宏大场景也让人感到遗憾。

保宁堡，远了，远了……

南飞的雁群，又一次从上空掠过，一如当年……

　　平邑堡位于榆林市横山区白界镇平邑堡村，北距大边长城6.5公里。明正统八年（1443），响水堡驻兵移守平邑堡。九年（1444），巡抚余子俊撤平邑，仍守响水堡。

　　堡城所处地域为风沙草滩区。城垣平面大致呈方形，规制不清，推测周长约1280米，面积约102300平方米。城垣黄土夯筑。东城垣残存南段78米，夯土呈灰褐色，质硬，夯层厚0.16～0.22米，分层夹垫夯土。南城垣西段残存长12米、宽2米的一段垣体，夯层不明。西城垣南段残存45米，夯土内夹垫灰渣层，夯层厚0.10～0.20米，可见夯窝直径0.12米，间距0.02米，深0.04～0.05厘米，为平排平夯。北城垣仅存部分基础。城内建筑均无存。

　　2017年。明长城——平邑保遗址被公布为陕西省文物保护单位

点绛唇·平邑堡

古邑苍芜，寒云漫卷秋阳暮。
一川烟树，遮断黄昏路。
堡下落英，飞去天涯处，飘无主。
残垣谁护？陌上人家住。

平邑堡

◎ 无定河边的守护神

作者：张　欢

　　"危楼百尺跨长城，雉堞秋高气肃清。绝塞平川开堑垒，排空斥喉扬旗旌。"这是明代王琼将军于九月初九重阳节，登上长城关时写下的一首歌颂长城的诗篇。登高远眺，长城景色壮阔，巍峨延绵，蜿蜒盘旋如巨龙横卧，守护着中华大地数以万计炎黄子孙的安宁。在陕西境内，明长城延绥镇"三十六营堡"之一的平邑堡，便是这样一个明长城遗址。

　　平邑堡位于横山白界镇平邑堡村，它不如其他营堡有名，已逐渐消失在了历史的洪流之中，是响水堡的一个分身，这在历史上也有迹可循。成化二年（1466）巡抚王复将响水寨迁往了黑河山，并改名为平邑堡。成化七年（1471），因平邑堡泉水干涸，取水困难，延绥巡抚余子俊下令迁回响水寨，改名响水堡。而关于平邑堡，还有这样一个动人的传说。因平邑堡用水不便，巡抚余子俊便选了一处地点作为新营堡。可这时怪事发生了，士兵放下的方位牌总是在夜晚消失不见，大家百思不得其解，终于有一天，有人发现了其中的奥秘。原来是两只狐狸趁着夜色浓重，将方位牌叼走，一路往东而去，而所有消失的木牌，竟然在此地围成了一个城堡的形状。这好像是上天冥冥之中的指引一般，余子俊便决定将此处作为新营址，这便是后来的响水堡。

　　平邑堡与响水堡仿佛孪生兄弟一般，相对在黑河山的两边。岁月蹉跎，响水堡日新月异，发展的越来越好，良田美景，渔舟唱晚，琴瑟友之。而平邑堡呢？它坐落于无定河北岸黑河山上，在历史的岁月中早已变得如耄耋老者一般，而那断壁残垣，便是他饱经风霜的脸颊，他的身躯，已有一部分被沙土掩埋或侵蚀。但即使如此，便可以抹去他的价值吗？当然不能。

穿过林间小路，感受着微风拂过肌肤的温柔，一路向前，路过古民居，越过戈壁沙滩，走过无定河边，于落日之中寻找百年前的巍峨。终于，那一抹墙垣背对着落日的余晖，在视线尽头静默浮现，这便是长城遗址。"营堡平面大致呈方形，城垣的具体规制不清，北距大边6.5千米，推测周长1.28千米，面积约0.09平方千米。现仅存部分城墙。"这是平邑堡村口碑文上的内容。平邑堡内长城并不宽广，被风霜雕刻洗礼，到如今已经剩下"残骸"，可能百年之后，它便会隐没于历史的尘埃之中，消散在人们的视线里。可若你伫立于此，闭眼想象，闻着被风卷起的沙土味，仿佛一瞬间回到了几百年前的那个黄昏，成为此地一位古人。太阳将落，你劳累一天，正坐在田埂上休息，擦了擦额头上的汗珠，抬头仰望威严的长城，心中甚是欣慰。如今生活安宁，生逢盛世，皆是因为这长城。它抵御了外来入侵，保卫着平邑堡村百姓的安宁，正是这长城，用它宽厚的身躯抵挡着战火，牢固的矗立在大地之上，他不惧危险，无视疼痛，以一颗坚毅的心守护着一方后土。风再次吹来，思绪回到现实，看着这断壁残垣，心中不免多了诸多感慨。平邑堡，在完成了自己的使命之后，无怨无悔，不发一言，他用那宽厚的胸怀，继续默默守护这一方天地，即使风沙席卷，暴雨击打，烈日当头，即使人们已经不再需要他。

　　作为延绥镇三十六营堡之一的平邑堡，它并不如其他营堡一样有着一段可令人可歌颂的历史，甚至就在这片土地上，无定河北为盘龙寺，响水堡东侧为龙泉寺，都是在时代的洪流中而生存下来的"勇士"。只有他像褪了色一般，默默无闻的存在于这片天地之间，静默的伫立着。他每日看着无定河缓缓流淌，听着人们歌颂无定河的伟大，望着人们在河边嬉闹，生活，聆听着盘龙寺与龙泉寺的钟声与香客们虔诚的祈祷，不知心中会作何感想。不过我想他一定没有怨言，因为他的责任就是守护，他深深爱着这片土地，他的一生都在奉献。

　　"沉舟侧畔千帆过，病树前头万木春。"时光荏苒，新生势力锐不可当，平邑堡早已退出了历史的舞台，但他的使命仍在继续。如果有机会，那就来一次平邑堡吧，感受深邃天空下古长城庄严与静默，感受他带给我们的温柔与守护。

　　响水堡位于榆林市横山区响水镇，北距大边长城20公里。明正统初年巡抚郭智置，八年（1443）移守平邑堡，九年（1444）巡抚余子俊撤平邑，复守响水堡，筑堡垣周长"三里二百一十步，楼铺八座"。万历六至七年（1578～1579）重修，东门称岳山寺门，南门称望斗门，西门称渊停门，另有小西门。明代响水堡驻军丁及守瞭军共786名，配马骡驼398匹，设操守、坐堡、守备各1员，守瞭巡防大边长城"一十九里七十六步，墩台二十二座"。清康熙年间，驻守兵100名。民国时期和中华人民共和国成立后曾为响水地方政府所在地。

　　响水堡建在无定河南岸的山梁上，三面环沟。城堡平面呈不规则矩形，周长约2100米，面积约255000平方米。现残存大部分城垣及其附属设施，城内尚有大量的早期民居和旧庙宇。城垣黄土夯筑，外包砖石。东城垣长734米，有多处缺口；南城垣长220米；北城垣被破坏无存，推测长340米；西城垣长676米，建有大西门、小西门和3座马面。城垣上现存西南角楼，残破严重。

　　2008年，响水堡遗址被公布为陕西省文物保护单位。

燕归梁·响水堡

无定河边草蔓青，临水筑高城。
闻珊春意惹南屏，峰如黛，雨零星。

岳山古寺，渊亭望斗，扼险小西营。
四关又起鼓鼙声，明月夜，乌山惊。

响水堡

◎ 镶嵌在无定河川的明珠 作者：谢 清

"一派银潢碧汉来,半空飞响势如雷。烽墩迢递连沙漠，树色微茫绕钓台"。循着水流汤汤的长音我们在一首古诗里解读了无定河的恢宏气势，站在古堡上俯瞰无定河水在脚下蜿蜒辗转后向南流去,河水滔滔汩汩声如响雷而故名响水堡，岸边绿柳成荫，岸上阡陌相通、鸡犬相闻，响水堡，这座矗立了五百多年的古堡虽历风雨但依然风姿绰约，她如一颗镶嵌在无定河畔的明珠，璀璨而耀目。

建置较早

在明代成化十年的陕北，有一个叫余子俊的巡抚，他率4万军士用智慧和勇气、责任和担当筑墙，利用部分前代长城基础，历时4月筑起了东起府谷黄甫川，西至定边盐场堡的延绥镇长城，全长有880多公里，横穿府谷、神木、榆阳、横山、靖边、定边六县区，沿线筑有40座城堡、93个墩台、890个崖寨。 响水堡便是其中的一座军事城堡。

响水堡位于横山区响水镇响水村西南部，与镇政府的相对高度为78米。古城北临204省道，西距横山县城48公里，是横山境内五堡中建堡较早的一个。

余子俊筑墙的动机很质朴：为防御蒙古诸部侵扰，他用最原始的方式打开了陕北文明的所有记忆。

明正统二年（公元1437年）巡抚郭某设置响水寨，属绥德卫。位于二边线上，西北距大边22公里。成化二年（1466）巡抚王复迁往黑河山，改名平邑堡。七年（1471）平邑堡泉水干涸，用水困难，延绥巡抚余子俊又迁回响水寨，改为响水堡。响水堡东、北两面临无定河，城墙依山势蜿蜒而行，周长约1700米。因为是依山而建，响水堡整体形状并不规则。响水堡建有瓮城，还设有楼铺八座。万历六年（1578），驻军以青砖、石块包砌城墙、增修垛口。明万历六、七年间重修砖砌牌墙垛口。

据《榆林府志》记载，"响水堡有东、南、西三门，楼铺14座和砖砌牌墙垛口"，清在响水堡设都司，乾隆三十四年（1769）知县胡绍祖重修城垣，城周3里许，东门叫岳山寺门，南为望斗门，西为渊亭门，另有小西门。据《横山县志》记载；城内原有建筑祖师庙、九龙堡、城隍庙。响水堡占地14.48万平方米，现存夯筑南墙长218米，高8米，宽11.7米；西墙663米，高8米，宽7.5米。而如今，这些都已无从觅迹。

在残存的史料中，我们承接着被岁月剥蚀的繁华，一遍又一遍地抚摸着曾经的烽烟留下创伤的片段，看着遗落在荒草中破碎的瓦当空留一声叹息。

响水城内庙宇曾悉数被毁，建筑均为明清风格，城中居民尚多，古城北部一段墙体在1962年修榆靖公路时被铲平，其他部分砖石被毁，墙基尚在。1983年，横山县人民政府批准响水堡为县级重点文物保护单位。2008年9月16日被陕西省人民政府公布为第五批陕西省重点文物保护单位。

"天桥"传说

《榆林府志》中记载的"怀远（横山县旧称）八景"中，有一处名为"响水天桥"，指的就是响水堡以东1.5公里的天生桥。

过去的无定河河床宽近百米，石崖高约数丈，河中乱石遍布，在没有桥梁的情况下根本无法横渡。据《横山县志》记载：明成化年间（1460～1467），僧人雇工在响水堡东无定河床岩塄上斜穿三洞，凿成长54米、宽10米、高13米的跨越无定河唯一桥梁——"天生桥"，清时几位知县主持维修。1963年塌毁。据当地老人讲，修建桥梁时单是工匠吃的盐就有三担六，足见修桥时所耗人力之大。

因为桥系穿凿河中巨石而建，浑然天成，故有了"三分天意，七分人为"的说法，因此得名"天生桥"或"自生桥"。行人往来，远远望去好像行走在河中的鳌背之上。无定河水流湍急，伏流于天生桥下，其怒涛奔腾，浪花四溅，声传数里，远闻其声仿若雷鸣，这倒也映衬了"响水"之名。

关于响水桥的神话传说，历史已久。据说桥下掩盖着一孔石窟，窟内有一匹金马驹，还有一面金鼓。每当洪水到来之前，金马驹就奋起双蹄，擂动金鼓，向人报惊。但响水东北角下的石桥，是一个天然奇景。其无定河水利资源丰富，能量要超过红石峡的一倍以上。当红柳河来到这里后，被限制在岩石坚硬的河槽里，一座同地层岩板浑然一体的巨大石桥横断河上，天然桥面平整而宽大，可通车方便行旅，两孔桥洞也有充分的泄洪能力。石桥上上下下看不出任何人工的凿痕，河水出洞后直落崖底，断层石壁高达十多米，发出隆隆巨响，似一匹奔腾咆哮的骏马，向空嘶鸣。

1949年后的响水，修起了拦河坝，建起了一座容量3600千瓦的水电站，年发电能力2520千瓦。下游的党岔、马坊、杨口则等处改变盐碱地，试种水稻成功，亩产千斤以上，为改善粮食品种结构以及发展生产潜力都做出了贡献。

天生桥建成后，成为无定河南岸居民到榆林的必经之路。

旧城院落

当地人把响水古堡称作"旧城"。古堡所在的位置正好是该村地势的最高处。古堡盘踞山顶，居高临下，扼守着塞北要道。古堡所在的村叫"响水村"。沿着古堡小路，缓缓盘山而上，首先见到是古堡的"大西门"。大西门最早修建于明正统年间，也叫"源停门"，城门上原来有箭楼，下有瓮城和三间小房供士兵守备之用。

古堡内现残存有很多清代四合院，有的是二进院。一进院有磨坊、碾坊和短工的房子，二进院才是主人居住的院落。四合院很古朴，青砖铺院，砖雕石刻，可以想及住在里面的人该有多么悠闲舒适、怡然自乐。

时过境迁，古堡里的一些建筑，都已被风雨剥蚀的退了色，颇显颓废。部分城墙上的砖瓦现已不知所踪，据当地人讲被挖去砌墙、铺路、垒猪圈者多见。北门的城门还屹立在公路旁，上书"渊停"二字，孤寂地凝望着奔流不息的无定河。

古堡风云

作为横山县境内建筑时间最早的军堡，在明清时代多次遭遇外力入侵，但英勇的响水堡人顽强拼搏，全力御敌，谱写了可歌可泣的赞歌。

《横山县志》记载，明成化七年（1471）三月，阿罗出拥骑兵万余掳掠响水等堡，巡抚王越、抚宁侯朱永分路伏击，阿罗出败走。明万历三十年（1602），河套部落首领猛克什力攻响水堡，被巡抚刘敏宽击败。万历四十年（1612）守将张承荫在响水大败沙计，斩首级700。清同治六年（1867），渭南的起义军进入县境。11月10日，马大赢拥卒数千围攻响水10余日，未克。同治七年（1868）正月十四日夜，起义军攻打响水，围攻两日不克。

1913年有名的抗产烟苗事件，1932年震惊地方的"围衙抗粮"事件，1940年，绥德师范学校校长白进彩领部分师生转移至响水办学，至1946年9月迁往榆林。1943年，国民党横山县特委工报委员会组成。一代又一代响水人筚路蓝缕，生生不息将中华传统文化深深融入这片沃土。

响水古堡人文荟萃，钟灵毓秀，人杰地灵，先后走出了许多仁人志士、鸿儒博学之辈。响水古堡物阜民康，盛产豆腐，因其口感细腻爽滑、外观晶莹剔透、刀切整齐、水煮不烂而闻名。

如今的响水堡虽然早已没有了昔日的军事意义，古堡风貌也已被岁月无情的剥蚀后颓败不已，但在残垣断壁之间我们仍能发现古堡曾经繁华的细枝末节，500年的沧桑变迁，古堡虽已风华不再，喧嚣繁华的街道也已沉寂多时，但透过尘封已久的历史，我们能感受到响水人质朴、善良、厚道的品质一直没有变，他们用勤劳的双手推开了新时期致富的大门，他们亘古不变的热情、好客，让我们一次又一次解读了厚重而浓郁的响水人文情怀！

　　波罗堡位于榆林市横山区波罗镇。文献记载该堡东至响水堡四十里，西至怀远堡四十里，南至绥德州二百五十里，北至大边十三里。明正统十年（1445），巡抚马恭置，城设在山畔，系极冲要地。周围凡二里二百七十步，楼铺十座。万历年间重修，砖砌牌垣垛口。所辖边垣长三十五里零四十七步，墩台三十五座。

　　波罗堡建在一处山梁上，东西两面临沟，北面为无定河。平面呈不规则形，城垣轮廓清楚，墙体基本保存，周长1410米，占地面积约120000平方米。

　　波罗堡现存遗迹较多，包括城垣及其附属设施（城垣、城门、马面、角楼）、庙宇、民居以及城外护城墩台等。城垣保存基本完整，墙体内为黄土夯筑，外用砖石包砌。东城垣长420米。南城垣长206米，西城垣长486米，北城垣长298米。城内西北有石窟及佛塔，城外有接引寺。

　　1992年，波罗堡古建群被公布为陕西省文物保护单位。

渔家傲 · 波罗古堡

无定水岸波罗堡，南山林密黄云渺。
野寺梵钟催暮晓，秋月皓，绞辉如水孤城照。

芳草如茵遮古峤，大河东去愁多少。
遗筑百年尘迹老，谁人道：流光轻似惊鸿爪。

波罗堡

◎ 传奇波罗等你来 作者：常春梅

　　云天收夏色，木叶动秋声。金秋十月，无定河两岸稻浪滚滚，百鸟嬉戏，一派丰收的景象，恰如一幅天然的塞上江南风景画。

　　坐落于无定河南岸的波罗堡无疑给这幅田园风景画又增添了几分神秘典雅的古韵。波罗堡位于无定河南岸的黄云山上，在秦时隶属上郡，汉隶属白土县城。由于其易守难攻的地理位置，隋唐时建石堡寨。唐朝时，在黄云山西北侧石壁上建波罗寺。宋初，此地称石州，曾为西夏的一级地方行政建制。明朝时，在黄云山山梁上建波罗堡。这里集宗教圣地、军事重镇、北地商埠、红色热土、旅游胜地于一体，是传统宗教文化、草原游牧文化、黄土农耕文化和红色革命文化的汇集交融之地。

宗教圣地

　　波罗堡地处边塞，古为多民族杂居之区，统治阶级为了巩固其统治地位，利用宗教笼络人心，使宗教在北方盛极一时，波罗先民也深受宗教影响，并逐步将此地发展为重要的宗教活动中心，堡内外有记载的大小庙宇众多，其中卧佛寺、波罗寺、大雷音寺和指月庵最负盛名，被统称为"三寺一庵"。

　　北魏时期，受古丝绸之路的影响，印度佛教传入中国，并逐渐在国内兴盛起来，波罗先民也在黄云山山梁北部仿印度佛教建筑造型，开凿石窟创建卧佛寺，此为波罗堡最早的佛教寺院建筑。

　　堡内久负盛名的波罗寺建于唐朝。隋唐之时，边塞州县建制更加完善，有秦直道之便利，道路交通亦称方便，时佛教发展已八宗分立，各派高僧尽纷至沓来。唐太宗贞观年间，长安兴教寺智远长老云游到此，见黄云山西北侧石壁上天生的巨大释迦牟尼浮雕，形象十分奇特，遂依山建密檐大殿，赐名"波罗石佛寺"，简称波罗寺，寓意佛祖引渡众生脱离苦海，到达彼岸。清朝时期，圣祖玄烨西征准噶尔，从榆林进发专程绕道此地礼佛，驻守波罗，御笔亲题"接引寺"三个大字，波罗寺因此更名"接引寺"。从此，"接引寺"有皇帝钦赐的名称，更加促进其发展，周边各地游人香客慕名而来，竞相来此烧香拜佛。

大雷音寺位于波罗寺西边的龙凤山巅之上，唐玄宗年间所建。相传，不空三藏法师在修葺波罗寺时，因在黄云山上望见此山地形独特、山环水抱、万壑朝宗、灵光闪现，便决定于此地新建寺庙，故而兴建土木，雕塑彩绘，历时数年终建成大雷音寺。大雷音寺气势恢宏，建筑雄伟，嘉靖末年鼎盛时是陕北最大的寺院，曾有300僧侣聚于此地，终日坐禅诵经礼佛，更有山南海北善男信女不辞辛劳虔诚朝拜而不绝！

指月庵位于波罗古堡主街道北段西侧，背靠主街道，面向无定河，内供观音、文殊、普贤菩萨三大士，两侧分列十八圣僧。清朝初

期，堡内人士胡茂祯在就任湖广提督时荣归故里，捐银重建此菩萨道场，并增修坡下台阶百余级，十分陡峭，每当夜晚皓月当空之时，登临其上，殿阁隐隐，如入月宫仙境，故名之"奔月梯"。

当时，堡内不仅有佛教盛行，道教也受到人们推崇，堡内外一度宗教寺庙随处可见。随着光阴流逝，保内外的宗教建筑先后因各种原因不同程度被毁，昔日香火旺盛的盛景也一去不返。

军事重镇

波罗堡坐落在海拔近1200米的黄云山上，地势极高，据险要而守，又因当时山脚下的无定河水水量较大而形成天然屏障。据《延绥镇志》："堡西北虽有石岸，东南平沙，难于扼守。弘治辛酉，几失陷。赖北有无定河，沙滩陷马，春、夏、秋三时不能近城。遇冬结冰，贼马一驰即至。又大川河口宽满难守，恍惚都河口于怀远堡协守，两相耽误，最宜隄备。"波罗堡，因其独特的地理位置，历来为兵家必争之地，历史上有多次战争就发生于此。唐代诗人陈陶《陇西行》中"可怜无定河边骨，犹是春闺梦里人"的诗句，是对历史的真实写照。

波罗之地历为军事要塞。宋朝时，宋与西夏双方以无定河为防御进行了多年的拉锯战。元朝时，曾在波罗龙凤山上设有屯兵的营房，故龙凤山后来也被称为号房梁。

明取代元以后，并未从根本上摧毁其军事力量。明朝初，朝廷开始修筑军事防御，英宗正统元年(1436)，都督王祯在旧营寨基础上营建城郭。正统十年(1445)，巡抚马恭正式置波罗堡。从明正统元年修建波罗城郭后，明朝军队与北元军队围绕波罗进行频繁的军事争夺。清顺治十年(1653)，为了进一步加强长城沿线的边防，便于军事指挥，延绥中协副总兵自榆林移驻于波罗，辖周边十三个营堡，为沿边三十六堡之重地。康熙二年，又增设守备。雍正三年，增设州同。雍正八年，裁改郡县，九年以怀远、波罗、响水、威武、清平五堡为县治，而屯军皆为编户，县属五营皆为中协之地。乾隆五十八年，由于当时的战事减少，中协裁为参将，仍设守备，裁撤都司一职，堡内的这一军事管理模式一直延续到清末。

1912年，废五堡营制，改堡为区。此后国民党军驻守波罗，1940年后，国民党陕北保安指挥部驻守波罗。1946年10月，国民党陕北保安副指挥胡景铎将军率近5000名国民党官兵在波罗堡发动横山起义，全国瞩目，影响尤巨。

北地商埠

波罗古堡的商业经济发展与堡内军事战争密切相关，几经繁荣与萧条。

宋元时，此地战争频繁，市井荒芜，经济萧条。

明以来，集镇随着军事堡寨而兴起，商贾市民多以堡寨为中心依附聚集，时堡中人口过万，街市繁华，商号排列，店栈星布，古城一片盛景。因堡内民宅多为"四合院"格局，有"小北京"称誉。

明末，李自成及部下高一功曾先后战于波罗。后清朝将领周世民、朱龙叛乱攻陷波罗堡，洗劫一空。战争带给民众的创伤是显而易见的，城内建筑毁坏严重，商业贸易折损严重。

清康熙年间，蒙古贝勒松拉普奏请，清政府允许内地人民到长城以北地带，与蒙古牧民合伙垦种"伙盘地"，"开边"由此开始。波罗古城贸易犹若开闸放水之势得以发展，与长城沿线各堡辟为"互市"，堡中商贾富户及部分军官，亦待时而动，纷纷筹资经商。蒙民与汉人通商，互通有无，各得其所，堡内有商号、当铺、钱庄、药铺、客旅店栈、粮行、油坊、粉坊、豆腐坊、醋酱坊、磨坊、糖坊、染坊、香坊、皮坊、银匠铺、铁匠铺等。波罗堡一时成为商卖聚众之区，富户颇多，有"四大家"、"八小家"、"二十四家"马马家、"七十二家"牛牛家之说。

波罗人自古善营商，如今波罗工农业齐头并进，既是一个拥有多家煤矿企业的工业重镇，也是一方培育了众多农业品牌的塞北沃土。

"波罗"二字源于印度佛经里的梵语"波罗波罗蜜"，这是古丝绸之路上的文化交流在塞北边陲之地留下的历史印记。波罗，历来勇立潮头，引领时代风尚。如今，在"一带一路"发展框架下，经济融合，文化包容的合作之路已经铺就。塞上奇葩——波罗堡必将续写出新时代的传奇新篇章。

红色热土

波罗，总是走在时代潮流之前。它在遇到每个重大历史关口，都如使命一般的存在，正如其"波罗"二字所包含的意思"度众生到彼岸"。1946年，发生在波罗堡的"横山起义"震撼西北，影响全国。

　　1946年10月13日，国民党陕北保安指挥部副指挥官胡景铎将军率众在横山的波罗、石湾、高镇等地发动起义，顺利解放了榆横5000多平方公里的土地和12万人口，沉重地打击了国民党反动派的嚣张气焰，为次年中共中央转战陕北提供了极大的回旋余地，也为推动全国解放战争的顺利进程做出了积极的推动作用。

　　革命先辈们为了国家的命运和人民的福祉不惜舍生忘死，浴血奋斗。如今，这盛世如前辈们所愿，国家昌盛富强，人民安居乐业，过上了幸福安康的好日子。为了铭记这段红色历史，缅怀革命前辈，传承革命精神，赓续红色血脉，波罗堡内原横山起义指挥部旧址内成立了"横山起义历史陈列馆"。横山起义是解放战争初期发生在横山历史上的一件大事，也是新时代横山人民勇毅前行的力量源泉，激励我们在新时期全面建设社会主义现代化国家的道路上不断前进。

旅游胜地

　　波罗，这个神秘而传奇的古堡，在你还没来之前，大概已经听说了诸多关于它的传说。古往今来有诸多文化名人关于"波罗八景"的称颂，如清乾隆年间怀远知县苏其炤、道光年间怀远知县何炳勋皆有多首书写波罗的诗作传世。波罗佛迹、龙山耸秀、文笔添砚、来世奇井、魁楼晨曦、天梯奔月、雷音晚钟、凌霄夕照，每一处都各自成景，精彩绝伦，令文人墨客流连忘返。进入新时代，这个神秘传奇的古堡依然吸引着全国各地的游客慕名而来，更有诸多文人雅士不惜挥墨为波罗堡写下诸多新时代的传颂佳作。

　　陕北的四季，气候分明，景色各不相同，这也让波罗堡呈现出四时不同的美。此时，正值金秋，广袤的大地上，树树皆秋色，山山唯落晖，波罗堡内外氤氲着神秘传奇的色彩。你若此时来波罗堡，既可赏堡内一步一景，也可移步眺望对面的山坡上，落英缤纷，层林尽染，还可俯瞰无定河岸随处可见的田园风景画。传奇的波罗堡，在这个多彩的秋日已蓄满一城浓墨重彩的诗情画意，期待着与您共赴一场诗与远方的浪漫之约。

　　鱼河堡位于榆林市榆阳区鱼河镇，北距归德堡10公里，西距响水堡20公里。明正统二年（1437）巡抚郭智置鱼河寨于九股水。成化十一年（1475），巡抚余子俊迁筑于今地，建鱼河堡。万历四年（1576）用砖包砌城垣垛口，城垣周长"三里三百步，楼铺一十五座"。鱼河堡属二边长城堡寨。明代屯驻军丁500名，配马骡117匹，设操守、坐堡、把总各1员。清康熙年间驻守兵100名，配守备1员统辖。清康熙年起，鱼河堡逐渐成为集镇。

　　堡城建在平川内，破坏严重，现仅存北城垣部分及北门，北门名"永昶"，西侧有马道。

　　2017年，明长城——鱼河堡遗址被公布为陕西省文物保护单位。

生查子·鱼河堡

又过永昶门，柘寺钟声近。
青砖映残红，马道秋风景。

依山起黄云，征士无音讯。
川上雁南归，谁把相思问。

鱼河堡

◎一条河站起来说话 作者：曹　洁

　　沿无定河两岸行走的过程中，我看见连绵大山一座挽着一座，看见无数河水一条汇入一条。纳林河汇入无定河，海流兔河汇入无定河，芦河汇入无定河，芹河汇入榆溪河，榆溪河汇入无定河……一次又一次，河水奔向河水，分明是义无反顾却又那么悄无声息。如此惊心动魄的交融，只是人的感知和心动，河水从来不在意，也从不宣示于人。

　　无河水穿过横山响水堡天生桥之后，似乎挣脱了某种无形的束缚，欢腾而往，奔向下一段旅程。大河汤汤，流过多灾多难的土地，流过干涩的盐碱地河床，也流过香气扑鼻的稻田。河滩渐渐宽阔，无定河湿地绿葱葱的，庄稼、青草和水鸟，肆意生长，又一个天然的生态家园诞生并繁衍。水毫不吝惜地漫向两岸，滋养着每一寸土地；水也彻底放松了自己，像一个人仰面浮游，顺着流波，散漫地漂流着。

　　这是榆溪河汇入无定河的地方——鱼河堡。

　　榆溪河发源于榆阳区小壕兔乡刀兔海子西水掌泉，由北向东南，流经小壕兔、孟家湾、牛家梁、榆阳、刘官寨、鱼河六个乡镇，沿途纳入刀兔海子、五道河、圪求河、白河、三道河、二道河、头道河、芹河、沙河、榆阳河等水流，最终，选择在鱼河镇王沙圪汇入无定河。

　　一条河从诞生到蹒跚起步，走过婴孩和童真，走过少年和莽撞，越走越宽，越流越缓。走到中游，他开始慢下来，慢下来，准备迎接另一条河水的汇入。当曲线遇上曲线，当清澈遇上清澈，当流水遇上流水，一条河顿时温柔起来，泛着清凌凌的水波，波光荡漾，欢喜雀跃。广阔的河床从来没有变小，也没有变大，她敞开胸膛，坦坦荡荡，接纳了两条大河的交相融汇，并以榆溪河的结束，将无定河推向下一个新的开端。

　　此刻，站在水岸的人，影子投入水中，仿佛自己是养在水中很多年的鱼。无定河亦是一条大鱼，它从白于山水掌深处而来，左腮是岸，右腮是水。它轻灵的鳍，浮起整个身体，越过千山万水；万水千山也生动了起来，浮游着这条长河，一天天长大。这条鱼不时地从大山中探出头来，晴天流云，水草葳蕤，高山过了，大桥过了，沙漠与沟湾过了，深切的河槽也过了，它依然没有游出母亲的身体。

　　这一天，它终于抵达母体饱满的腹部。

　　鱼河——传说中生长鱼的大河吗？

　　我不能确定某个传说的真实性，我所能知晓的是：当年，流经鱼河的无定河中一定浮游着很多鱼，与浪花一起卷着，欢腾着。鱼河寨子里，那些童稚小孩，追着浪花，追着小鱼，也追着南来北往的风，长大，再长大。多年之后，鱼河寨废弃了，鱼河堡也走远了，水还在流，鱼还在游，鱼河镇的人们，一天又一天，日出而作，日落而息。

　　鱼河镇，即鱼河堡，多少年来，鱼河堡东依连绵大山，西临无定河川，坐守在古老的秦直道上，从古长安，走到古上郡，从古上郡走到古长安。据记，明正统二年(1437)延绥巡抚于榆林城南七十里九股水处设置鱼河寨，属绥德卫；成化十一年(1475)迁至今鱼河镇政府所在地，改称"鱼河堡"，属榆林卫。从地理意义来看，鱼河堡位于榆溪河与无定河交汇处，扼榆林、绥德之交通咽喉，北可援榆林，南可障绥米，虽坐平川，却也易守难攻，成为蒙古与明王朝的必争之地。《延绥镇志》记载，鱼河堡"周围凡三里三百步，楼铺一十五座"。明穆宗隆庆年间，延绥巡抚下令将鱼河堡城墙加高至三丈；万历四年又砖砌牌墙垛口，增强了鱼河堡的防御能力。一直以来，鱼河堡，不仅是宋明以来北方重要的堡寨，依托榆林卫，作为边防和屯兵之所，且以此形成独具地方意义的城堡小镇，百姓安居乐业。

　　五百多年过去了，高危的城墙倾颓了，鱼河堡从军事高度回归到百姓日常。香火旺盛的鱼河府城隍庙，每年三月，城隍出府，仪式肃穆，钟鸣宏厚，声传很远。明正德九年铸成的那口大钟，依然高悬庙宇之上。似乎相比于喧嚣闹市中疲于奔波的城中人，鱼河人更具有"仁人而爱物"的原生态生命情怀，秉承着传统文明的清洁精神。大概这就是河流赐予人们的温情与诗意，如清水汤汤，涓涓而流。

　　九月风清，走过成熟的土地和庄稼，走过茂密的秋草，去寻找水。刘震云说："一个人的孤独不是孤独，一个人找另一个人，一句话找另一句话，才是真正的孤独。"海子也说："孤独是一只鱼筐，是鱼筐中的泉水，放在泉水中。"我无法说出，一个人如此固执地要去找寻一条河，找寻他沟壑底部的源头，找寻他沙漠深处的源流，找寻他敞阔河滩之下的走向，这是否也是一种孤独？

　　这份特殊的孤独，却带给我丰盛的回报。走在鱼河堡的水岸，我看见无定河不停地吸纳一股股溪水，河水长流，引灌农田。优越的自然条件润泽着两岸子民，展阔的鱼河川道成为富硕的米粮川。偌大的河滩，就是大家取之不尽用之不竭的后花园，水稻、小麦、玉米、糜子、谷子、豆类、马铃薯……从春到夏，从夏到秋，有活儿没活儿，大伙儿都愿意往田垄间走，播种、施肥、浇水、锄草、收割。

正在秋收的老农说："人误地一时，地误人一年；人给地一分，地还人十成。"这些依山傍水而居的子民，并不会与你谈论诗和远方，也不会大胆地说出爱意，但是他们骨子里有诗的品质与精神，那是美丽山水赐予人的浪漫天分。他们勤劳能干，豪放直爽，大块吃肉，大声唱歌；他们也敦厚善良，深情细腻，窗台上晾一溜儿南瓜，门窗上挂几串红辣椒，米粥里煮几把红枣……种种生命细节，都是大地赐予的丰厚礼物，他们虔诚接纳，满心欢喜。

鱼河堡对岸，就是横山区党岔镇银湾村，再往南，就是北庄、南庄、泗源沟村（百姓也俗称"四耳沟"）。四耳沟，这是一个带有主观感性意义和心理期许的称呼。或许无以阻遏的岁月洪流中，水岸的每一个村庄，每一代人，不分性别，不论年龄，都愿意多长出一只耳朵，倾听河水乃至河水对岸的声音？眼下，一座大桥横跨东西，互通坦途，两岸子民往来便利。当然，这是现今的地理格局，千年前无定河横冲直闯，划破了滩地，一道宽阔的河床被分出东西两岸，河水恣肆，彼此相望而难以横渡。想当年，人们只能姑且以"四耳"听听水声吧？

站在榆溪河与无定河相会的地方，那一片水流慢慢站起来，开口说话，盈盈双目，触手可及。河水之上，也闪烁着鳞片、虹、秋叶的光泽，还有一声声大雁的呼唤。经年的故事浮起来，我看见一个又一个片段，如一轴长卷，展开在河水之滨，色彩缤纷，生机勃勃。端详着那画卷中一个又一个自己，哪一个都如此模糊，又如此清晰。

有人说无论你遇见谁，他都是你生命该出现的人，绝非偶然，他一定会教会你一些什么。那么，遇见一条河呢？其实，一条河不只是一脉水，她是一个体量庞大的历史空间或现实世界，人置身于这个空间或世界中，感觉自身被一点点消融，化为虚无，而虚无，即无我。

一群小鱼游过来，闪着光，针尖儿一样，细细的，仿佛是鱼的婴儿，刚刚入水。我看得发呆，却见自己的影子躺在水里，静静地游。我多么希望有河水流过的地方，人与自然、人与人、人与世界，平等相待，交相融合，大地上的生物得以滋养，天空和河流，绽放微笑。

鱼乘于水，鸟乘于风，草木乘于时，坐在鱼河堡水岸，我听到天地的唇语。唇语，这是一个多么温暖亲切的词汇，很多时候我们习惯了常态的语气、语调、语速，甚至习惯了大声疾呼而忘记了轻轻说话，忘记了嘴巴和耳朵的关系，忘记了我们应该如何呵护天性的柔软。而这一刻，我只愿停留在鱼河堡的慢时光，听河水在耳际响起，循环往复，重章叠唱。河水永不停息地流动着，来了，又去了，沿着自己的通道，绕着土地和土地上的人类、物类和生灵，以及看得见和看不见的生物，流淌出永不湮灭的勃勃生机，滋养两岸人家。

鱼河，你知道吗？那部《大鱼海棠》说：所有人类的灵魂都是海里一条巨大的鱼，出生的时候从海的此岸出发，在路途中，有时相遇，有时分开。死的时候，去到海的彼岸，之后变成一条沉睡的小鱼，等待多年后得再次出发。这个旅程永远不会结束，生命如水，往复不息。

我在鱼河，走过一个自己，诞生一个自己，之间很短，也很长。

　　镇川堡位于榆林市榆阳区镇川镇，北距鱼河堡25公里。明嘉靖二十九年（1550），巡抚张珩修建，城垣周长"一里三分"。明代设把总领兵50名，隶属保宁堡参将管辖，清代隶属波罗堡营守备管辖。

　　堡城建在平川内，1946年以后城垣渐被拆除。城内南北大街为堡城原街道，街道两旁仅少数店铺、民居尚存早期建筑风格，但也多为清末至民国时期的风格。

如梦令·镇川集市

街巷羊皮多售，裘祆最宜童叟，集市闹攘攘，翻看皮毛新旧。争购，争购，易价不出左右。

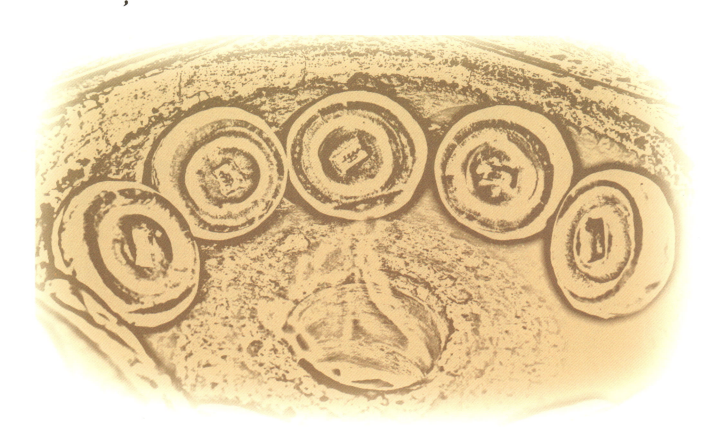

镇川堡

◎ 镇川堡纪行 作者：王 程

　　要去镇川看看昔日的古镇。窗外，天宇湛蓝，诠释着大自然的深邃，南部山区仍然是满目的郁郁葱葱，荒芜已成为过去的历史，绿色是这里的新符号。那成熟的高粱玉米把它硕大的果实高高地捧起，这是土地对勤劳人类的恩赐。

　　乡村和人一样，有着瑰丽的记忆，也有着完整的生命历史。每个村落在形成、变迁和发展中都具有保存价值的历史记录。这个只有8.02平方公里建设规划面积的古堡，在陕北鼎鼎有名。1995年，镇川镇就被国家建设部列为小城镇建设试点镇。近年，镇川堡居民响应镇政府"修旧如旧，再现古堡新魅力"的号召，古朴雅风扑面而来。据史料记载：明嘉靖二十九年（1550），为了防御蒙骑向南入侵，延绥巡抚张珩（字佩玉，山西右州人）在无定河东川选择南距米脂30里，北距上盐湾30里，修筑了一座高2.4丈，周长1.3里的城堡（今原镇川汽车站至万善桥），"筑堡设官率军五十人以守之"。同时，在北城垣东、西大川筑起防鞑靼"入腹孔道"的封墙，并建斥堠墩5个。清同治年和1935年又对该堡城垣进行两次较大规模扩筑，并在城内修筑了瞭望台，在城堡周围修筑了5处烽火台（武墩）。由于该城堡位于大川中部，起着镇守川道的作用，故名镇川堡。历经六百多年，从西魏废帝元年（552）设抚宁县至1946年10月镇川设县，曾经先后三次置县，为了战争的需要，逐步将城堡拆除，周围村民建居而入住，由于商贸发达，被人们誉为"旱码头""小香港"，享誉海内外，人口越来越多，现在已经达到近4万人。

　　在街道的中段，连接南北大街交通的十字路口，有一座始建年代不详东西走向的"万善桥"。石桥在街道的下面，潺潺流水而过，向西缓缓汇入无定河，桥高3米，洞宽3米，为殷沟渠的退水涵洞。

　　传说中的万善桥故事很多，不知有过多少爱恨别离、悲欢离合，小小万善桥，寄托了多少代人对幸福和光明的期盼。

　　在镇川街头，可以品尝到传统美食干炉。传说干炉的名称还是康熙皇帝给起的，实际上干炉的名气是镇川人凭着实在的本事，付出心血换来的。镇川的干炉香脆可口，不仅好看，好吃，还有着无穷的魅力。老百姓在儿女定亲时，男方得拿上用红头绳拴着的圈囵（干炉的另一品种），是必备的信物和礼品。据说，绥德县义合镇的一位农民每逢在镇川赶集，总是要买上几个牛奶干炉给儿子吃，拿回家放在精制的小白木箱中，时长日久，白木箱被奶油渗成红木箱。儿子长大成才，他的父亲在对周围人们炫耀时，带着几分傲气地说："我那儿子是吃镇川干炉长大的。"

　　沿着城堡向西直行大约2公里，是石崖底村的罗兀城遗址。罗兀城山势独特，奇石巍峨，是宋夏时期的古战场，境内有名胜古遗址多处。

　　宋熙宁三年（1070）为抗击西夏入侵，朝廷派当地官员在银州南、无定河西岸蜿蜒200多米的滴水石崖上修筑了这座罗兀城，因在傍晚日落西山之时红云满天映照罗兀城，又称红云山。

罗兀城古城遗址呈不规则三角弧状，遗址上有大量砖、石、瓦、瓷等残片，1990年被列为榆林市重点文物保护单位。

在罗兀城的半山腰，凿有悬空寺石窟，内有碾、磨、水井等俱全，屯兵防守，以奇险著称，宋时称为嗣武城。罗兀城东南北三面临崖，东崖下的无定河在静静流淌，仿佛在向我们诉说那久远的历史。

在罗兀城万佛洞外右侧石崖上，刻有宋崇宁二年（1103）驻守罗兀城宋将及巡防官员的名字，驻足罗兀城，仿佛看到遥远古战场上杀声震天、战马嘶鸣、刀光剑影的悲壮场面。

镇川镇红柳滩村东一深山幽谷中，谷中九潭连环，泉流活跃，亦称九龙潭，明朝正德年间（1506～1521）因修建起龙王庙，故改名黑龙潭。清光绪十年（1884）、1932年曾几度重修扩建，规模焕然。

山势如龙色如真，空灵严穴暗藏珍。

诗题峭壁留名处，尽是当年祷雨人。

此诗是榆林光绪年间贡生、才子田万宝为榆林八景之一"龙穴藏珍"所作。"龙穴藏珍"指的就是黑龙潭。

黑龙潭最为人称道的传说便是显圣一说：清光绪年间，水军将领张耀出征倭寇，在台湾海峡屡战不胜，某夜梦见一黑脸老者，自称黑龙潭黑龙大王，教其战法。次日张耀依法布阵，果然大获全胜。随后张耀奏疏朝廷，光绪皇帝仰黑龙大王神威，敕封"灵应侯"，御书"功簿威霖"金匾，并赐半副銮驾。此段故事在光绪年间《重修黑龙祠碑记》中记载。

黑龙潭九潭连环，铮铮淙淙，清流激石，九潭中为冠者莫过榆林八景之一的"龙穴藏珍"——"海眼泉"。海眼泉在庙西侧一悬崖突兀处，深邃莫测。在以前缺医少药的年代，海眼泉中的水被老百姓当作包治百病的灵药。

据旧《榆林县志》记载，清光绪年间，浙江省宁波府勤县举人张岳年任榆林知府，张知府一贯为政清廉，施惠于民，曾在瘟疫频发时斥巨资购药拯救疫民。光绪十一年（1885）春夏，又值陕北大旱，张知府心急如焚却无对策。有人进言：可求黑龙潭黑龙大王施雨。张岳年便率众日夜兼程，赶赴黑龙潭。并在次日徒步上庙，虔诚祷告，事毕，将雨瓶置海眼泉下，恭立取水，满载而归。翌日，甘霖滋润大地，旱情顿解。百姓因此对关心百姓的知府大人和"施雨救民"的黑龙大王心怀感恩。

每年农历六月十三是黑龙潭庙会，数以几十万计的游客信众蜂拥而至，从规模、人气，到影响、效益，堪称榆林之最。如今，庙会活动已经成为一场别具特色的传统文化活动。庙会期间有唱戏、迎贡、"过关"、烧香敬神、抽签等，生动地再现了农耕时代的百姓生活。说来也奇，年年庙会期间，黑龙潭温度适宜，从不下雨，又少有蚊虫叮咬。但庙会结束，戏落幕时，此处必有一场"洗庙"大雨，雨水疾时，山洪涌注，竟成为年轻人孩童们喜见的一场"开心剧目"。

镇川文物古迹甚多，这里也是红色的沃土，有中共榆林县一大旧址、榆林县委（县政府）旧址和朱子休故居等红色革命教育基地及烈士陵园。走进镇史馆，深刻感受镇川波澜壮阔的历史，这里，是解放榆林的前哨阵地，英雄辈出，曾为中国人民的解放事业和革命建设做出无数的贡献。

2020年，镇川镇被陕西省人民政府授予历史文化名镇，2021年10月，镇川镇被陕西省人民政府确定为乡村振兴示范镇。

回眸这座古老的小城镇，不由想起一首诗：

无定河川如肃流，东西山势若盘龙。

地临古塞群峰际，名列榆林八景中。

海眼丝丝流细水，石碑巍巍巧玲珑。

果园向日红千树，飞起山鸡惊响钟。

　　怀远堡位于榆林市横山区城南1公里处的芦河东岸白家梁山上，北距大边长城8公里，东距波罗堡20公里，西距威武堡20公里。明天顺二年（1458）延绥镇巡抚徐垣由土门寨（今横山区殿市镇土壑马村南之雪山）移建于今址，隆庆六年（1572）加高城垣，万历六年（1578）用砖包砌城垣垛口，堡垣周长"二里零一十七步，楼铺十二座"。时建有三座城门，东曰"怀远"，北曰"振远"，南门不明。明代怀远堡屯驻军丁及守瞭军共739名，配马骡357匹，设操守、坐堡、守备各1员，守瞭巡防大边长城"四十三里零三十七步，墩台二十七座"。清康熙年间驻守兵100名，设守备统辖。清雍正九年（1731）设怀远县，该堡即为县城。1914年怀远县改称横山县，县政府仍设于此。1955年县城迁建于堡东北1公里处的芦河川后，此城堡逐渐颓废。

　　城堡建在山上，四面临沟，平面呈不规则长方形。城垣轮廓清楚，墙体断续保存，周长1502米，占地面积约125800平方米。城垣上附属设施角楼、马面等仅有部分残存，城内有中心楼（玉帝楼）等。城垣黄土夯筑，外用砖石包砌。东城垣长354米，西城垣长374米，南城垣长334米，北城垣长340米。

　　2008年，怀远堡遗址被公布为陕西省文物保护单位。

水龙吟·战怀远

山横戍堡残阳暮，飞骑金戈无数。
黄尘漫道，四方云动，麟旌遮路。
外寇长驱，急宣征令，三军听散。
壳长缨，战个天翻地覆，杀声啸惊龙虎。

热血甘抛此地，奏凯旋，文焕将军威武。
延绥胜绩连捷，怀远江山久固。
风夜枕戈，饮风餐露，守家山处。
待何时，永罢烽烟，浊酒与君同煮。

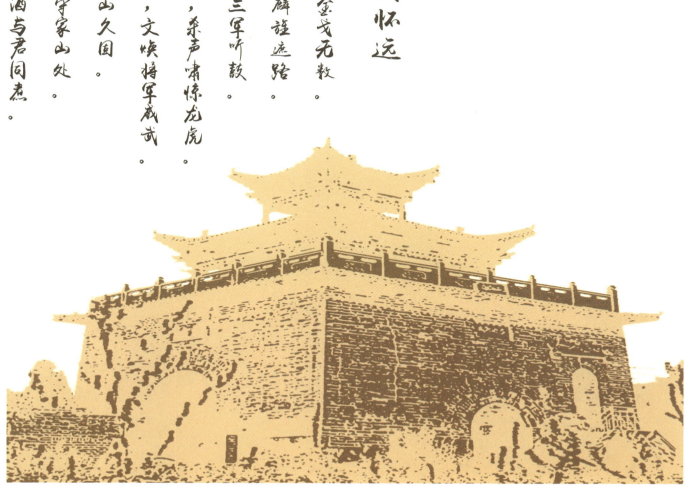

怀远堡

◎ 怀远古堡 作者：曹丹妮

"天顺中置，周二里十七步，东、南、北门三，楼铺一十二座。"追寻着《榆林府志》的记载，我来到了横山县，踏上了这片繁华不再，但风沙依旧的土地，也就是如今的怀远古堡。千年时光荏苒，在朝代更迭的沧海桑田里，曾经巍然的古堡早已残破不堪，放眼望去，只剩下一条高高隆起的土脊。

怀远堡位于横山区县城东南山上，东距波罗堡20公里，西距威武堡20公里，北距大边10公里。该堡城墙残存，东北角台完整，中心楼和庙宇得到修复，东边还居住着为数不少的居民。循着残垣一路向前，我站上古堡的最高处远眺，远处东西向的横山山脉清晰可见。据《延绥镇志》记载：天顺中筑堡，撤土门堡军守之。城设在山上，系极冲上地，周围凡二里零一十七步，楼铺十二座。隆庆六年加高。万历六年砖砌牌墙垛口，边垣长四十三里零三十七步，墩台二十七座。守兵一百一十名。明制军丁并守瞭军共七百三十九名，马骡三百五十七匹。

怀远堡的城门有三，东曰怀远，南曰柔远，北曰振远，四周城墙全长不到三华里。古堡内有千总署、县衙、祖师庙、学堂、射圃等十多处楼台店铺。根据记载，在明朝万历六年，怀远堡城墙进行加高加固，并对城墙进行了包砖。我不免感到遗憾，怀远堡和其他的古堡一样，并未逃过包砖被拆的命运，只有北面的城墙夯土保存较为完整，北门虽完整地保留了下来，却也被改为堆放柴草杂物的一孔小窑。在古堡内楼台的石刻牌匾上，只余"永绥斯土"四个字仍然清晰可辨。经历过战火的破坏后，城内较大建筑及城墙砖石全被拆毁，或为断墙残垣，或为耕地，这便是如今的怀远堡。

"对面沟里流河水，横山里下来些游击队。"如今，这首信天游，仍在黄土大地传唱。早年间，国民党一支部队以古堡部分分段的有利地形为据点，构建了防御工事，中国工农红军分两次终于攻下古堡，而关于革命先辈的谋略佳话，也让这片土地的人民铭记在心。时至今日，许多并不了解横山这片土地的人，在听到这些信天游时，也不免对这片土地多了几分亲切与动容。在横山的无数黄土塬上，依旧有红色的曲调悠扬。残垣断壁的古堡上，也镌刻着那段红色的印象。行走在古堡间，我能想见枪林弹雨的厮杀间，游击队的浴血奋战，我不免动容。古堡以一个特殊的老者形象，向无数后来的人们讲述着当年游击队神勇的过往。时过境迁，当年让百姓奔走相告的欢呼声与传唱，穿过百年，变成了此刻在古堡下打闹的孩童嬉笑声，在我的耳边回荡作响。

　　夕阳西下，听着远处的汽笛声，旧时的古堡早就在人烟中消失了影踪，我不免在想，是否抚过城隍庙中斑驳的钟鼓，就能听到那穿越时空来自边关的发聩巨响；是否沐浴过书院里如诗的清风，就能看得到那千秋万代学子勤恳踏实的足迹；是否聆听一宿寺角的铃，就能嗅得到那改朝换代成王败寇的腥风血雨；是否踏上山脉最远处，就能窥一角这座古堡的万年长史，就能将千载繁华，岁月更迭皆揽入怀中。我将斑驳残破与灰黑黯淡翻检个来回，在岁月的灰烬深处翻找一两星残破的繁华，拼凑半卷光怪陆离的水墨画渍。也恰是这次的旅程，我才惊奇地体悟到怀远这座古堡震慑人心的魅力。

　　硝烟战火不再，如今的这里是浩瀚无垠的黄土高原；是易木潺潺的蜿蜒芦河。我在古堡之上俯瞰怀远，看着红日初升，照遍山野沟壑，远处依稀传来驼铃声声，大漠孤烟。似是置身于百年之间，见证骄阳洒满怀远古堡，横山，在它亘古不变的守候里，在一次次的风霜击打中，变得更加坚不可摧了。

　　威武堡位于榆林市横山区塔湾镇杨小川沟口东山畔上，北距大边长城8公里，东北距怀远堡20公里，西南至清平堡20公里。明成化五年（1469），巡抚王锐由大兔鹘（在今艾蒿峁乡一带）移建于今址，筑威武堡，城周长"二百八一步，楼铺一十四座"。隆庆六年（1572）加高城垣，万历六年（1578）用砖砌牌垣、垛口，并建南、北、东三门，分别称"威武""镇朔""震福"。明代威武堡驻军丁及守瞭共640名，配马骡274匹，设操守、坐堡、守备各1员，守瞭巡防大边长城"四十三里零三十七步，墩台二十七座"。清康熙年间驻守兵50名，设把总1名统领。民国年间，该堡曾为威武地方政府的驻地。

　　堡城建在四面临沟的山梁上，西面深沟内有小河流经。堡城所在区域被流沙覆盖，现城垣断续残存，轮廓清楚，平面呈方形，周长1460米，占地面积约139400平方米。威武堡仅残存城垣及其附属设施，城内建筑无存。城垣黄土夯筑而成，东城垣长337米，南城垣长383米，西城垣长340米，北城垣长410米。

　　2008年，威武堡遗址被公布为陕西省文物保护单位。

定风波·大战戚武堡

虎骑飞旋动地来，洪门寺下帖门开。长恨人间饥寒重，征令！揭竿举义向朝台。

戚武堡前云瘴乱。远瞰！龙池烽火正绯细。自古民心书铁券，兴叹！大河东尽演荣衰。

戚武堡

◎ 雄镇朔方的威武堡 作者：仙岭耕夫

行走在黄河"几"字弯内的黄土高坡上，能领略到呼啸的西北风不惜数百万年的辛劳，将蒙古高原上的沙土粉尘吹运过来，堆积成黄土高原的神奇和雄强气魄，听得到山峁峁、沟渠渠讲述那不老的神话传说，更有那震惊中外的石峁遗址、朴素华美的汉画像石等。我行走不厌的是黄土高原农牧交错带，因为，农牧交错带上有沙土夯筑的军事寨堡，被同是沙土夯筑的长城"编纂"成一部农耕文化和游牧文化激烈碰撞又温情融合的历史巨著。

威武堡就是这部巨著的一个章节。

为了读到这个章节，在阴云密布，冷风劲吹，天色渐晚的秋日，从塔湾镇响铃塔出发，顺芦河驱车到了威武村。村口一块巨大的黄河石上刻着"威武堡"三个红色大字，并有箭头指示方向。车子朝东北掉头，顺着箭头指示的方向，沿着弯弯曲曲山间土路爬行，爬过了两个山坡，登上了威武堡城遗址。

下车，搜寻，踏勘。

距车子不远处有一位老者，正躬身收割着什么农作物。上前询问。已是73岁高龄的老者，姓何，是威武堡村村民。在寒风中，他正砍收一种叫作沙打旺的牧草。

得知我们顶着寒风远道而来，为了寻访威武堡的前世今生，停下手中的活儿，很是热心地给我们讲述起来。他说，威武堡位于横山县城西南28公里的塔湾镇威武村东北杨小川沟口的东山畔上。指指我们下车的地方说，这座山叫东山，你们停车的地方是北城门旧址；我们身后远处的小土包是南城门旧址，靠我左手方向长着几棵树的土塄处是东城门旧址；此堡城没有西城门，只有北、南、东三门，分别叫镇朔、威武、震福。城墙大部分毁塌，只剩下断断续续的墙体，墙体为土石夯筑，包砖被村民拆除用于修建窑洞、围墙等。堡城内原有的储粮库房、把总署和楼铺等已毁，储粮库房遗址就在东城门旧址不远处，把总署遗址就在城隍庙往北百米处。原有的庙宇尽毁，现在看到的七佛寺、关帝庙、城隍庙、三官庙、娘娘庙、龙王庙，都是近年在原庙址上重建的。城堡已毁，仅仅留下个威武村村名，村子就在山下的川道边。从他记事起堡内就没有人居住过，后来在储粮库房处住过刘家俩兄弟，时间不长也迁走了。堡城内现在属于威武村村民的庄稼地。

老何现场的介绍，加之行前我们翻阅志书做了功课，对威武堡有了较清晰、具象的印象。

　　明代《延绥镇志》对威武堡是这样描述的："威武堡东至怀远堡四十里，西至清平堡四十里，南至安塞县三百里，北至大边四里。汉白土县地，后为响铃塔。国朝成化五年，巡抚王公锐置，撤大兔鹘堡守之。城周围二里八十步，铺一十四座。隆庆六年，加高三丈。万历六年，砖砌牌墙、垛口五尺，共高三丈五尺。堡北面有沟，通慌惚都河。东西山洼近城平漫，且多飞沙拥城。东西负沟微险。南面平坦，直至小里河等处。边外水头甚多，系通大举要路，易犯难守。"

　　清代《康熙延绥镇志》对威武堡的记载简略了不少，但增加了所辖管和镇守的长城和墩台数量："威武堡东至怀远堡四十里，西至清平堡四十里，南至安塞县三百里，北至大边四里。汉白土县地，后为响铃塔。明成化五年，巡抚王锐置，撤大兔鹘堡军守之。城设在山阜，系极冲上地。周围二百八十步，楼铺一十四座。隆庆六年加高。万历六年，砖砌牌墙、垛口。边垣长三十四里零三百二十一步，墩台二十六座。"

　　《横山县志》也有关于威武堡遗址的记载："遗址在县城西南28公里之杨小川沟口的东山畔上，西与塔湾隔河相望。明成化五年巡抚王锐设置，撤大兔鹘堡守军移驻这里。隆庆六年（1572）加高，万历六年（1578）砖砌牌墙垛口。城周1公里许，城有南北东三门分别叫威武、镇朔、震福。现城墙砖石虽拆，但土基尚存。城内部分被沙埋压，部分成为耕地。已无居民。"

　　三个版本志书对威武堡的建堡史和堡城格局的记载大同小异，仅是繁简不一。

　　至于明清时期威武堡驻军的情况，别说老何这样黄土里刨食、老实巴交的农民，就是地方文史专家也要从史志典籍中寻找答案。

　　明代《延绥镇志》有威武堡驻军的详细记载："威武堡《会典》见额：官军五百三十三员名，马骡三百二十匹头。今见在官军四百八十一员名，马骡二百四十二匹头。可备征战军三十五名，马三十七匹。守备下效丁八名，马八匹听调。正兵营尖儿手四十名，马四十二匹听调。清平营选锋军五十名，马五十二匹。守墩哨探军一百三十八名，马八匹。贴补人卫贰班前营军四十名，马四十二匹。走站军五十七名，骡五十七头。走塘军二十二名，马二十二匹。城守军八十四名。"

　　清代《康熙延绥镇志》简略地记载威武堡驻军情况："威武堡守兵五十名。明制：军丁并守瞭军共六四十名，马骡二百七十四匹。"

　　从驻军情况可以看出，明代无定河流域是游牧民族和农耕民族反复争夺激烈的战略要地之一，战事频发，争战血腥。到了清代康熙年间，烽烟渐散，各民族逐渐走向和睦共存，共同繁荣。

　　老何的现场指点，对照史志的记载，我们按照头脑中描摹出威武堡城的效果图，"按图索骥"进行实地踏勘。

　　威武堡城位于百余米高的山顶上，东西北三面环沟，沟深崖陡，西面与塔湾镇隔河相望，南部与群山相连。城址所在的山体，山顶呈平面长条状，地势平缓而开阔。城址内有的地块黄沙堆积，星星点点的野草在西风中摇晃；也有野草茂密的地块，几株槐树枝柯稀稀拉拉似鹤立鸡群地站立着；大部分地块为农田，生长着黄豆、土豆、玉米、白菜等农作物和沙打旺等饲草，虽不茂盛，也充溢着生机。

　　生机蓬勃也掩饰不住曾经刀光剑影厮杀的恐怖和城毁人亡的血腥。裸露着的残砖断瓦和瓷器碎片密密麻麻地与沙土搅和在一起，毫不掩饰地泛出阴冷刺骨的感觉，见证着一座雄强的军事设施是如何被战火毁灭成废墟的；还有人体骨骸，令人毛骨悚然，一幅"可怜无定河边骨，犹是春闺梦里人""同来死者伤离别，一夜孤魂哭旧营"的凄惨悲凉画面出现在眼前。几个柱础石鼓、一对旗杆基石半掩在荒草中，这应是把总署的建筑构件，雄伟的城门废了，坚固的

城墙倒了，气派的总署毁了，但是，残留的建筑构件，骄傲地告诉我们它昔日威震北疆的强悍，在数百年以前，它里面震荡着习武的铿锵声，或者回荡着饮酒宴宾的喧闹声。还有刻着石狮的门墩石，是被毁庙宇大门的装饰构件，看来，在血肉横飞的战争中，神仙都不能自保，那还有谈得上保护堡城、把总署和戍边的将士？

踩踏着残砖断瓦和沙土寻找威武堡城门遗址，见到的仅仅是长满野草的土堆，若不是村民指点，外人根本难觅踪影，更谈不到一览城门是怎样的一副面孔。残存城墙还不少。城墙砖石虽拆，但土基尚存，墙体为土石夯筑而成；虽风蚀圮坍较为严重，但其遗迹连贯；墙体两侧积满黄沙，墙体上或墙基旁生长着稀疏的野草，矮小的树木。经步子测量，现存西城墙长约200多米，高约0.5～3米，宽约3.5米；北城墙长约250多米，高约0.3～2.5米，宽约2米多；东、南城墙已毁，踪迹隐约可见。城址内东、西孤立着两座墩台，为黄土夯筑而成，夯层清晰可见，虽然破坏较重，但也气度不凡，彰显着威武堡城曾有的雄风，和作为明长城三十六堡、延绥镇中路所辖十营堡之一，辖长城三十四里三百二十一步、墩台二十六座的威武堡在军事征战中曾发挥的重要作用。

天色渐晚，西风渐紧，威武堡遗址更显凄凉。衣衫单薄的我们打着寒战，在遗址中搜寻着历史的碎片。有史料价值的物件不多，只有残垣断壁、残砖断瓦和零星的白骨，见证着一座堡城的兴建和毁弃。忽然，一道闪电划破了昏沉的天空，闪电好像是一道令人毛骨悚然的刀光，从眼前劈过。乌云翻滚的天空被这道刀光劈开一道血色的口子，接着，一声闷雷，将雨点僵硬地从天空抛落，击打着古堡。我们急匆匆钻进车内，一起钻进车子内的还有醉卧沙场、马革裹尸悲壮惨烈的故事，和裹挟着怨妇哀号的风雨。

其实，历史若一道划破长空的闪电，瞬间即逝的云雨，只有芦河流淌不息，东山依然耸立。

　　清平堡又称清坪堡，位于靖边县高家沟镇南门沟村西的山原上，北距大边长城10.5公里，东距威武堡20公里。明成化四年（1468）巡抚王锐由白洛城（在今横山县石湾镇白狼城村）移建于今址，筑清平堡，城周长"三里八十四步，楼铺一十三座"。隆庆六年（1572）加高城垣，万历六年（1578）砖砌城垣。明代该堡屯驻军丁及守瞭军共2224名，配马骡驼1598匹，设操守、坐堡、守备各1员，守瞭巡防大边长城"三十一里零二百六十九步，墩台三十一座"。清康熙年间驻守兵100名，设守备1员统领之。该堡所在地原属横山县，1942年划归靖边县。

　　清平堡为延绥中路营堡最西者，堡城建在山原上，周围临沟。堡城废弃后，渐被流沙掩埋。由地面上断续显露的墙体尚可辨识城垣轮廓。堡城平面略呈长方形，城周长约1793米，占地面积约157500平方米。城垣黄土夯筑而成，东城垣长600米，南城垣长315米，西城垣长668米，北城垣长210米。堡城东南1公里处的徐家湾村有明代砖拱桥一座。2020年4月末，靖边县杨桥畔村民在清平堡内挖沙取土时，在两条取土沟内发现了保存完整的城隍庙，有泥塑造像、铁香炉、青花瓷片、砖瓦等遗迹遗物。

　　2008年，清坪堡遗址被公布为陕西省文物保护单位。

山花子·保平安

壮士出川几载还，远多父老鬓眉斑。
欲寄慈恩家万里，苦熬煎。

幸有总兵情厚善，亲修寺宇慰平安。
显左殿前多祝愿，早团圆。

清平堡

◎ 沙堆里的城隍 作者：梁 衡

　　西方的神话中都是些离人很远的女神、酒神、爱神等，哪怕帮人找对象，也是派个天使躲在暗处远远地射上一箭，类似现在的动物学家在密林深处手持麻醉枪向老虎或梅花鹿射去，对方就软软地倒下。而在中国的神话里，神总是在人的身旁，如影随形，朝暮不离，无时不在护佑着你。你需要谈情说爱，就出现一个月老来牵一根红线；你要做生意，就有一个财神爷站在商店门口；你要做饭，灶王爷就贴在锅台上；天黑了你要睡觉，门口就有两位门神站岗。人舒心，神也温馨。

　　让我没想到的是，在遥远的长城脚下，大漠之边，也有一个神与人同在。2021年9月，我到陕北采风，听说靖边县正在出土一座城隍庙，便立马赶到现场。

　　全世界闻名的万里长城在榆林一带被当地人轻松地叫作"边墙"，听起来就像两户人家之间的一堵短墙。沿长城的县都被冠以"边"字：靖边、安边、定边。远在天边有人家，墙里墙外胡汉两大家。从秦汉至明朝，这边墙内外故事连连，有时狼烟滚滚，烽火千里，有时又开关互市，交易粮食、茶叶、皮毛、牛马——因为不管胡人汉人，总得居家过日子。于是这边墙就有了两个功能，战时为军事工程，平时为通商口岸，类似现在的海关。亦军亦民，忽战忽和，千百年来恩恩怨怨，可谓一道奇异的风景。

　　为适应这种状况，明代沿榆林一线的边墙修了三十六营堡（因迁徙等原因，先后修了44个堡子），既是藏兵御敌的工事，又是开关互市的场子。慢慢地，堡子里聚集了人口，变成了一个小城镇，于是要请一尊神来主事，最实用的神就是城隍。城隍无关发财，也不管谈情说爱，是个最基层的综合之神。说小点是个虚拟的村长，说大点是个虚拟的区长、市长。它在乡下的办公处叫土地庙，在城镇则叫城隍庙。现在正发掘的这个堡子名"清平堡"，始建于明成化年间，周长不到两公里，里面也设了个城隍。随着历史的变迁，整个堡子渐为风沙所埋，现沙面上已固化为耕地、草坡、灌木林，间有大树，城隍爷就埋在下面。我估计这是中国最北的城隍了，因为再往前走一步就踏出"墙"外，一片茫茫的草原，无城当然也无"隍"了。

我仔细研读出土的碑文，它先交代城隍的设置："城隍有祠，遍于环宇，非只大都巨邑而也。虽一村一井，莫不图像而裡祀之。"古之帝王"张刑罚以禁民之恶，立天地百神之祀，使民不教而自劝，不禁而自惩"。又说明城隍的作用："设官，以治于治之所及；设神，以治于治之所不及。上天为民虑者深且切也！"原来，古代的政治家早就明白，单纯的行政管理不能解决所有的问题，既要依法治国，也要依德治民。"治之所及"是什么呢？政治、经济、社会、生活等现实的方方面面。"治之所不及"是什么呢？就是各人心中所想，他们的世界观。这才是一片无边的天地，一股巨大的潜在力量。一念之善，春风化雨；一念之恶，翻江倒海。所以康德说有两种东西，总是让人敬畏，那就是头上的星空和心中的道德。而在古代中国，遍布于城乡的城隍，就是这种道德普及的最后一公里。你不能不说这是古人的伟大发明，且能寓教于美，托人塑形，以艺术的方式呈现于民，流传于后。你看那些泥塑人物多么生动，600年仍衣带如水，神清目明。城隍不只是劝人行善，还导人审美，亦是一尊美神。

　　在中华五千多年的文明史上，明清时期的一个小城堡算不上多老，但正因其平常、普通，清平堡才典型地代表了那一段历史，勾勒出这一带河山的变迁。我们立于这土堆之中，看到了一个历史的活标本。你看那城墙、城门，特别是专门用于伏兵杀敌的瓮城，仿佛重现了当年城头的呐喊和刀光剑影。我不禁想起那篇著名的《吊古战场文》："浩浩乎，平沙无垠，夐不见人。河水萦带，群山纠纷。黯兮惨悴，风悲日曛。蓬断草枯，凛若霜晨。鸟飞不下，兽铤亡群。亭长告余曰：'此古战场也，常覆三军。往往鬼哭，天阴则闻。'"长城这个中国最大、最老的战争工事从秦汉一直修到明代，从没有消停。直到清代出了一个康熙皇帝才宣布永不修长城。他说："秦筑长城以来，汉、唐、宋亦常修理，其时岂无边患？明末我太祖统大兵长驱直入，诸路瓦解，皆莫能当。可见守国之道，惟在修得民心。民心悦则邦本得，而边境自固，所谓'众志成城'者是也。"他不但弃修长城，还开边利民。清王朝开国初期为避免民族矛盾，曾将长城内外划出五十里宽、一千里长的缓冲地带，俗称"皇禁地"。康熙下令开放，并以儒家经典的"仁""义""礼""智""信"五字命名，设了五个城寨，这可以看作是最早的经济开发区，从此开始了"走西口"的民族大融合，也为后来发展成多民族的国家奠定了基础。他懂得，不能靠砖石长城而应靠民心"治于治之所不及"。于是由战争而和平，由军事而经济，清平堡从此永远清平，城隍作证。

　　在中国960万平方公里的土地上，这个周长两公里的堡子只是小小的一个点，但它是长城、塞外、沙漠的交集，代表着一种地貌，一种气候，一段自然生态的轮回。你只要看看脚下被深埋着的这一座城、一座庙、一个神，就知道这里曾经是怎样的沙尘肆虐。当地传统说书中有一个代表作《刮大风》："风婆娘娘放出一股风，刮得天昏地暗怕死个人。刮得那个大山没顶顶，刮得那个小山平又平。千年的大树连根拔，万年的顽石乱翻滚。刮得碾盘掼烧饼，刮得那个碾轱辘滚流星，哎呀呀好大的风。"远的不说，40年前我在这一带工作时，一夜醒来，风刮沙壅都推不开门。下乡采访，起风时一片昏暗要开车灯。可是现在呢？高处一望，绿满天涯，蓝天如镜。新华社2020年发文，宣布横跨长城内外的毛乌素沙漠已经消失。来前，我曾拜访已70多岁的治沙英雄牛玉琴。她一嫁到这沙窝深处，便在家门口一棵棵地栽树，直到栽出一片绿洲，因此被请去联合国做报告。当地人戏称她"种树种到联合国"。这样的治沙人，一代一代数不清有多少。600年啊，城隍在深深的沙土下做了好长一个梦，直到有一天考古队员把它轻轻推醒，它蒙眬中看星汉摇落，旭日东升，浩浩乎绿海无垠。

　　走出发掘现场，我有了一个小小的遗憾。土坑旁堆着一大堆刚挖出来的老树根，虬曲缠绕，须乱如麻，根部已有一抱之粗。原来，这城隍庙里与正殿相对着还有一个戏台，这些树就长在戏台上的沙土里。它们顽强地与风沙搏斗，沙埋一分，树长一寸。就这样，屡埋屡长，终于没有窒息，没有死亡。清理遗址时工人嫌它们碍手碍脚，就统统锯断挖去。我扼腕顿足，大呼可惜。古庙古，古树也古啊，它们同是我们民族的记忆，更是一段乡愁！试想，当年这荒僻之地，常年草盛人稀，鸟飞兽亡，军民无以为乐，只有逢年过节时庙里才给城隍爷唱一回戏，胡汉交易，人神共乐，喧声满院。这些老树也于黄沙中吐出绿叶，抚慰着守边人苦寂的心。何不留下这些古树，把整座庙宇开辟成一个旅游场所，城隍归座，武士扬眉，绿树遮阴。让外来的游人在土堆上吼一阵信天游，再邀城隍爷同坐喝一壶马奶酒，唱一首《出塞曲》，看一出600年前的地方戏，那该多有味道！

　　靖边营又称新城堡，位于靖边县新城镇新城村，为新城乡政府驻地，北距大边长城3.75公里，东北距镇罗堡20公里。北宋初为夏州兀喇城，陕西经略副使范仲淹曾在此驻兵防守，并筑东西哨马营，故俗称"范老关"。明景泰四年（1453），巡抚陆炬始筑城垣，由此俗称新城。成化十一年（1475）余子俊设为靖边营，撤保安兵守之。嘉靖二十四年（1545）、三十四年（1555）两次拓筑维修，城垣周长达"八里，楼铺二十九座"。隆庆六年（1572）加高城垣，万历六年（1578）用砖包砌城垣。明代靖边营堡驻军丁及守瞭军共2255名，配马骡920匹，设操守、坐堡、守备各1员，守瞭巡防大边长城"四十五里，墩台三十二座"。清康熙年设游击、千总各1员统辖。清雍正九年（1731）靖边营改设为靖边县。同治六年（1867），起义军武装攻破县城，城内建筑尽毁，八年（1869）县城移置镇靖堡。民国时期，该城堡曾为苏维埃县政府驻地。

　　靖边营堡选址于西山东川的自然地形，平面呈不规则形，分为南城、北城两部分。南城仅存西城垣、南城垣，东城垣不存，北城垣及北城的南城垣。南城周长残存810米，占地面积约145800平方米；北城周长2278米，占地面积约为240000平方米。城垣上的角楼及马面大多保存，城内建筑全部被毁。

　　2008年，新城堡遗址被公布为陕西省文物保护单位。

临江仙·靖边营

白于山草知春近，芦川早沐东风。

临河依峰筑青城，水天如碧，宛若画间行。

登台北望铺长堑，游龙远入高穹。

英雄多少在其中，三边铁骨，大笔写峥嵘。

靖边营

◎ 回望靖边营

作者：秦 月

　　黄叶飘零，雁鸣声声，站在南墩山上，目送雁阵远去，一曲苍凉辽远的《鸿雁》，一时萦绕心头。回望靖边营，突然有一种不知今夕何年，身去何处之忧伤。

　　靖边营堡故城因所属地名新城，又名新城堡。《靖边县志》载："该堡建于明景泰四年（1453），成化中改属榆林卫，隆庆六年（1572）增修，万历九年（1581）甃砖。清雍正九年（1731）设靖边县于此。"靖边营遗址平面呈长方形，南北长约600米，东西宽约230米，墙体高3～7米，宽3～4米，夯层明显，夯层7～11厘米不等，北部墙体有三处马面，东部有两处马面。城设四门，东南西北名曰：朝晖，来薰，环胜，威远。砖砌城垛，城楼高耸，是榆林长城三十六营堡中建造最为复杂、坚固的城池。城垣四顾，三面环水，山大涧深，地形险要，势如耸峙于半岛之上的巨轮。其中二水在东门沟与西门沟绕城交汇后，形成芦河一支之西芦河，向东蜿蜒流去。城南群山抱关执钥，城东河川云遮雾笼，靖边营真乃雄关矣！

　　回望靖边营，是回望靖边的历史。五胡十六国时期，匈奴单于赫连勃勃在县域北部草原建都统万城，而南部白于山腹地的兀喇城，传闻即都城拱卫之城。我曾听一老者讲"兀喇"是匈奴语，却不知何意——史书很少有关于兀喇城的记载。也有兀喇城为金代、西夏之说，似有不妥。北宋时，陕西经略副使范仲淹曾驻兵兀喇城，在兀喇城的基础上筑"新城"，后人称范老关。从此带有明显匈奴印记的兀喇城，再不复存在、唯见史册了！耳边"四面边声连角起"，眼前"长烟落日孤城闭"，巍巍长城，虎踞龙盘，立马寒秋，残月西沉，感慨之中范仲淹写下《渔家傲·秋思》词："浊酒一杯家万里，燕然未勒归无计。羌管悠悠霜满地，人不寐，将军白发征夫泪。"西夏因此不敢侵犯，畏之曰："小范老子腹中自有甲兵。"

　　范公当年，城中有一小山，名草草山，山上百草丰茂，四季常青。更为神奇的草草山上之草，白天割了，夜里就长；牲畜吃掉半截，转过身来，那草儿又长得跟之前一模一样了！坐在草草山上，一片草儿"诤诤"拔节声，犹如仙女在拨弄动听的古筝。因此，小小的草草山，便养育了城中千余军马及百姓家的牲畜。且一匹匹军马肚儿溜圆，膘肥体壮。据传秦腔《火焰驹》的故事，就是依据靖边营一匹匹千里马编创出来的……

回望靖边营，是回望榆林长城三十六堡的烽烟历史。几百年之后，延绥巡抚余子俊巡视靖边营，曾亲临范公庙旧址凭吊，边塞烽烟，关山万里，遥想范公，思绪万千，欣然题写了《范公祠》：

文武才名重古今，严祠何幸观簪缨。

闻风曾破羌戎胆，向日常悬忧乐心。

故鼎有烟香篆续，断碑无字雨苔侵。

枝头鸟弄春声好，似共人间颂德音。

时令已是初春季节，可草草山上还是"草色遥看近却无"。听老人们说，曾有人在草草山上拿着铁锨割草，还以为是家中镰刀丢了，拿铁锨凑合着使用，便没有在意。谁知草草山被挖下一个个丈余深的盗洞——原来是北地鞑靼探听到了草草山之奥妙，一心要破坏草草山的风水，没想到竟然挖走了神农氏种下的五彩草籽……

鞑靼似乎有恃无恐起来，屡屡犯境。可榆林长城三十堡似铜墙铁壁，一次次让鞑靼的马蹄声有来之音，无回之声。余子俊在筑牢"大边"的同时，还开挖"二边"——也叫"夹墙"更多处是一道隐于地面的堑壕，于"大边"大体并列平行，相距30里左右，最宽处60里，最窄处仅10米。"大边"于"二边"中间地带叫"夹道"，有大路相通。"大边"和"二边"，南北合围，势若瓮城，让鞑靼的战马再不能自由驰骋。靖边营的险要和坚固，更是他们多少年始终望而却步。

榆林长城三十六堡真可谓"一城一繁华，一堡一历史"。是时，靖边营城高墙厚，固若金汤，城内街巷交错，店铺林立，有兵丁三千之众，马骡千余匹，居民更是超过万人，不仅是万里长城防御体系的一部分，更为长城之重镇。

《延绥镇志》收录了清康熙年间延绥镇西路游击周凌的《登靖边城有怀》：

登临绝塞一孤城，极目苍茫万里情。

鸟道斜西通蜀栈，龙堆直北是燕京。

花残日暮风沙暗，柳落秋深鼓角鸣。

倚剑天边归未得，空教人说亚夫营。

明末"靖边营"发生过两次战争：一次是神一元率领的饥民起义，围攻新城，三日不克。义军趁夜登城与明军在城上激战，并纵火焚烧北门，又被明军用水浇灭。此时镇靖堡参将常怀德的援军赶至，义军始撤。一次是闯王李自成部将黄色俊带兵攻打，兵备道冯如京率军与围城闯军激战，又派兵攻打闯军大本营，闯军无奈被迫撤退。

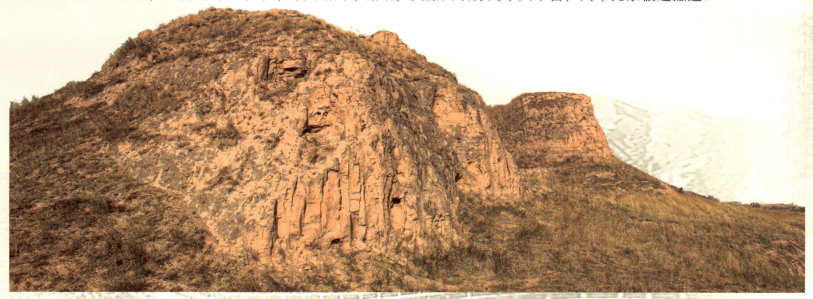

清同治六年（1867），新城被甘肃起义军攻陷，衙署府库、民房店铺等尽皆毁于战火。八年（1869）靖边县衙移至镇靖，降新城为堡……

回望靖边营，也是回望靖边的一部社会发展史。从明景泰年间始，靖边营内便设立了靖边兵备道署、西路管粮同知署、靖边卫同知署等官衙。清雍正九年（1731）改卫为县，即将卫署改为县署。儒学署、捕厅署、监狱、仓库等均设于城中——靖边营之繁华景象由此可见。

从匈奴兀喇城，到北宋新城，再到明之靖边营，至今日的新城乡，一座城见证了靖边的发展历史。而一个个发生在新城传说故事，虽传之久远，但历久弥新。

"文出两川，武出三边"的历史被改写。两川指延安的延川、宜川两县，三边即榆林地区的靖边、安边、定边三县（后安边撤县）。早在明万历年间，时任靖边兵备副使——来自孔孟之乡山东的杨锦，就在新城创建了靖边有史以来第一座书院——"龙图书院"（后毁于回乱战火），靖边始有生员。清同治十一年（1872），县试开科，录取文武生员五十余名。至清光绪年间，时任知县丁锡奎捐薪在镇靖重新修葺书院，改名为"崇正书院"，并亲赴书院授课，一时传为佳话。

因烽烟不断，新城民众养成勇武好斗、见义勇为的尚武崇德之气。在那个"三年清知府，十万雪花银"的时代，贪官污吏多，清正廉洁少。可新城每任知县皆不敢贪，衙门里的师爷捕快跟着没油水沾，时常叫苦连天。且每遇诉讼，县老爷总是说不过民众，使得纠纷不息，官司难断。一次县老爷升堂，师爷看见隔河的舌尖山，跟着被告的陈述动来动去，便给知县使眼色看。一样存有贪心的县老爷恍然大悟，带上衙役们在舌尖山上挖了一条深沟，还挖出一条条椽子粗的芦苇根，斩断后汁如泉涌。此后，芦河也渐渐开始干涸。

　　"新城不新，旧城不旧"成为一种记忆的疼痛。新城勿用再说，旧城即镇靖堡。新城被毁后，同治八年（1869），新任知县移治所于镇靖堡，称为旧城，后设旧城乡。当年每有新生分配工作，人事干部便耍起心眼儿，问去新城还是旧城？"新"与"旧"在谁的心中没一个认识，自然选新城了！没曾想新城在远离县城百里之遥的大山深处，而旧城距县城还不到十里……

　　回望靖边营，战国秦长城、黄花城、荞麦城、"黄花古戍"，多少故事，多少英雄人物，多少不可觅迹的黄土城堡，一段段历史，如远去的烽烟。但总有一种正气永远激荡在我们的心中，我想这就是我们民族的浩然之气！

　　定边营即今定边县城，北距大边长城200～300米，东南距砖井堡25公里。明正统二年(1437)巡抚郭智筑城堡。万历元年(1573)增筑西关，三年至四年加高城垣，六年(1578)用砖包砌城垣，城垣周长"四里一百七十五步，楼铺二十二座"。明代定边营驻军丁及守瞭军共2690名，配马骡1565匹，设操守、坐堡、延绥镇西协副总兵、守备、领班都司各1员，守瞭巡防大边长城"五十四里，墩台七十七座"。清康熙年驻守马兵、步兵、守兵共535名，设把总2名，西协定边副总兵1名统辖。清雍正九年(1731)在此开设定边县，迄今为县治。

　　堡城始建为正方形，东西长660米，南北宽660米，后又向西展筑200米成长方形。推测城周3040米，面积567600平方米。定边营的城垣及其附属设施基本不存，只发现了部分墙体残迹。城内旧民居基本没有，只有中心鼓楼1处较为重要的公用设施遗迹。

　　2017年，明长城——定边营遗址被公布为陕西省文物保护单位。

江城子·定边营

长城南望定边营，暮山青，月初明。
漠北盐州，要塞锁西屏。
自古大边征战地，刀影乱，马嘶鸣。

百年岁月几峥嵘，盼安宁，罢强兵。
巷陌街衢，暖暖故人声。
旧堡沧桑多少事，秋沐雨，夏听风。

定边营

◎ 盐肆曲和号角鸣 作者：王世华

明长城东自西出，横亘万里，巍巍峨峨，逶迤蜿蜒，若巨龙盘旋于群山之中，奔腾于万山之巅，飞越黄河天堑。进入延绥镇，舞姿曼妙多变，至定边境内，从安边营城调头南下百里，在吴起境内向西几十里，又折返西北，舞出一个"几"字形，来到定边营堡。

"几"字形的走向，演绎出诸多精彩故事，给定边营这座古城堡亦蒙上神秘的面纱。

相传，明长城从东往西筑至安边，上级传令"朝端修"，本意为直线向西建筑。"端"与"山"音韵相同，一线指挥修建长城的将军误听成"朝山修"，于是长城在安边拐了个弯，朝着南部山区修筑一百多里，一直至今延安吴起县长城镇，又向西延伸几十里，折返回原来方向继续向西建筑。直线几十里的距离，从山里一进一出多建近二百里。因此"事故"，一线指挥建设的将军被革职问斩，将士们把他埋在长城拐弯处，这就是安边将军坟的传说来历。时至今日，安边将军坟犹在。

传说终归传说。事实上，在由点成线，连接陕北明长城之前，沿边营堡大多已经存在。故，只有从疆域边界和军事角度去稽考，才能还历史真相，立学术于无懈可击之地。

1470年代初，一个叱咤风云的身影，奉圣旨出现在明王朝陕北边境，他就是肩负安边稳疆使命，意气风发，走马上任的延绥镇巡抚余子俊。这位通过科举考试改变了自己命运的人，多法并举，着力改变这块疆土的命运，革新绥延镇的边防方略。面对鞑靼之兵连续不断的入侵扰袭，为加强陕北北线防御，改变延绥各地长期鸡犬不安，民无宁日，社会生产遭到极大破坏的局面，他实地勘察后，秉承"广积粮，高筑墙"意旨，给宪宗皇帝奏折，一曰："寇以轻骑入掠，镇兵觉而追之，辄不及。欲移延绥镇治于榆林。"意为将镇治从绥德向北移到榆林；二曰，沿陕北边境原有屯兵防御之营堡内外侧，建设二道防御工事——长城，当地人称为边墙。内侧，依地形而修建，遇山削崖，逢谷填堑，称为"二边"；外侧筑墙十尺，称为"大边"。"大边""二边"间，与原已设防的营堡和新建营堡，一起构成坚固的防御体系，以阻河套鞑靼骑兵三面环黄河，一面筑"高墙"之瓮中，难以长驱直入扰劫，屯民和居民专心农耕，安居乐业。史料记载："宪宗成化年间，余子俊为副都御使巡抚延绥，宪宗九年迁徙延绥镇治于榆林，成化十年闰六月子俊备筑延绥边墙，东起清水营，西迄花马池，共三十六营堡。"其中倒数第二营堡，便是定边营堡。

　　定边营堡，明正统二年（1437）置，属延绥镇。清雍正九年（1731）改置定边县。现为定边县城所在地。古、今县治均置此。

　　定边营堡，承东接西，素有"延绥门户，庆环襟喉，三秦要塞，西路要冲"之誉。内、外边墙的构筑，使建于古盐州的定边营堡，更具防御功能，因区域重要，地位尤其突出，不仅守备指挥官驻此，还提调石涝池等五堡官军。嘉靖中，游击梁震设关城，嘉靖四十一年置延绥镇西协副总兵，驻定边营。

　　延绥镇即后来的榆林镇，军事建制逐渐形成"一镇3路36堡"。镇下分东、中、西3路，路下又分营、堡。定边营堡为延绥镇西路所辖十四营堡之一，北距"大边"长城200～300米。据《延绥镇志》载："定边营，东至砖井五十里，西至宁夏花马池六十里，南至石涝池一百里，北至大边五十步……城周围六里一百七十五步，楼铺二十八座。万历元年（1573），展西关，三、四两年（1575～1576），将旧城加高帮厚。六年（1578）砖砌牌墙、垛口五尺，共高三丈六尺。本营四面平旷，无险可据，南藩环、庆，西捍固、靖，万一不虞，全陕便道。先设守备，近改副总兵添宪臣防御，似周。但副总兵协守太远，兵止五千，兵备兼延、宁，事亦牵制云。"不难看出，余子俊任巡抚之前，即有定边营堡存在，只是渐进加强守备、建设的过程而已。

史书载，定边营堡域呈方形，西南城角圆形，设南门、东门、西门、中门，均有瓮城。由此可见，未设北门，也暗喻营堡向北防御之功能。清乾隆十二年，知县石崇先重修，中、东、西、南四门颜书："雄封""东定镇安""永定宁远""南定金汤"。这些祈求永镇安定的愿景，与城内新中国成立后修建的烈士陵园的忠魂，永远警示后人，富强兼备，顺乎民心，方能和平！

"本营四面平旷，无险可据……"把营堡建在"无险可据"之处，似乎违反古代设防常理。其实不然，"南藩环、庆，西捍固、靖，万一不虞，全陕便道"，又道明其虽非形胜之地，但为战略要冲，军事战略、战术价值极高，在此建堡布营，可扼北方而锁南方控东、西。据此，"无险可据"必须有坚可守，三国背水一战的典故，说明统帅的战略决心，人心所向，城池坚固，加之训练有素，以及众志成城的精神，忠勇刚毅的血性，就能坚守，做到无坚可摧，立于不败之地。这就是此地必须建营设防，而且还要坚固坚守，万无一失之缘由。从另一角度而论，古今中外，概莫能外，疆域决无因为难守而放弃不守。这也折射出余子俊（1428～1489），这位四川青神县人士，不愧为明朝名臣。他景泰二年（1451），登进士第，授户部主事，进户部员外郎。在户部十年，以廉洁奉公称。巡抚延绥时，苦筑延绥长城一千七百七十里，至定边营堡西30公里，史称"尽心边计，数世赖之"，尽显其报国无余、战略高明、策略诡异、战术精道。

现地勘察与研究，得其选址的另一考量，当与食盐这一重要的资源相关。余巡抚增建盐场堡的初衷亦该如此。古往今来，食盐不仅仅是调味品，与民生息息相关，而且对于兵之战斗力生成有助，盐可强壮体魄，增添体力。食盐，在古代具有不可替代性。

定边盐湖群，是今之陕西全境、明朝陕西（含今之陕西、甘肃及宁夏大部）东部唯一的湖盐群。盐湖群之花马池，位于盐场堡城北1公里区域，属定边营堡辖区，开湖2000余年，开采历史悠久，始于秦汉，昌于唐宋，盛于明清。此定位已明了，其战略地位不可撼动，无法替代。花马池盐湖所产之盐，民间称"白盐""花盐""老湖盐"，它色白、粒大、质优、保鲜效果好，是食用盐和腌制盐的精品原料。

万顷银湖三里廓，十分景色九分盐。盐湖"朝取暮生、暮取朝复，取之不竭"，千百年来，南来北往的客商来此易、购运盐，悠悠驼铃声，伴着《赶牲灵》的陕北民歌，不绝于耳，高亢激越，空灵缥缈，飞向天空，传向远方……骡马负重前行，驮盐不歇，踩踏出一条通向四面八方的"盐马古道"。

花马池湖的生产与管理历史上一直由官方直接运作，盐民打盐官方收购或凭引发盐，盐民收盐本。古代的"盐马古道"就从此地始发，通向长安、庆阳、山西等内地。为此，设立并构建定边营堡，不仅是明朝疆土安全的需要，而且也是保障盐湖及"盐马古道"安全之所求。没有盐，民不聊生，员缺难补，兵不强健，守边固土即成无根之木，无源之水。当年，定边营堡除屯兵舍宿、教场外，堡内盐肆众多。花马池的盐，经定边营堡集散，不仅保障延绥长城沿线驻军、屯民，也运往内地市场，保障居民有食盐供给。

历史上围绕盐权的争夺，战事频频，故事迭出。特别是在1940年代初期，八路军打盐大生产运动中，为支援边区财政和抗日战争，359旅2000余名指战员在此打盐，曾被誉为"盐湖是中央第一财政"。

　　延绥长城三十六营堡到成化年中期基本全部告成。边墙内外墩台烽隧东西衔千余里，声应乞求，遂互有联络，使延绥镇防守能力大大加强，不战而屈人之兵战略目标得成，鞑靼军不敢轻易越边南犯，蒙汉民族出现了和谐气氛，延绥边境各处开始了蒙汉族边民互市，定边营堡亦然。随着定边营堡—定边古城—定边县城变化，四方通达的"旱码头"在此出现了，商贸禀赋得以涵养，城池变市场，贸易"码头"地位突显。

　　春秋迭易，岁月更替，历史演变，民族和解，烽烟散尽，定边营堡也和其他营堡一样，军事价值下降，民用价值上升，且相对而言，更胜他地，由堡变营，由营建城，未异地选址，越建越阔。兵戎相见的游牧民族与农耕民族，化干戈为玉帛，亲若兄弟，交流互市，商贾云集，贸易繁荣，本地的食盐、皮毛、甜甘草、荞麦　外地的牲畜、肉品、煤炭、白面、大米……集中，交易，分散，如此反复，持续不断，推动着经济发展，社会进化，历史前移。商贸业发展，致人口增长，老城堡不断改造扩大，旧城堡湮没在新的城市之中……时至今日，只有鼓楼孤独地屹立如初，昭示着当年的营堡所在，诉说着昔日同为西部边塞的"大漠孤烟直，长河落日圆"，鼓角，马嘶，烽火的奇特风景往事，是为当时营堡的标识记忆。

　　坐落于古定边营堡、今定边县城中心的鼓楼，亦称玉皇阁，初建年代无考，明万历三十八年（1610）重修，清光绪二十一年（1895），1986年两次大规模维修，迄今仍保留明代西部建筑风格，基座高大，楼阁纤小。台座四面券洞互通，台上建筑三层楼阁，上层为重檐，十字歇山式楼顶，底层楼面南设门。现门两旁有砖雕对联云"楼阁耀长空常引九天日月，神明恩四境永垂万世春秋"。中层楼阁，周设穿廊，面南横向悬挂"玉皇阁"木匾。

　　营堡内来自本地、中原、江南的筑城工匠、士兵留下成家，成为"屯户"，全民皆兵的人口结构，造就了尚武精神，明末定边人张献忠揭竿而起，兵员蜂拥而至；一代代营堡人报效祖国，建功沙场；四省（区）交汇地的形成，多民族聚居，四通八达的区位优势，定边营堡形成独特的文化传承。定边营堡人及后人"开放、勇毅、自豪、义气"的特质明显，成家立业良法多多；远方来客，亲戚走访，荞麦饸饹，炉馍麻花，手扒羊肉，酽茶炒米，酥油奶饹是必备的伙食，款待的茶饭；塞外风光、盐湖、红花荞麦摄影展定期举办，吸引众多游客光顾；文化交融，陕北民歌，宁夏花儿，内蒙古长调，陇东道情，秦腔，交织萦绕营城的宾馆饭店，酒肆茶室，过事帐篷……

　　今日之定边城，因省、区设立变化，位于陕西省西北部，榆林市最西端，陕甘宁内蒙古四省（区）七县（旗）交界处，古之"东接榆延，西通甘凉，南邻环庆，北枕沙漠，土广边长，三秦要塞"的营堡，如今是陕西省的西北门户、榆林市的西大门。昔日的边墙变通途，边疆变内地，大漠变绿洲，沃土辽阔，民族和睦，梦想共同；"盐马古道"早已被高速、铁路、航运替代；传统产业，油气工业，风电机组制造业，未来的民用航空维修业，互补发展，前景广阔。

　　至此，穿越时空，我从沉浸在对定边营堡联翩的浮想中走出，沐浴着又一轮初照曝光，开始新的墨客之旅。

　　龙州堡又称龙洲堡，位于靖边县龙州镇大涧村，北距大边长城3公里，东至延绥中路清平堡16公里，西至镇靖堡20公里。宋代为夏州石堡寨，范仲淹曾于这里设哨马营。明成化五年（1469）巡抚王锐在龙州寨山下涧地筑城堡，周长"二里三百一十六步，楼铺九座"。隆庆六年（1572）加高城垣，万历六年（1578）用砖包砌城垣。明代龙州堡驻军丁及守瞭军共557名，配马骡247匹，设操守、坐堡、把总各1名，守瞭巡防大边长城"三十四里，墩台二十五座"。清康熙年驻守兵50名，设把总1员统辖。清乾隆三十四年（1769）、嘉庆十四年（1809）均有维修。同治六年（1867），起义军攻陷城堡后废弃。

　　龙州堡城建在四面山峦围绕的平川内，北临龙州水库。堡城建制归整，平面基本呈方形，城垣周长约1300米，占地面积约84000平方米。现存大部分墙体及其附属设施（角楼2座，城门2座，护城墩台1座）。城内建筑无存。

　　2017年，明长城——龙洲堡遗址被公布为陕西省文物保护单位。

一丛花·望龙州

天高原阔塞前秋，登阁望龙州。
金沙碧水镶珠玉，兴微澜，风过云流。
映日丹霞，浮光蕴彩，辉映古城头。

恍现烽火上重楼，脉脉使人愁。
江山绮丽娇如画，卫家国，壮志先酬。
漠海遗珍，大边疆土，千载掌中收。

龙州望

◎ 龙洲堡行 作者：霍竹山

　　多少次行走在龙洲堡，或是陪来访的客人，或是一个人在夕阳的余晖中踽踽独行。耳边时不时萦绕着一阵战马萧萧之声，在一面大明的旌旗下，刀枪耀眼的点点闪光，一下带我走进那一个金戈铁马的时代。

　　据《靖边县志》载：明成化五年（1469）巡抚王锐建筑龙洲堡，周围凡二里三百一十六步，高二丈至二丈三、四尺不等。东西门二，楼铺九座。隆庆六年（1572）加高，万历六年（1578）砖砌牌墙垛口。而早在明正统年间（1436～1449），始筑龙洲寨——也就是说龙洲堡是在原龙洲寨的基础上筑成的。龙州堡辖长城"三十四里，墩台二十座。"这一段长城，尤其是由堡城向西，经五台、麻黄梁诸村至伙场圪段，因其行经之地为黄土地貌，土质黏性较好，所以墙体至今保存较为完整。龙洲堡西五六里，有一叫作"头楼"的村子，因村头高耸一烽火墩台，而人家多挖长城窑洞而居，一个个院落依偎着长城，形成独特的长城人家。

　　那一阵子，我在龙洲堡所在的龙洲乡工作，头楼村又是我负责的驻村之地，自然少不了张家进王家出的。一年夏天在王姓队长家喝酒，经不住他们轮番的敬酒猜拳，我竟酩酊大醉。月已中天，无奈只得住在王队长家的长城窑洞了。半夜似醒未醒之际，忽听见战马嘶鸣，侧耳细听，原来下起了暴雨。一声惊雷响过，我不由从炕头坐起。好一场雨啊，"乌云接掌，半夜水响"——是谓太阳落山之际，两边相向而生的乌云似要万里长空上击掌。昨晚喝酒时，我们还说着节气里的农谚，要是真有一场大雨，值得醉上一回。凑至窗前，雷电之中，我仿佛看到一队赤膊背着大砖的人，从院子里吃力地走过。这长城人家怎么闹鬼，我惊得大气也不敢出了！好在闪电之后，一切消失得无影无踪。除了黑的包围，就是迅猛的雨声。闪电中，我再也不敢往外看了，我生怕他们走回窑洞跟我讨要一杯酒喝……直到鸡叫天明，我呆若木鸡地在长城窑洞里坐了半夜。

我跟乡亲们打听，附近有没有废弃的"烧砖窑"？秋天时，我还真打问到了，就在头楼村的西边，有一处不知何年何月的烧砖窑！在一老者的带领下，我刨开黄沙，走进已埋入地下的烧砖窑址，在左边的墙壁上还清晰地看到"万历四年"的字样。窑址只一孔了，如岩石般的坚硬，这一行带有明显隶书"万历四年"的字，就刻在灰褐色的岩石上，已与那坚硬融为一体了。

　　说来也巧了，之后我们下乡途中，在田野里发现一块完整的长条形明时大砖。我想抱走，可实在太沉了，足有四五十斤。想来是扛着这块大砖的人，到这里时再没力气扛了，便扔下大砖一走了之，我又何必再扔它一次——此处距离村子还有十余里的路哩！

　　靖边，很早就成为抗击匈奴的前线，境内的阳周城历史距今已有2346年之久，蒙恬在此北逐戎狄。明长城在战国秦长城以北，战国时的大城阳周位于龙洲堡北二十里，后毁于战火。北宋时，党项称雄西北，建立西夏政权，陕西经略副使范仲淹曾在龙洲建石堡塞，亦称范仲淹哨马营——位于龙洲堡东南五里，与靖边营又名范（仲淹）老关——位于靖边新城乡，一北一南，雄立塞上，御抵西夏。明代，因城池毁弃，河套地区之鞑靼族又不时侵扰，长城即城堡，因此而筑……龙洲堡所在之地龙洲，群山环峙，如屏如障。西南边老虎脑海拔1732米，一如巨虎，翘首远眺，拱卫在龙洲堡右侧。山下平坦成涧，涧中沙嘴河、坪庄河将龙洲分为大涧和小涧。龙洲堡背靠鸦河，沟壑横列；前即大涧，一马平川。西北距大边5里——明成化七年时任延绥巡抚的余子俊在原土长城北又修筑的一道长城，将瞭望台及墩台连接起来。堡西40里镇靖堡，东40里清坪堡。明时龙州堡为延绥镇中路所辖营堡，驻兵572名，马377匹，把总一员，易守难攻，是龙洲之咽喉。因龙洲堡地望在东路与西路的交界位置，不同时期有从属上的变化，有时也与镇靖堡、靖边营、宁塞营等14营堡归延绥镇西路所辖。光绪本《靖边县志·兵防志》载："旧制遇警，日则举烟，夜则举火，鸣炮一，沿边传至镇城。若不退，每一时，照前举行一次。如出境，日则举空烟，夜举空火，不鸣炮。其三五十骑至百骑，日则悬黄旗一，夜则悬灯笼一。二三百骑到五百骑，日则悬青衫一，夜则悬灯笼二。六七百骑到千骑以上，日则悬皮袄一，夜则悬灯笼三。五七千骑到万余骑，日则悬青号带一，殴烟一，夜则悬灯笼四。"从榆林永昌墩到保宁镇，共设8把火。靖边境内镇靖堡、镇罗堡、靖边营、宁塞堡（今归吴起）为3把火，龙洲堡为4把火。

至清代早期，西北少数民族先后归顺，融入了中华民族的大家庭，烽烟不举，战火始熄，边防也渐渐松弛了下来。据考乾隆年间，龙洲堡曾有过一次维修。到1809年夏，老虎脑发大水，堡塞被洪水冲塌两处。1867年，西北起义军攻城略池，一路西来，破多处长城营堡，曾与龙洲堡团丁发生激战，团丁死伤数十人，余众躲入崖窑内……龙洲堡此后弃为荒城。

　　我调离龙洲时，曾跟几个同事说，龙洲堡远比西部影视城完整，且因龙洲地势低凹，比近在咫尺的靖边县城张家畔硬是早了一个节气，加之土地肥沃，特产丰富，龙洲旅游产业以后一定会发展起来。近年龙洲旅游业可谓方兴未艾，但并不是龙洲堡带动起来的，而是龙洲特有的丹霞地貌，已成为龙洲乃至靖边县重要的旅游品牌，也是乡亲们持续增收致富的支柱产业……

　　记得有一天，龙洲一同事给我打电话说，村民在龙洲堡刨地刨出一门铸着"大明"年间的大炮，有好几百斤重，几个人都抬不动，他们想知道值多少钱？同事还建议我能买下来，当镇宅之宝。那一阵子，我走火入魔似地喜欢上了古董。但我知道，这"大明"的大炮不是可以闹着玩的。我跟同事说，这是出土文物，应交给文管部门。

　　大炮之后不知所踪，也不知道这"大明"大炮是否属实，总归在我心中实实是一件憾事！

　　龙洲堡下之鸦河，流水清澈，如诗如画，鱼跃瞬间，黑鸦迅速从水面划过——乡亲们将鱼鹰称黑鸦，鸦河因此而得名。满月之夜，明月照水，相映成趣，"龙潭碧月"昔为靖边八大景之一。鸦河水库建成后，已是水上丹霞的重要组成部分。丹霞映碧水，黑鹳舞晴空。碧波之中，一叶扁舟，那种田园生活无城无堡的恬然，真乃人生一大境界也！

　　镇靖堡，俗称旧城，位于靖边县镇靖乡政府驻地，北距大边长城0.5公里，东距龙州城堡20公里，西距靖边营40公里。唐长庆四年（824）在此筑乌延城。明成化五年（1469）巡抚王锐维修加固，称镇靖堡。成化八年（1472）巡抚余子俊扩筑镇靖堡垣，周长"四里三分，楼铺一十九座"。隆庆六年（1572）加高城垣，万历六年（1578）用砖包砌城垣。明代该堡驻军丁及守瞭军共2537名，配马骡驼1789匹，设操守、守备、坐堡各1员，守瞭巡防大边长城"四十九里，墩台四十三座"。清康熙年驻守兵110名，设守备1员统辖。清同治八年（1871）维修，此后至1942年县政府移驻张家畔前，镇靖堡一直为靖边县城所在地。

　　镇靖堡建造选址于背山面水、左右临沟的半山半川地带，规模宏大，风格独特。公路从山底通过，将堡城分割成东、西两部分，东部处于川内，西部处在山坡上，东西落差高达80米。堡城平面略呈不规则长方形，东部规整，西部随自然地形分布。目前城堡残存两部分，北部主城城垣周长2096米，占地面积28.4万平方米。北部主城目前仅存墙体及其附属设施，城内存中心鼓楼1处；西城垣外有敌台1座。城外南侧的障城残存东、南、西三面城垣及墙体附属设施。主城有2座城门，均为瓮城建置，东门稍好，北门破坏殆尽。城外有护城墩台1座。

　　2008年，镇靖堡遗址被公布为陕西省文物保护单位。

风入松·镇靖之战

俺答屡犯试刀枪，贼子猖狂。

将军啸马烽烟里，鼓震天，乘胜驱狼。

城上金弓飞射，溃敌抱窜仓皇。

丈夫何惧阵前亡，保卫家乡。

无边锦绣中原地，好山河，莫使成殇。

待到芳菲遍野，流传镇靖沧桑。

镇靖堡

◎风雨识镇靖 作者：张　芳

早就想去镇靖看一看。不仅因为它是陕北长城线上的知名古堡，更因为它位于芦河上游的一个重要节点——东、西芦河的汇合之处。而我的家乡就在芦河下游的怀远古城，一条芦河水，两座古城堡，自然的亲近感，也自然生出一种牵念。

一

庚寅仲夏的一天，终于有了一个结识镇靖的机会。从榆林出发，沿着明长城一路向西，走过横山威武堡，看过靖边清平堡，下午四时许，抵达靖边县城南8公里处的镇靖城。

天空浓云密布，刚才还骄阳似火的晴空，一时阴沉起来。等下车步入古堡西部的"三边民俗文化园"，已是雷声隆隆，大雨倾盆。好在文化园展馆内部馆室相连，灯火辉煌，更有一个人工建造的窑洞隧道，将地方人文历史和塞上农耕文明，琳琅满目又标识分明地展现在观众眼前，令人瞩目流连，兴味盎然。室外风狂雨疾，有樱桃大的冰雹和雨夹杂而下，满地白雨跳珠，冰霰累积，草木披离。

馆内游览40多分钟后，终于等得骤雨初歇。顶着蒙蒙雨雾，踏着地面积水，沿展馆一侧的山间小道拾级而上，至西寨子山半坡平台，居高临下，俯瞰四周。靖边地方文化学者师培强老师，于水雾迷蒙中为大家一一指点山川城垣、民舍街衢，讲述堡寨的古往今来、历史和现实；继而又带领众人步入平川街区，实地参观几处古代建筑遗迹。

在师老师的导引与讲述中，镇靖堡整体轮廓渐次分明地显现出来。这是一个依山傍水、半山半川的城堡，芦河上游的东芦河、西芦河两条支流，分别从古堡的东西两侧绕行而过，在城的北面汇合，继续向北流去。西城墙距离战国秦长城仅不足一华里。整个城内，因自然地形分成东、西两个部分，东部较大，处于平川地带，西部较小，建在山坡上。《延绥镇志》载："镇靖堡——城设在山畔，系极冲中地，周围四里三分，楼铺一十九座。"

城的西部，山称"西寨子山"，寨称"西山寨"。城墙建在近百米高的山上，随着山势向西南、西北两侧呈弧状延伸。山顶原有兵营和军事瞭望设施；寨内原来除有七佛殿、贞观寺几处庙宇外，主要是层叠垒筑的窑洞、房舍，为衙署、兵营之用，也有少数权贵富户的私邸。寨下曾设有寨门一座，以城中套城、双重锁钥的方式，加固防御。

城的东部为主城区，处在一个东西两面有山丘隆起的垭口式平川地带。城墙与西山寨相连接，设东、南、北三座城门；城区主干道有十字街，南北东西畅通。据说在明代，此地就因宜御边亦宜民居，有"凤凰城"的美誉；清代最盛时，沿街房舍井然，店铺林立，车马络绎，商贾云集，是知名商埠。现在，三座城门唯东门还留有瓮城残迹，其余两城门都已消失；城内曾有清代县衙遗址，与城南门遗址相对的中南部街道上，现在还留有明清建筑关帝庙、民国时期建筑"中山纪念台"等墩台遗迹。原民国时的县署衙门和小学堂已被新民居取代，北门街曾有的琉璃瓦九龙壁也已毁坏。

二

　　现场遗存与史料映证，镇靖堡风云激荡的历史令人心头震颤。

　　这是一个地理位置重要、历史负荷沉重的古堡。

　　此地古称乌延城，俗名"白滩儿"，历来属边关要塞。隋唐时曾属匈奴、突厥等北方游牧民族羁縻州府范围。《新唐书·地理志》记载："乌延城在废夏州（统万城）西南。唐长庆四年（824），李祐朔方节度使筑乌延、祐川、临塞、阴河、陶子等五城于芦子关北，以护塞外，亦谓之五城。"当时，朔方节度使李祐筑的这个乌延城，是大唐由长安到夏州的军事通道上一个重要据点。其南边的"芦子关"（在今天赐湾便民服务中心城河村）系白于山脉南北交通的一个咽喉式孔道，被称为"关陇门户"。而从芦子关通往镇靖的那段路，古称"乌延道"，是唐时夏州道极为重要的一段。据师培强老师考证："乌延，我国古代北方的一个游牧民族，原居东北地区，后来一部分迁居上郡，与匈奴等民族融为铁弗。大夏灭亡后，其部分仍居统万城之南地区，今天的镇靖城周围就是他们那时的集聚地之一。乌延岭、乌延口、乌延城皆由此而来。"乌延岭指白于山延伸到此地的山岭（亦称长城岭），乌延口即乌延岭在此地形成的垭口式南北通道。

　　北宋时，乌延城及白于山北侧地区长期"没于夏"。横亘于宋夏之间的白于山，一直是双方拼力争夺的要冲之地，而居其北麓的乌延城，位置尤显得重要。从这里经芦子关到延州金明寨之间，有连接沙漠和农耕区的通道，乌延城就位于该道路从南向北延伸至沙漠的地方，为当时交通要地。《宋会要辑稿·方域八》记载："古乌延城正据山界北垠，旧依山作垒，可屯士马，东望夏州且八十里，西望宥州不过四十里，下瞰平夏，最当要冲，土地膏腴，依山为城，形势险固。""镇压山界，屏蔽鄜延。"宋元丰四年收复乌延城时，山城（西山寨）位于白于山丘陵（即乌延岭）之上，平城建于不远处的川漠地带，即东部乌延口平川城区。山城便于御敌，平城不利于战守，主要为平时农牧活动据点，以及交通贸易的枢纽。收复此城后，集中力量修补城防，"先建山城；山城完，乃筑平城"。

　　明代此地仍属白于山北侧、长城线上抵御蒙元套寇侵扰的一座重要边防堡寨。成化五年（1469），巡抚王锐进守此堡，维修加固城防；成化八年（1472），时任右副都御使延绥巡抚余子俊，将成化元年兵部尚书王复从乌延移置塞门、并更名为"镇靖"的堡寨，复徙原地，并扩修堡垣。旧堡原名"乌延"被遗落于塞门，此地从此由"镇靖"之名取代。《延绥镇志》载，镇靖堡——明制军丁及守瞭军共2537名，配马骡驼1789匹"，设操守、守备、座堡各1名，守瞭巡防大边"四十七里，墩台四十三座"。

　　清同治六年（1867），甘肃起义军兵践陕北，原来的靖边县城——"新城"横遭涂炭，知县被杀，城内惨遭血洗，建筑毁坏殆尽。同治八年（1869），新任县令梁以恭奉清廷命令，将县衙迁到镇靖堡。此后及至民国，镇靖一直为靖边县治所在地。1935年，中国工农红军攻克镇靖城，将国民政府驱往柠条梁，中共靖边县委、县苏维埃政府成立，及后来改称的抗日民主政府，都一直驻在这里。1942年，因为地处偏远交通不便等原因，县政府迁往张家畔。镇靖城结束了为期74年的县治使命，被称为"旧城"，降为乡镇；张家畔则由村庄晋升为县城，开启了新的历史征程。

这是一个命运多舛而又富有担当的城堡。

千百年的历史，千百年的行程；千百年的跌宕起伏，千百年的盛衰荣辱。镇靖，这块大高原上的弹丸之地，曾经承受过多少铁马金戈的践踏、血雨腥风的洗劫和天灾人祸的袭击！作为长城第一线的卫士，镇靖用自己的黄土身躯，一次次抵御了外来侵略，守护了疆土安全，重建了自己的家园。厄运频仍，却始终保持着屹立不倒的姿态；灾祸袭顶，却总能绝地反击浴火重生。这座城堡孕育出的是怎样的一群人和怎样的一种精神啊？也许就是人们常说的"民族脊梁""华夏精神"！这群人里应该包括首筑乌延城的唐代节度使李祐、维修堡寨的明代巡抚王锐、扩城驻防的延绥巡抚余子俊等地方军政长官，也包括县志上占有光辉一页的清官廉吏，如：整饬衙署招抚流民的梁以恭，修志讲学教化民众的丁锡奎，自警自励有识有为的牛庆誉等七品县令，还有率众御敌、慷慨死难的士绅王锡五，"实事求是、不尚空谈"的中共县委书记惠中权，赤胆忠心、鞠躬尽瘁为革命的本土爱国典范白文焕等等。不过，他们也仅属史册上留名的部分上层社会精英，是镇靖整个群体中的极少数，更多的应该是那些不知姓名的"芸芸众生"——戍守边塞的将士、驻于地方的官绅、守节取义的乡贤、孜孜经营的商贾、养家糊口的小民，以及众多丁夫杂役人等。他们是镇靖历史上的匆匆过客，却以行业不同、尊卑不等的身份和匹夫有责、无私无畏的同一精神，为戍边守边、兴县治县尽了各自的责任，做出了应有的、可贵的贡献，由此铸成镇靖这座峥峥然风雨无摧的钢铁城堡。

这是一个胸怀广阔、宠辱不惊的城堡。

清同治六年，起义军血洗靖边县城。后二年，新任知县梁以恭奉令将县衙迁往镇靖。尽管镇靖当时也遭受了回军涂炭，境况惨烈，只有体无完肤的西山寨子尚存，劫后余生的居民也寥寥无几，还是敞开襟怀接纳了梁知县和他的县府衙门，并与他勠力同心医治战争创伤。在他招抚流亡、赈济灾民、劝勉垦殖、教化民众的系列操作后，终于重建家园，恢复了社会秩序和守边功能。1935年中共靖边县委、县政府进驻此城，镇靖城及其民众，为红色政权的发展壮大又做了强有力的支撑；1942年，县委、县政府迁往张家畔，镇靖又恢复到原来的堡镇地位。县邑也罢，堡镇也罢，镇靖一如故我，做不了皇冠上的珍珠，就努力做好自己。直至80年后的今天，镇靖依然豪情满怀，与时俱进，以人文环境建设促旅游开发为思路，开的是"保时捷"，跑的是"快车道"，拉的是"旧城文化旅游"风，虎跃龙腾一路驰骋，勇争全县乡镇的排头兵。

三

　　雨后的镇靖，又恢复了平静。不再有急风暴雨电闪雷鸣，天空亮了许多，空气也不再燥热，有了些许清润。历史上鼓角铮鸣的凌厉，马革裹尸的壮怀，遍体鳞伤的痛楚，生死聚散的悲欢，早已随着高原朔风飘逝，或者已凝结在颓坍的城墙里，消融在脚下的泥土中。但是，记忆犹在，精神不灭，这些壮怀，这些悲欢，常常会倏忽间化成清风或雨雾，缕缕蒙蒙，游荡于人们四周，盘桓于人们心间，生成惓惓的感喟和恂恂的崇敬，使人心情难以平静。

　　耳边传来阵阵欢声笑语和汽车的鸣笛——时光已进入现代，世事日新月异；抬眼处楼房林立，草木葱茏——古堡早已旧貌换了新颜，呈现出勃勃生机。谁家整洁的门楣上，一幅鲜艳的瓷砖画映入行人眼睑："平安是福"，犹如佛的箴言，醍醐灌顶，令人顿悟猛醒。是的，和平顺畅可贵，安居乐业最好！风调雨顺、国泰民安，自古是民众最高的期望，最大的福祉。让那些风雨雷电永远成为过去吧，今人的使命，应该是远离战争，摈弃暴力，以现代文明的方式，构建和平发展的人类命运共同体。眼前时光尚好，镇靖的党委政府正在引领人们向辉煌的目标奔进。相信这个古老的堡镇，将会焕发出更加蓬勃的生命力，拥有更为美好的明天。

　　镇罗堡位于靖边县杨米涧镇镇罗村，北距大边长城0.5公里，东北距镇靖堡20公里，西南距靖边营20公里。明嘉靖二十九年（1550）筑城，堡垣周长"三百七丈"。万历二十八年（1600），在宋代鱼口寨旧址上建堡。明代该堡驻军丁及守瞭军共441名，配马骡160匹，设操守、把总各1员，守瞭巡防大边长城"三十里，墩台一十座"。清康熙年驻守兵50名，设把总1名统辖。清乾隆三十五年（1770）、嘉庆十四年（1809）均有维修。同治六年（1867）被起义军毁坏，城废。

　　堡城建在山峰围绕的平川内，西临芦河沟，南靠自然冲沟，东、北为滩地。城垣平面基本呈长方形，周长现存550米，面积约46000平方米。墙体大部分保存，角楼残存2座，马面可辨别的有4座，城门及城内建筑无存。

　　2008年，镇罗堡遗址被公布为陕西省文物保护单位。

天净沙·镇罗遗恨

残垣诉尽悲歌，汇成遗史长河。

敕裁饶柔探衷，国殇民祸，哪堪回首蹉跎。

镇罗堡

◎ 镇罗堡

作者：李贵龙

打开地图，久久地凝视，榆林这块黄土高坡上，一条400毫米等降水量线将北与南地域分得清清楚楚：干旱与湿润，沙漠与黄土，草原与森林，游牧与农耕；就连古代长城正好修筑在这条神奇的自然和人文的分界线上。

可以说夯土筑成的长城、军堡，是黄土高原农牧交错带上一道令人瞩目的景观。

一道道长城，一座座军堡，就似一段段历史的切片，为后人讲述着农牧交错带各个历史时期、不同民族既碰撞又融合的奇特故事。

我们无法回到历史的时空中去，目睹兵戎相见的血腥，胡汉和亲的温馨，茶马互市的繁荣，却可登上长城遗迹，军堡废墟，回望历史长河的波澜起伏、涛声激荡。

镇罗堡，是我回望历史的第一站。

这天，云遮遮，雾蒙蒙，无风，更显潮乎乎，闷沉沉。

从靖边县城出发，30公里不远，说笑间汽车就停在了镇罗堡古城遗址旁。

公路边立着一块石碑，铭刻着"镇罗堡位于靖边县杨米涧镇镇罗村，是明长城延绥镇三十六营堡之一，西北距长城大边1千米。宋代为夏州鱼口寨，明嘉靖二十九年（1550）筑城，万历二十八（1600）重修。营堡平面呈长方形，现存城墙、马面、角楼等"。

"镇罗堡作为明代长城防御体系的重要组成部分,在相当长的一段时间内发挥了有效的防御作用，是研究中国古代政治、经济、军事、文化的重要资料,具有很高的历史价值、艺术价值和科学价值。"并有长城资源编码、保护范围、建设控制地带等信息。碑石为陕西省文物局制。

站在石碑前，放眼望去，不多的树木和茂密的野草遮蔽得平展展的，看不到一丁点儿古城遗迹。四周环顾，公路另侧的缓平山坡上，树木掩蔽间散居着几户人家，更远的山顶上一座烽火台兀立在云雾深处。

着急间，不远处一座小院里走出了一位衣着得体，举止文雅的老者，我们上前询问。老者姓祁，年近七旬，是位退休的中学教师。

祁老师是镇罗堡村的老村民，其祖上在清朝中期就迁徙到这里，他对镇罗堡的历史和城堡格局十分清楚。他说，镇罗堡村因堡城而得名，是靖边县杨米涧乡的一个自然村。我们站的位置是东方，过公路朝西走过川道，川道边缘就是镇罗堡遗址；堡城低于川面，城有南北门；堡城毁于同治六年，现在仅遗存有残断的城墙；至我记事起，毁弃的堡城里遍地残砖废瓦和瓷器残片，虽然地面平整，却从来没有种过庄稼。

　　谢过祁老师，跨过公路，踏着沾满露水的野草，我们从北堡墙上走进了镇罗堡遗址。

　　堡城呈长方形大坑，东面群山列阵，为屏为障；西依芦河，是为天堑。北堡墙保存较完好，墙体上挖有不少窑洞，应是村民储藏柴火或是穷苦人家遮风挡雨的居所；中段有一豁口，应是原北门处；豁口外为采油站，机声隆响，为荒废的堡城奏响现代的乐章；豁口不远处堡墙内是一座新建简陋寒酸的小庙，殿内供奉着关圣帝君。据祁老师说，明长城三十六堡内都建有关帝庙，以忠义仁勇扬威漠北，抗拒外族的侵扰。东堡墙保存完好，墙顶与地面齐平。西堡墙南段已坍塌入沟底，北端残存墙体与北堡墙连在一起。南堡墙体全部坍塌，留有一米多的矮土塄，看不到南城门遗址的踪迹，靠西堡墙一段坍塌并与沟底连成一道斜坡，坡上树木密集而茂盛。

　　空空荡荡的城址内，一片荒草萋萋、颓废的景象。荒草掩蔽着遍地的砖头瓦片和瓷器碎片，却掩饰不住屠城的血腥。堡城的西墙和西南角外，长满灌木丛陡峭的山坡下是几近干涸的芦河，没有滔滔水声、粼粼波光；河滩地上水草丰茂，绿意盎然，几只鸟儿飞过，留下声声鸣啭在河谷间回响。堡城外的东南和北面林木繁密，杂草丛生，草丛中间杂着一些野花，为孤寂的堡城废墟平添了不少生机。堡城外的东面隔着平坦的草滩是公路，稍远是镇罗村，一座座农家小院散落在山坡上。偶尔有汽车驶过，堡城寂静，村庄安静。

　　拍照，记录，在废墟上反反复复搜寻着能够破译镇罗城历史的密码，堡城废墟默默无语，更无佐证遗物可寻，只得在史志中寻求答案。

　　明代《延绥镇志》中寻找不到镇虏堡堡城格局的记载。清代《康熙延绥镇志》中是这样记载的：

　　"镇虏堡南至延安府三百里，北至大边半里，东至镇靖堡四十里，西至靖边营四十里。宋夏州地。城设在平川，系极冲中地。周围凡三百七丈。边垣长三十里，墩台一十座。"虽然文字简略，寥寥无几，也能了解堡城的大概轮廓。

　　《靖边县志》有关镇罗堡的规模格局的记载："城设平川，极冲中地。周围三百三十丈，高二丈二尺至二丈六、七尺不等，南北城门二。"并道出镇罗堡辖管、防守长城"三十里，墩台十一座"。还较详细地告诉我们镇罗堡建与毁的历史："镇罗堡城在县城张家畔南23公里处杨米涧乡镇罗堡村。原名喝口砦，又名镇虏堡。明嘉靖年间笔架城失陷后，又在城北筑镇虏土城，使2城为掎角之势。镇罗堡城西依芦河，东临群山，为要冲之地，城周长1100米，高7至9米不等。南北各有1座城门。清乾隆三十五年（1770），知县吴棐龙奉文补修，销银4050两。嘉庆十四年（1809），大水冲塌南城门楼座，牵及城身1段，后奉文援修。同治六年（1867），被起义军毁坏，变为荒城。现遗址尚存。西南角被水冲塌，东城墙由于洪水淤积，几乎与地面平。城内全变为农田。"

　　"东城墙由于洪水淤积，几乎与地面平"使我们知道，与东堡墙顶齐平的地面，曾经应是一道干涸小土沟或是一条小溪，因洪水淤积，逐年增高，才有堡墙顶与地面齐平的景象。也破解了整座堡城似下挖而筑的迷惑，应是"城设平川，极冲中地"。在平坦的川道中间筑墙体，围而成堡城。看来历史的风雨不仅能毁掉一座座坚如磐石的城堡，连山川河流也能变得面目全非。

　　其时镇罗堡的驻军守备的情况明《延绥镇志》和《康熙延绥镇志》都有记载。

　　明《延绥镇志》中记载较详细："镇虏堡《会典》见额：官军一百名，马骡一十五匹头。万历二十七年，改设操坐，摘拨该路并靖边守备营军三百二十名，马骡二百五十匹头。今见在官军三百九十七员名，马骡二百二十匹头。可备征战有马军一百名，马一百匹，步军五十名听调。正兵营尖儿手六十名，马六十匹。守墩哨探军夜六十四名，马一十四匹。走站军四十名，骡四十头。走塘军一十八名，马一十八匹。城守军一百四十四名。"

《康熙延绥镇志》中记载则很是简略："镇虏堡守兵五十名。明制：军丁并守瞭军共四百四十一名，马骡一百六十匹。"

　　镇罗堡的驻军从明朝时"军丁并守瞭军共四百四十一名，马骡一百六十匹"，到清朝锐减至"守兵五十名"，可见，从明至清边疆烽火渐息，征战渐少。正如《康熙延绥镇志》所述："榆林旧治绥德，弃米脂、鱼河地几三百田，成化九年，都御史余子俊议徙镇榆林堡，内地稍安。又筑边墙，自黄甫川，西至定边营，亘千二百余里，连墩勾保，横截套口，内复堑山湮谷，是曰夹道，得地利焉。寇遂不敢辄渡河，我得耕牧套内，益以樵采围猎之利。"

　　离开堡城遗址返回时才发现，公路边石碑的背面还镌刻着这样的文字："明长城（靖边段）修筑于明成化年间，分布在靖边县海则滩镇、杨桥畔镇、龙州镇、镇靖镇、杨米涧镇、王渠则镇、中山涧镇、天赐湾镇，包括大边、二边，呈东北至西南走向。该长城东北接横山区明长城，西南接延安市吴起县明长城。境内长城有单体建筑195座、关堡13座，墙体全长202.03千米。该段长城位于靖边县杨米涧镇，作为明代长城的重要组成部分，在相当长的一段时间内发挥了有效的防御作用，是研究中国古代政治、经济、军事、文化的重要资料，具有很高的历史价值、艺术价值和科学价值。"

　　碑文言简意赅地介绍了明长城在靖边县内的分布状况，墙体长度，关堡建筑等情况，并指出保护长城的意义。还特别强调杨米涧段长城在历史上的重要作用和现在及将来的特殊价值。

　　走进长城、军堡，就是走进古代陕北历史的巨著。

　　从镇罗堡出发溯流穷源，纵观长城、军堡，可以清晰地看到，陕北以其独特的地理位置，历来成为各个王朝关注和经营的边关要塞，这里是开疆拓土、抵御外族入侵的最重要的屏障。北方游牧民族的首领也把目光死死地盯在这里，瞅个机会就带领浩浩荡荡的铁骑驰骋一场。烽火暂熄，长城沿线的军堡，成为汉族与游牧民族的重要物资交换地。刀光剑影的战场变成"关门直向大荒开，日日牛羊作市来；万里春风残雪后，游人指点赫连台"的热闹景象。

　　宁塞营位于延安市吴起县长城乡宁塞村。宋为夏州地，旧属栲栳城。明成化十一年(1475)余子俊撤三岔堡(北距宁塞营20公里)移筑宁塞营，城垣周长"四里三分，楼铺一十八座"。隆庆六年(1572)加高城垣，万历六年(1578)用砖包砌城垣。明代该堡驻军丁及守瞭军共2445名，配马骡1571匹，设操守、守备、坐堡各1员，守瞭巡抚大边长城"五十四里零二百八十步，墩台五十四座"。清康熙年驻守兵110名，设守备1员统辖。1942年，该堡所在地划归吴起县。

　　宁塞营建在山塬上，四面临沟，地势险要。城平面呈不规则形，城垣轮廓清楚，墙体除东城垣外大部分保存较好，周长约2300米，占地面积约30万平方米。城堡仅存城垣及其附属设施，城内存鼓楼遗迹。堡城西203米处的山梁上建有护城墩台1座。

春光好·宁塞营

延凉漠，越群山，大边南。
宁塞堡前春草，又经年。

故地几多遗梦，流传旧史残篇。
西北苍茫无限事，隐云烟。

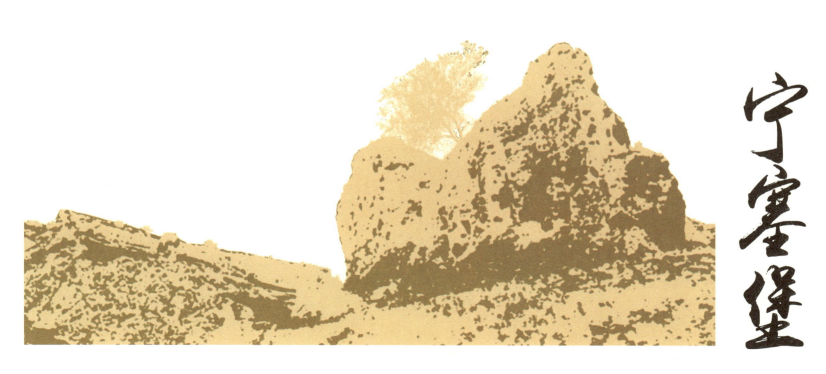

宁塞堡

◎ 烽烟散尽 风骨犹存 作者：张 姣

昔日的烽火狼烟早已消散于历史深处，波诡云谲的风云将长城剥蚀成断垣残基，但其由内而外散发出的沧桑雄浑依然汇聚于长城内外，浓缩成一种厚实的文化积淀，以永恒的伫立，永远留在华夏文明的史册中。

沿着靖边一路向西，追寻长城的脚步来到了延绥西路的宁塞营（堡），机缘巧合之下，我们偶遇了另一条通往宁塞营的小路。沿着蜿蜒的山路一路驱车而上，右侧的夯土城墙如蜿蜒巨龙一般随山势起伏，长城的巍峨雄姿在此刻跃然眼前，让人惊叹与折服。

明朝的宁塞营位于今天的延安市吴起县长城乡，1942年以前此地属于靖边县。吴起，自古就是兵家要冲之地，长期处于北方游牧民族和中原农耕文明碰撞、融合的交界地带，也曾上演了无数次战马嘶鸣、刀光剑影、烽火连天的战争场面。在这块边陲要地，古城寨堡遗址众多，绵延的长城墙体勾勒出吴起的前世与今生，见证了民族之间的纷争与融合。

宁塞营也被当地人称之为"宁塞城"，作为明朝时期延安卫的"西北门户"和抵御北方游牧民族的第一道防线，宁塞营以其独特的地理位置，亲历了五百多年的烽烟岁月，书写了一段段波澜壮阔的戍边史诗，承载了一个个背井离乡、保家卫国的壮志豪情。

根据历史沿袭，宁塞营是榆林明长城三十六营堡的其中之一。明成化十一年（1475年），延绥巡抚余子俊撤三岔堡移筑宁塞营。隆庆六年（1572年），加高二丈八尺。万历六年（1578年），砖砌牌墙、垛口五尺，共高三丈三尺。有粮仓9间，能存粮食21800余石。

《延绥镇志》记载："宁塞营东至靖边营四十里，西至把都河堡三十四里，南至保安县一百四十里，北至大边二里。宋夏州地。旧属栲栳城。城周围四里三分，楼铺一十八座。营西面枕山，东、南、北俱平川，易屯大举。又深入鄜延大路，且逼近红柳河，岁多水患，边外河畔即大水。驻牧之地，通贼处所甚多，极为冲要。"

宁塞营"边城设在山阜，望之巉岏，虏不能迫视"；清人王际也在《宁塞城》中描绘了这样一幅场景："城阃面面向山开，形胜崔巍亦壮哉。马却危岗疑断路，人过峻岭自天来"。足以可见，宁塞营之险峻地势。

　　宁塞古城座西北，面东南，正北方向临沟绕水，沟底水汇成渠，聚为库，营堡建在山坡台地上，城内建筑整体保存一般，城墙大部分保存较好，城中心有明清中心楼遗址，现仅存台基。城墙上现残存马面5座，转角处均有角楼，现存3座台基。堡城西的山梁上建有护城墩台1座。

　　营堡内原有一寺庙群，有娘娘庙、药王庙、眼光庙、大佛庙、小神庙、财神庙、马王庙、城隍庙、观音庙、龙王庙、玉皇庙、老爷庙、火神庙、二郎庙、祖师庙，共计36间房，一孔石窟。另有石碑若干通。"文化大革命"时期，塑像均遭破坏，石碑也被损坏，一些铜塑铁铸物件散落于民间，唯有碎瓦颓垣散落在四周，依稀证明着它们的存在。

　　宁塞营地处边陲要塞，战略位置十分重要，在漫漫历史长河中，留下了明代边墙，涌现出许多可歌可泣的历史英雄人物，埋藏着无尽的烽烟往事。

　　明朝后期的杜桐、杜松、杜文焕、杜弘域等赫赫有名的总兵都与宁塞营有关。杜桐，宁塞营人，是杜氏将门中的老大，杜桐与其弟杜松、其子杜文焕、其孙杜弘域三代均为总兵。杜桐，自偏裨小官至军队大帅，积首功一千八百多次，威震边关。杜松，其早年在西北作战时被塞外人称为"杜太师"。杜文焕，父亲杜桐，因受先世的荫庇而叙录为官，历任延绥卫游击将军，累进参将、副总兵等官职。

　　同为宁塞营人的神一元、神一魁，明末陕北农民起义军首领。神一元出身贫苦农民，壮年时曾在延绥镇服兵役，时称"边兵"，后因延安府大旱，边兵缺饷严重，再加上明王朝军政腐败，崇祯三年(1630年)，神一元起义占据宁塞营，杀明参将陈三槐于此，他的弟弟神一魁与高应登以及延绥镇三千边兵积极响应参加了起义，后以失败告终。

　　烽火狼烟的战事，风云迭起的岁月，历经风霜雨雪的城墙早已伤痕累累，但仍以傲然身姿伫立在营堡周围，见证着中国古代劳动人民所独有的勇气与智慧，映射着戍边将士正气凛然、英勇果敢的精神气概。作为宁塞营的一项大型军事防御工事，68层夯土城墙越古穿今，将遥远的年代信息镌刻于身躯之上，让我们在这幸存的壮美、雄浑的遗存段落中去感知历史。

　　声声犬吠，袅袅炊烟，蹒跚老者，沃野稼穑。遥想当年，余公修筑起宁塞营，取其"安宁边塞"之意，守护与期盼的也许正是这平凡岁月里的时光。

　　登上宁塞营最高处，遥望四周，群山、水库、飞鸟、落日，无不衬托着这座边塞古堡的沧桑历程。那些肩挑背扛的岁月，烽火狼烟的战争，流传于耳畔的传说，代代相传的朦胧记忆，一幕幕都浮现在眼前。

  把都河堡，俗称旧城子，位于延安市吴起县周湾镇旧城子村，北距大边长城10公里，东距宁塞营17公里，西距永济堡15公里，属明长城二边营堡。明成化九年（1473）巡抚余子俊置堡，城垣周长"三里一百八十步，楼铺一十一座"。隆庆六年（1572）加高城垣，万历六年（1578）用砖包砌城垣，明末该堡守兵并入宁塞营。

  堡城依山修筑，东西临沟，地形异常险要。城平面呈不规则形，破坏严重，城垣轮廓模糊，城内布局均不清楚。仅存部分墙体及其附属设施，城南残存挡墙、护城台等，城内建筑设施不存。南城垣残存长度147米；东城垣顺沟畔修建，山上部分仅存马面一座；西城垣及北城垣无存。

忆王孙·把都河堡

悲歌无数为谁题，白暮云飞燕子低。

寻迹英名河堡西，朔风疾，疑是归人误岁期。

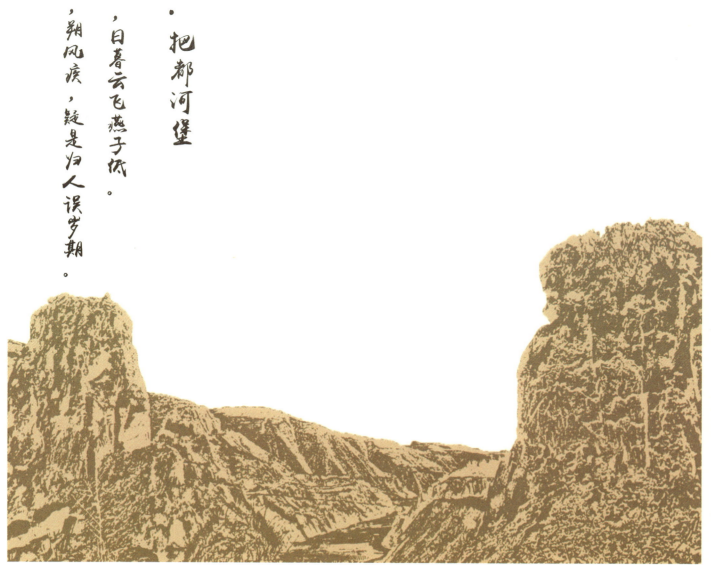

把都河堡

◎ 被黄沙掩埋的文明气度 作者：周妮妮

百年风云倏忽而过，站在人类历史文明的格局上，长城，在浩瀚的历史烟云中沉浮千年仍旧生生不息，上千年的历史跨度，赋予了其更加丰厚的时代内涵。它是中华民族的重要标识，也是华夏儿女的崇高信仰。

四海升腾、山河锦绣，横亘在中华大地上的长城资源虽饱经战火烽烟的反复揉搓，但仍散发着耀眼的光晕和色泽。它以绵亘万里的气势越群山、经绝壁、跨草原、趟大漠，记录着历史的变迁，承载着丰厚的内涵，凝结着中华民族几千年的智慧与力量，在人类历史长河中投下有力的一掷。

长城之称始于春秋战国时期，是长城最通用的称谓。《史记·楚世家》载："齐宣王乘山岭之上，筑长城，东至海，西至济州，千余里，以备楚。"明长城是明朝在北部地区修筑的军事防御工程，亦称边墙，与秦始皇所修的万里长城有所区别。城堡按等级分为卫城、守御或千户所城和堡城，按防御体系和兵制要求配置在长城内侧，间有设于墙外者。

吴起县自古以来便是兵家要冲之地，自秦汉以降，更是处于汉民族抵御北方游牧民族的前沿防线。县境内古城寨堡遗址众多，其中一南一北绵延横陈的战国秦、明两道长城遗址，曾见证千百年来农耕、游牧两个民族为了生存和繁衍而发生的无数次长城之战。把都河堡，便是那段峥嵘岁月的"亲历者"。

把都河堡，俗称旧城子，位于延安市吴起县周湾镇旧城子村，枕着连绵起伏的群山，脚下是蜿蜒千里的无定河。北距大边长城10公里，东距宁塞营17公里，西距永济堡15公里，属明长城二边营堡。明成化九年（1473）巡抚余子俊置堡，城垣周长"三里一百八十步，楼铺一十一座"。明时屯驻守兵622名，马325匹，设守备1员统领，隆庆六年（1572）加高城垣，万历六年（1578）用砖包砌城垣，明末该堡守兵并入宁塞营。

把都河堡依山修筑，东西临沟，利用其险要地形作为天然屏障。城平面呈不规则形，东南小、西北大，多种因素作用下破坏严重，城垣轮廓早已模糊。城周、面积、城内布局难以辨别。仅存部分垣体及其附属设施，城南残存挡垣、护城台等，城内建筑设施不存。南城垣残存长度147米；东城垣顺沟畔修建，山上部分仅存马面一座；西城垣及北城垣无存。

据《陕西通志》记载：明成化十一年（1475年）延绥巡抚余子俊创置把都河堡，城周3里180步，高3丈5尺，楼铺11座。驻兵622名，马325匹，守备一员。隆庆六年（1572年）加高，万历六年（1578年）砖砌牌墙垛口，是年裁并宁塞营。

站在此处眺望，远观层层叠叠的山峰掩映在云海中，近看寂静幽深的绵延向前，耳边的风声呼啸而过，诉说着岁月悠长。城堡附近有一颗老树，如同一位年长的老翁，在岁月长河中与把都河堡做伴，用雄浑大气的固体语言，震撼着每一位访问者的心灵，人们于高山之巅，见史、见物、见传奇。把都河堡是磅礴高傲的，也是静默深沉的，引得无数文人墨客在此留下千古佳句。

把都河道中

清·郭允升

长城关外暮飞云，萧瑟秋风雁几群。

戍士牧儿凭借问，只今谁是李将军。

城堡第三级和第四级城壕间，孤立的一处圆形夯土墩台，有一座古墓，由山下旧城子村中一支少见的臧氏村民守护着，据其所言，此古墓乃是北宋开国名将之一潘仁美之墓。潘仁美，原型潘美，据史料记载，其抗辽功勋显著，但在民间戏剧中常被演绎成陷害杨家将的奸臣。不论曾经发生过多少传奇故事，早已成为过往云烟，唯有这逐年被风蚀雨的残垣断墙，和山脚下奔流不息的把都河，见证着古堡昔日的辉煌与传奇。

水，孕育了人类，也催生了文明。据《延绥揽胜》记载，把都河为无定河正源。几百年前这里水草丰美，依山傍水是城堡修建选址最基本的条件，而每座城堡和长城脚下流经的河流，似乎都与无定河息息相关。奔流不息的无定河流淌了数万年，滋养着世世代代的陕北人民，在广袤辽阔的黄土大地上，谱写出一首荒芜与绿意壮丽诗篇。

这座孤寂了数百年的城堡，以危崖峭壁作门槛，以滔滔河水作门楣，在天穹与高原的交汇处，升腾起信仰的图腾。每一掩墙体，每一寸土地、每一粒黄沙都叩动着民族的灵魂。在历经了历朝历代的岁月更替后，仍默默矗立在中华苍茫大地上，细数着尘封的往事，承载着历史的烟云。

山顶上伫立的残垣夯土间，隐藏着一卷沧桑的往事，奔腾着一段汹涌的岁月，延续着中华民族的根，铸造了民族精神的魂，在朝夕暮霭间流传了千年。把都河堡是陈列在黄土高原上的文化遗产，带着千年的华章，穿过岁月长河与人类再次重逢。它凝聚着将士守家卫国雄壮的决心，寄托着一种士卒思乡望断秋雁的情思，承载着思妇盼归泪洒寒秋的血泪，续写着华夏文明穿越千年的恢宏史诗。

　　永济堡位于延安市吴起县五谷城镇，东北距把都河堡15公里，属明二边长城营堡。成化九年(1473)，余子俊将正统年间所建的永济堡挪于迤南上红寺。今址重建，并拨官军屯守。

　　堡城建在陡峭的山坡上，两侧临沟，地形险要。平面略呈簸箕形，周长约1000米，面积约6万平方米。城垣轮廓清楚，但墙体及附属设施损毁严重。城垣黄土夯筑，东城垣长362米，南城垣推测长184米，西城垣长296米，北城垣长162米。堡城设东、南门及瓮城，城垣有角楼和马面等设施。城内建筑无存。

清平乐 · 永济飞雪

孤城飞雪，玉断群山阙。
百载浮生音迹灭，惟此寥兼长夜。

谁道史海钩沉，故园曾历春深。
多少豪情往事，莫使隐入烟尘。

永济堡

◎ 岁月执笔绘出文明的印记 作者：王乙然

　　长城在吴起境长度为19公里，现存墙体16公里，有永济堡、把都河堡等两座营堡矗立在沟壑纵横的高原纹理间，就像一组组历史切片，弹奏出亘古通今的旋律，描绘着时光的沧桑巨变。

　　永济堡，即今华山城城址，位于延安市吴起县吴仓堡乡张崾岘村北山峁。成化初年修筑于今吴起县周湾乡境内，属延绥镇长城西路统辖。该堡东至把都河堡34里，西至新安边堡30里，北距大边15里，呈现出一种别样的苍凉与壮美。

　　随着岁月流逝，昔日威武的永济堡逐渐沉寂，沉睡在大漠深处，只留下残破的古楼和城墙，与夕阳残照相伴。永济堡从时光中走来，见证曾经坚韧的雄姿，描绘"长烟落日孤城闭"的苍凉。

历史渊源

　　吴起，一个伟大充满历史渊源的地方。古为边陲要地，这里曾是汉民族与北方少数民族角逐争斗的兵家之地；曾是折戟沉沙的古战场，千年风蚀雨林，残垣断壁的古长城遗址；曾是吴起守卫魏国的一道钢铁屏障，更是处于汉民族抵御北方游牧民族的前沿防线。

　　永济堡是历史线上一颗璀璨明珠。在这片神奇的土地上，蜿蜒而来，留下了斑驳的历史印记。吴起境内的大边长城位于周湾镇、长城镇境内。全长18.5公里，现存烽火台3个、敌台38个、马面3个、堡3个。从杨渠脑畔山下坡，过石拐子沟入长城镇界，其修筑方式堑山湮谷而成，亦曰夹道，今已毁圮，但遗址犹存。

　　经过漫长的时光流逝，永济堡已是面目全非，城墙包砖全无，只剩还算完整的夯土。岁月的流逝与历史的积淀，让长城、墩台、古堡变为一种文化的符号与象征，长城、沙漠、戈壁浑然一体，被岁月磨损的残垣颓壁，给人一种悲凉的壮丽之感。

时光弹指一挥间，成化九年（1473），余子俊将正统年间所建的永济堡"挪于迤南上红寺"今址重建，并拨官军屯守，有骡马、驼380匹（峰），嘉靖三十七年（1558）永济堡驻军复迁回柳树涧堡。墙体全无，深深的山谷，陡峭的崖壁自成天险。堡内已经辟为农田，砖石建筑早已拆光，只余一堆乱石堆积在田地之中。

　　永济堡建在陡峭的山坡上，东临华山沟，西临黑水沟，北临华山城子村，城址南北长约260米，东西宽约50米沿城墙根漫步，烽火台和古城墙在风雨和生活的双重镂刻下已面目全非，散落在断墙里的零零星星的瓦砾彰显着曾经日子里的细细碎碎。

　　巍峨壮观的长城，如骄龙腾越，横亘在中国的大地之上，历千百年而巍然依旧，留下了丰富的文化遗存。据《延安卷·吴起文物》载，华山城子，宋代建筑，城堡依山而建，地势北高南低，平面呈三角形，南平面略呈簸箕形，面积约1.3万平方米。那盘旋在孤山上的层层夯土在浩瀚历史长河中经历过血与火的熔炼，凝聚着炎黄子孙的无穷智慧，展现给世人的是绚丽多姿的人文风情。

残墙颓垣

　　残墙颓垣、黄土飞沙。远望周边褐黄色堡墙，高耸低矮，有些残缺破败但依然不失雄伟，在西天一片片零散的阳光的映衬下，极显历史沧桑之美，令人心中自生无限候叹。墩台庞大巍峨，台体上斑驳昏鸦飞渡，抬头仰望，长长的洞体就如一股整齐的龙卷风形状，翘首盘看漫长的时空。

　　永济堡曾见证过烽火硝烟、经历过战马嘶鸣，曾设有粮仓一座，故名永济仓。历经百年的风云变幻，堡址也千疮百孔，堡内辟为农田，乱石砖瓦堆积，残垣夯土虽能看出城堡外观轮廓，却尽显苍凉。

　　登临永济堡，站在村口远眺，四周一片苍无，只有孤单一墩台耸立，时刻昭示着这片土地上曾经变幻的历史风云。南北辟有城门，现仅存北墙，残长约50米，桃树梁最高峰有墩楼一座，灰褐色黏土的峰上屹然挺立着，周长55米，古老的城墙，英姿雄伟，一砖一瓦，诉说过往的风云彰显着历史的沧桑、长城的豪迈。

　　永济堡，曲折起伏伸向深邃的远方，从战争往事到空寂岁月，从金戈铁马到岁月如歌，地表采集有宋明清时期的盘、罐等瓷片、铁的矛、建筑构件等，恍惚间穿过时光隧道，看到历史文物的沉淀，看到古代先民的智慧闪烁，看到它用身躯抵御着外族的千军万马，看到曾经烟墩上的热血飞溅与滚滚浓烟。

　　总有一些文化在滚滚向前的历史车轮中历经辗转和博弈，一脉相承，永不褪色。黄色的土城墙、黄色的墩台、黄色的土地和山川，曾经这里的安与乱、富与贫、荣与衰、乐与痛，早已烟消云散，南城墙现已成农田，南边修了一层一层的梯田，弥漫着人间烟火。

　　紫塞关隘，关署兵盘，烽堠火墩，它像一个个无言的历史切片，矗立并证明着历史的足迹，永济堡更是一座风云多变的历史舞台，翻开百年的史册，你会看到一幅回荡着马嘶长啸、弥漫着铁血硝烟的壮丽画卷。

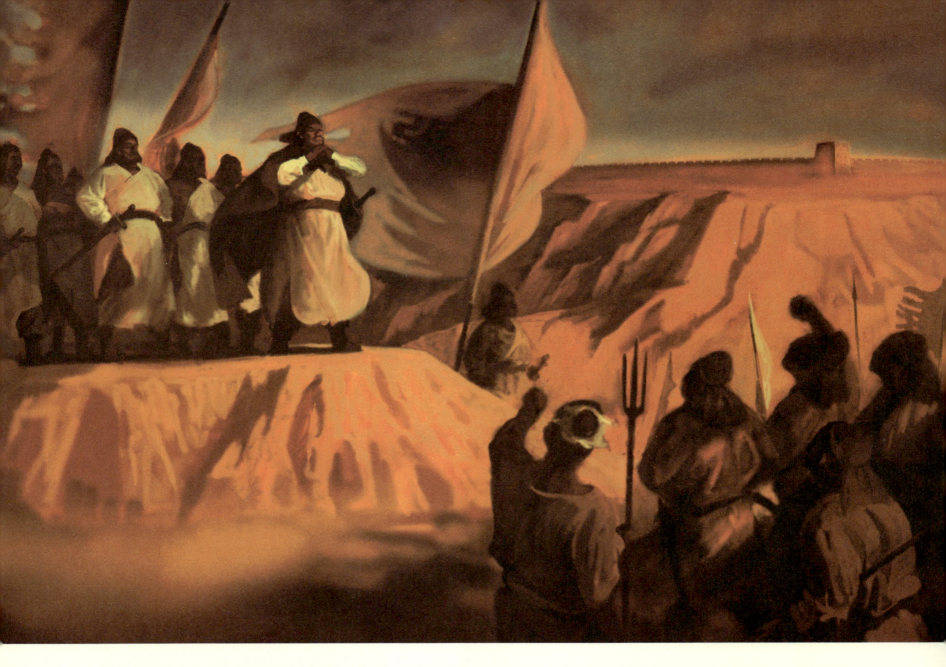

　　柳树涧堡位于定边县郝滩镇柳树涧村南1公里处，北距大边长城最近距离为100米，东至宁塞堡20公里，西至旧安边堡20公里，南至永济堡15公里。天顺初年（1457）筑该堡，成化九年（1473）弃之，驻军归并于永济堡。嘉靖三十七年（1558），董威修复旧堡，自永济移守于此，城"周围凡三里七分，楼铺一十八座"。隆庆六年（1572）加高。万历六年（1578）砖砌牌垣垛口。明代驻军丁及守瞭军共1082名，配马骡384匹，设操守、坐堡、守备各1员。清康熙年驻军兵110名，设守备1员所辖。

　　现存柳树涧堡遗址地势东高西低、北高南低，由上、下两个城郭组成，城郭中间有东西向自然冲沟相隔，东、西边有夯土墙体相连。上城仅可见城垣及其附属设施，包括城垣、马面、角楼等。下城也仅见城垣及其附属的马面、敌台等。

　　2008年，柳树涧堡遗址被公布为陕西省文物保护单位。

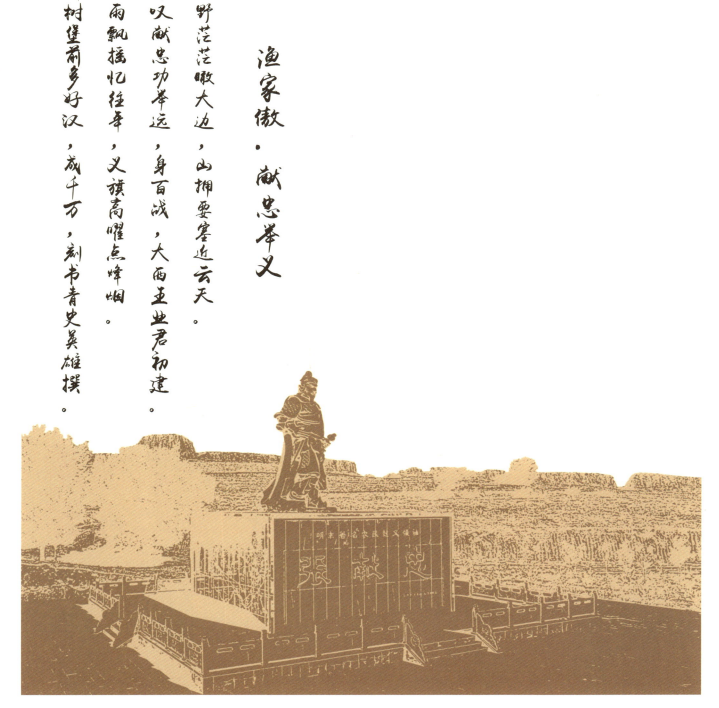

渔家傲 · 献忠举义

苍野茫茫瞰大边，山拥要塞近云天。
休叹献忠功举远，身百战，大西王业君初建。
风雨飘摇忆往年，义旗高耀点烽烟。
柳树堡前多好汉，成千万，刻书青史英雄撰。

柳树涧堡

◎ 柳树涧堡前的追思 作者：刘世雄

　　来到柳树涧堡，站在刻有"柳树涧堡遗址"的石碑前，只有远处几棵颇感沧桑的柳树，一尊高大的张献忠雕像，让人感到眼前好像有狼烟升起，耳边也似乎传来了昔日战争的厮杀声。

　　是啊，这里曾经是明长城延绥（今榆林）镇重要关堡。当年的柳树涧堡既有重兵把守，又是热闹非凡的集市贸易之地。据《定边县志》载，柳树涧堡为"明嘉靖三十七年（1558）巡抚董威建，隆庆六年（1572）增高，万历六年（1578）砖砌。周围凡三里七分，楼铺一十八座"。明时，柳树涧堡辖长城"三十三里二百七十步，墩台四十八座"。可谓繁盛之极。

　　柳树涧堡在定边县城东140里（70公里）紧挨长城处。长城从宁夏盐池斜伸过来，到定边后向东延伸到安边堡，再转而向东南（柳树涧堡）、再转向东北形成一个优美的弧圈后一直延伸到重镇靖边县。这段长城并不是明朝的边境线，而是为了防御北边的蒙古人和东北的女真人南下而修筑的防护线，故当地人称之为"边墙"。早在明宪宗成化六年（1453），延绥巡抚余子俊对这里的长城就进行了整修，在城墙上筑垒设堡，每二三里设立敌台崖砦，以备巡警。

　　柳树涧堡原属延安府肤施管辖，清雍正九年（1731年），陕西行政区划调整，以"定边、盐场、砖井、安边、柳树涧五堡"之地设立定边县，柳树涧归入定边县。

　　由于柳树涧堡在当时具有延安之门户的特殊地理位置，比周围各寨堡更为重要，使得这里的百姓大都会舞刀弄枪，形成剽悍尚武的民风。一代枭雄，农民起义领袖张献忠就是其中之一。

　　张献忠，字秉忠，号敬轩，明万历三十四（1606）年出生于柳树涧堡刘渠村（今属定边县学庄乡）。

　　张献忠的传说很多。

　　据说张献忠出身贫寒，少年顽劣。其父望子成龙，将其送入当地一林姓人开设的私塾上学。专爱舞刀弄枪的张献忠，身上常常挂着一把自制的小木刀，先生在上面咬文嚼字他却在下面捏着泥人玩。一次上课，张献忠正聚精会神地手拿木刀在砍泥人的脑袋时，被先生逮了个正着。先生二话没说，拿起戒尺朝着张献忠的手心就打。谁知张献忠是个硬汉子，竟然不吭一声。先生心惧作罢。一年下来，张献忠没识几个字。

　　张献忠稍大一点，张父就领上张献忠做贩盐和贩枣的生意。在距柳树涧100多里外的盐场堡盛产食盐，张献忠和父亲先来到盐场堡拉上盐，然后到清涧一带换成红枣，再远道四川等地去贩卖。

一年，张献忠和父亲二人赶着骡车来到了四川境内的某地贩枣。来到了一个庄园门口，拉车的骡子竟然拉起了粪便，被庄园的人看见了，喝令张父用手将骡粪清理干净。小小的张献忠看见父亲用手捧着骡粪，感觉受辱，就要上前拼命，结果被庄园的人一阵暴打，自此埋下了复仇的种子。

　　回到柳树涧后，张献忠找到镇守堡寨的总兵，要当兵。张献忠初为捕快，后来成为边兵。张献忠深知，要在当今乱世之秋生存下来，必须要有一身好武艺。总兵爱才收其为徒。张献忠习字不上心，学武却非常用功，练就了一身好武艺。仗着武艺高强，张献忠好打抱不平，因此受到许多人的拥戴。加之张献忠身长而面微黄，须一尺有余，人便称"黄虎"。

　　明朝末年，朝廷腐败，官员贪污，百姓负重，民不聊生。陕西更是遭受了几十年没遇过的灾荒。连年的干旱和蝗灾，让各地粮食产量急剧下降，陕西各地农民起义风起云涌。

　　崇祯三年（1630），朝廷因入不敷出，在地方裁减了大量驿站和没有编制的边兵。李自成和张献忠就都在被裁减之中。恰逢府谷人王嘉胤起义，张献忠听说后，也自家乡柳树涧出发，来到了米脂县，和李自成聚集了十八寨农民组织了一支队伍暴动。张献忠自称"八大王"。张献忠因在柳树涧当过边兵，受过一定的军事训练，又足智多谋，且果敢勇猛，很快就显露出了军事指挥才能。

　　崇祯六年（1633）冬，张献忠、李自成所部以高迎祥为盟主的十三家之一过黄河南下，于崇祯七年（1634）入川。

　　后来经过十余年的浴血奋战，张献忠势力大增，可以和打进北京城逼死崇祯帝的大顺王李自成分庭抗礼。

　　张献忠和李自成都曾是高迎祥部下的两员闯将，两人出生入死交情不浅。后因高迎祥战死，李自成逐渐成为人们追捧的"闯王"。张献忠自感能力与战功与李自成相当，自己却受到冷落，于是心生忌妒，就带着部下来到了湖广一带自立门户。

　　崇祯十七年（1644）三月，李自成在西安建立了大顺政权，一鼓作气率领起义军攻进了紫禁城。李自成势力达到了顶峰，张献忠深感自己远落后于李自成，迟早要被吃掉，便于当年十月入蜀。

　　张献忠对四川地势十分熟悉，他深知这里地势险要、易守难攻，进可剑指中原，退可固守天险；另一方面，四川物产丰富，素有"天府之国"的美誉；还有一点是四川守备力量十分薄弱。此三点，促成了张献忠要在四川建都立业。

　　崇祯十七年（1644）十一月，张献忠以成都为西京，建立政权，国号大西，并设置内阁和六部，对前明投顺官吏加以任用。同时，统一军制，共编一百二十营，营设总兵。

　　张献忠占领四川后，做了许多好事，比如下令免除四川百姓三年的赋税，并且面向全省招贤纳士，举办科举考试等。

　　顺治三年（1647）十一月，清军豪格率领鳌拜等人进逼到西充，张献忠殒命。后人对此唏嘘不已。

　　为了纪念这位农民领袖，2015年，定边县雕刻了一尊张献忠雕像安放在柳树涧堡遗址，让这位叱咤风云的历史人物，魂归故里，为后人所拜谒。

　　今天的柳树涧堡虽然已消失了烽烟鼓角，远去了刀光剑影，变成了一堆废墟；张献忠也隐入历史的尘烟，但历史的长空总给我们留下许多故事，让我们生发出许多遐想。

　　安边营即今定边县城东50公里的安边镇所在地，营堡北距大边长城900米，东南至柳树涧堡20公里，西北至砖井堡25公里，南至新安边营30公里。该营原名深井儿，明正统二年(1437)巡抚郭智置。成化十一年(1475)废弃，守军移驻新安边营。成化末年，以定边营孤立无援，复守此堡。城"周围凡四里三分，楼铺二十座"。隆庆六年(1572)加高城垣。万历六年(1578)砖砌城垣、垛口。明代安边营驻军丁及守瞭军共1493名，配马骡驼1098匹，设操守、坐堡、参将各1员。守瞭巡抚大边长城"三十三里零二十三步，墩台五十一座"。清康熙年驻守马兵、步兵共130名，设守备统辖。此后，安边营逐渐成为商贸集镇。

　　营堡建于开阔的平川上，平面呈规整的长方形，城垣东西宽576米，南北长615米，周长2382米，占地面积35.4万平方米。城垣坍塌严重，仅存少部墙体，墙体附属设施破坏严重，城内建筑毁坏殆尽。

　　2017年，明长城——安边堡遗址被公布为陕西省文物保护单位。

浣溪沙 · 守卫安边堡

山堡雁惊生路远，将军牛冠战犹酣，
保家何惧裹革还。

血染征衣烽火烈，数千忠勇护安边，
剑横千岳守天关。

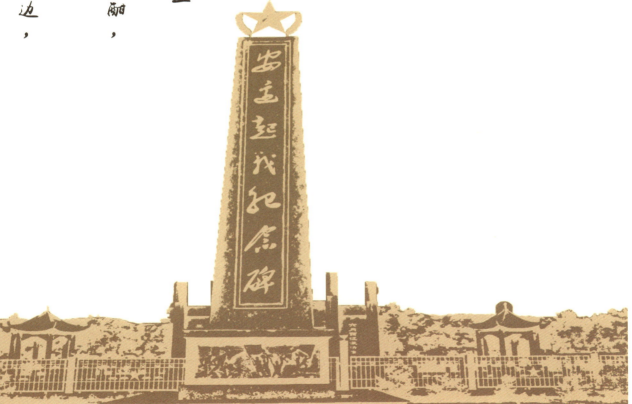

安边营堡

◎ 安边古韵
作者：刘 湃

穿越古今的风，轻拂脸颊；那条流淌了不知多少年的八里河，从古镇沧桑的身影旁静静而过。这就是闻名遐迩的"三边"之一，塞上重镇安边。如今，这里今非昔比，只因为 "七一勋章"获得者、"全国劳模"、"治沙英雄"石光银经营几十年的25万亩樟子松林，让明长城北边的不毛之地，生机盎然、青春焕发。

一"盐"难尽，牛气冲天，油浪翻滚，遍地乌金。走安边，塞上边城，沙漠绿洲，盐湖莽原；看安边，大夏古都，盐马商道，古堡斑斓；品安边，蒙汉回风，异族风情，放歌长天；想安边，千年战场，金戈铁马，大漠狼烟；游安边，放马天边，挑战极限；悟安边，融汇古今，跨越沙漠，穿越沧桑，回望千年。

最早的安边堡城据说是夯土城墙，修建时基本依靠人力，工程浩大艰巨。传说泥土全部取至城西的西园子西梁上，筑城军民人挨人排成长队，用筐子、簸箕等装运工具将泥土传递至筑城工地。从明正统二年（1473）安边堡城建成起，边界上争斗不断。城墙北端建有一座魁星楼，是读书人祈拜求取功名的地方。据说，楼内供奉的木雕魁星神像设置有机关，能够腾挪移动。从安边西梁上往下看，精致的城池如同一方砚台，魁星楼就像一支笔，横直在城间的排楼如同一锭墨，这样的城市造型寓示着安边堡文化鼎盛，英才辈出。

安边古称安边堡，安边营堡。地处定边县东部，距县城50公里。北距大边长城0.5公里，东南距柳树涧堡20公里，西距砖井堡10公里。明正统二年（1473）巡抚郭智督筑，隆庆六年（1572）增高，万历六年砖砌。清乾隆二十年（1755）知县王淳重修，周围凡四里三分，"楼铺二十座，墩台五十一座，开东门、西门"，是历史上有名的"三边"之一。

秦统一六国，实行郡县制，安边归上郡管辖，汉沿秦制。魏晋时期，北魏在这里设置了一级地方行政机构阐熙郡，隋唐属盐州郡。北宋咸平年间，西夏占领盐州，安边从此成为西夏腹地，直到元灭西夏。

重要的战略地位，安边堡在明代成为延绥镇三十六营堡之一。乾隆末年，设安边捕盗同知，俗称二府。民国时期，国民政府定边县政府曾迁至安边，陕甘宁边区三边分区于1937年设立安边县，次年撤销。1945年重设安边县，至1949年9月撤销，复归定边县管辖。安边古堡，与镇川堡、瓦窑堡曾并称为陕北"三大重镇"。

安边的老街，曾经有人比做一枚沾满锈迹的"古钱币"：西门出一口的两个骡马店、市管会、木业社，街道南北砖台上边的文化站、国营食堂、人民公社、理发部、毡业社、鞋业社、联营小部、醋访、供销社、缝纫社，东正街两旁的药材公社、农机公司、铁业社，东西街巷里几个规模很大的油坊，汇聚成了"古钱币"上凸起的几个纪年标字。供销社对面不停地扇着风箱卖醪糟的"老郑头"，用滚熟了醪糟香气吸引着孩子们垂涎地围观着。东街口的连子清每天都偷偷摸摸提着竹篮子，用毛巾盖着雪白的蒸馒小声叫卖。还有岁月磨洗下仍傲然挺立的垛垛古老城墙，都给这里留下深深的记忆。

走进安边堡，犹如在历史的长廊里穿行。作为政治、军事重镇，安边旧城中街牌楼上，书有"盐州旧制"四个大字，在东城门上方置沙石一条，上书"古盐州"。古盐州自西魏废帝二年（553）置，至1227年元灭西夏，历时674年，期间几经迁置，因此古盐州遗址当不止一处，安边可能为其中之一。清乾隆九年设置的安边捕盗同知，一直延续到民国年间，这种特管区的政治地位，是安边经贸繁荣的原因之一。1945年11月5日，国民党新十一旅驻防安边，共产党人积极进行兵运工作，最终促成了著名的"安边起义"。安边起义的成功，间接地影响了后来的榆林与北平的和平解放。因此说不是县城的安边，在政治、军事上一点也不逊色于定边、靖边两座县城。

五里墩是安边城东南边明长城沿线的一个地方，顾名思义，离城五里，有一个高耸入云的土墩，建于正统年间，系安边堡报警设施（烽火台）。这个意味深长的地方，现在已然失去了它应有的作用，孤立地站立在这个被人遗忘的苍茫大地。

安边堡城是一座四四方方的古堡，坍塌的断断续续的堡墙，已找不到曾经门洞的所在，旧眼光庙的遗存和高耸的北墙夯土堆，却告诉人们这里曾是一座繁华的城、坚固的城。旧眼光庙中有道光年间吕希韶所书"普济群生"木匾、吕希韶所书"元武圣神"木匾、乾隆年间状元王杰所书"忠义师表"木匾。

如今，城中再也找不到古老的木制楼房，少许破旧砖瓦房也是二十世纪六七十年代前后的建筑。堡子里房屋密布，住满居民，主街两旁还有许多商铺和新建的楼房。大多新建的平房，看起来殷实富足。这里路面不够整洁，却有两所宏伟的建筑群。一处是庙宇，另一处是烈士陵园。安边起义纪念碑和纪念馆，是近年修建的。烈士陵园整体用石材修建，石栏石亭，伫立着伟岸的纪念碑，纪念那些为国捐躯的革命烈士。那些为家园而牺牲的人，应该被感恩、被铭记，人们不能忘了他们，子孙后代也不能忘了感恩和祭奠。这是一种传承，也是一种延续。

"槲庭多落叶，慨然知己秋"。当缕缕秋风掠过浩瀚的大漠，片片树叶洒脱地告别枝头，安边的秋天已悄然而至。天高云淡，千沟万壑，带来五彩斑斓。红花荞麦节和中国农民丰收节让层峦叠嶂的黄土高坡喜气洋洋。一曲曲高亢悠扬的信天游唱响梁梁峁峁。

安边人把古城堡城作为生活的一部分，文化遗产在现实生活中有尊严地复活，新十一旅安边起义精神，永存人间。

　　砖井堡位于定边县砖井镇政府驻地北1公里处，北距大边长城70～120米，东距安边营20公里。正统二年（1437）巡抚郭智创筑，因附近有砖造古井而得名，即旧新兴堡。新兴堡于成化十一年（1475）南移至80公里外的东海螺城。嘉靖中修复旧堡防守，万历六年（1578）增高并砖砌城垣，乾隆三十四年（1769），知县徐观海维修，堡垣周长"三里二百五十步，楼铺一十二座"。明代该堡驻守军丁及守瞭军共850名，配马骡433匹，设操守、坐堡、守备各1员，守瞭大边长城"一十七里，墩台二十二座"。清康熙年驻守兵110人，设守备1员统辖。

　　营堡建于开阔的平川内，平面呈正方形，边长450米，四角设角楼，有马面8个，北城垣正中有高台。堡城建有东、西、南三座城门，均外筑瓮城。堡城周长1960米，面积239700平方米。城垣黄土夯筑，外包砖石，城门损毁，城内建筑无存。

　　2008年，砖井堡遗址被公布为陕西省文物保护单位。

破阵子·砖井堡之战

套房柔声远去，红石青壁残垣。

曾枕金戈平塞外，铁马当年踏九边，征夫人未还。

烽火随风燃尽，惟留砖井遗篇。

鼓角争鸣犹在耳，史册如月高处悬，荣衰一瞬间。

砖井堡

◎ 恋恋砖井堡 作者：苏 丽

　　毛乌素沙漠的南沿，属于荒漠草原类型，砖井堡所在地原为洪水冲积平原的滩地。位于陕西定边县城东南砖井镇镇政府驻地二里处，距"大边"长城不足一里。多年前，这里天旱少雨，土地沙化，植被稀疏，水土流失严重。堡外远观，荒漠漫漫。数百年的滩地像一位饱经风霜、皮肤皲裂、满脸褐斑的老人，令人心生敬畏也满是心疼。堡内城门三座，均设瓮城。东有靖东门、西坐宁西门、南边南安门。春天的时候，离离原上草，一岁一枯荣。那些复活的野草愣是将封冻了一年的泥土皮层撕碎破土，可劲儿地怒长，他们比高比壮，像守城的战士一般倔强。冬天门前落雪时，千山鸟飞绝，万径人踪灭。自由生长的树枝，头顶着一串串小白花，与宛如覆盖了白毯的地面和屋顶，比白比美。你无法定义眼前此景，到底是绿野广阔原的荣，还是寒江独钓者的净。一眼望去，毁成豁口的城墙和颓垣断壁似乎决定了它与战争的千丝万缕的联系，一块块残存的青砖也幻化成一个个隐现着刀光剑影的故事。

　　而唯独北城墙没设城门，马面、敌台、角楼样样俱全，防御缜密，壁垒森严。想当年，堡内850名驻守军丁及守瞭军，是如何夜以继日、眼观六路、废寝忘食、耳听八方，才得以和这北城墙底座的红石青砖，即使是在五百多年后的今天，也依然与历经数百年风雨侵蚀屹立不倒的"大边"长城，共同守护着这一方天地。城堡不仅经受着风沙侵袭，雨水冲刷的考验，还承受着植物生长、小动物"毁容"的痛苦。蚂蚁是世界上抗击自然灾害能力最强的生物，它与小洞穴里其他小动物一起留下行走的路径，变成城堡马面的雀斑、皱纹。

　　砖井堡的名字源自一个美丽的传说。相传，砖井城西，曾有古井内有井泉一眼，井中泉水清澈见底，味之甘美。神奇的是，井水取之不尽、汲之不竭。当地人多饮此泉水，得以康健且长寿。今日此泉已随岁月消逝，不复再现。又，因砖井堡地处三边商路的中心地带，商业贸易最为繁华的清乾隆年间，对它曾进行过修缮。白天人来人往、夜间熙熙攘攘的街面却在清代同治年间的起义中沉沦。城堡上月光也开始朦胧，乌鸦低鸣，牛羊不再成群，花草黯然失色，抽搐的风剥毁着堡墙，一些包砖亦被人拆除，墙体上居然还凿建了大量的窑洞。倒是窑洞里的人以洞为穴，住得舒坦开来，这守望了五百多年的砖井堡，在乡亲们的心目中，自然有着他美丽的传说，更是他们愿意坚守的信仰。

十年前，我随友人外出前往砖井堡考古采风。定边的朋友喜欢把砖井镇和砖井堡都称作"砖井儿"，这儿化音，不再是北京、天津等地方的口音了。定边人这一声叫出了多少与砖井镇、堡的自豪和亲密，便显而易见了。由于近年来退耕还林、封山禁牧政策的实施以及大面积的人工造林，新世纪的砖井儿，已由往日的滩地变为美丽的平原，地势开阔舒展，砖井堡周边的环境得到了改善。城内有多条机耕路穿过，城外北侧就是青银高速了。砖井儿的集市上，百货店、肉食蛋奶、水果摊、裁缝铺、理发铺、豆腐坊、五金铺的生意人对着小商品乐呵，打饼子的、卖凉粉、麻花、馓子、炉馍等小食品的摊主们自个儿吃着，也随心喊着熟悉的叫卖声……往日繁荣热闹的烟火气又回来了。

　　一方水土养一方人，自然环境很大程度上影响了一个地区人们的风俗文化、性格。砖井人，性格豪放、待人大方，喜欢吃羊肉、奶酪、炒米、酿皮、酸奶、老茶，与宁夏和内蒙古相像。在砖井儿，没有一头羊能走出城：手抓羊肉、炒羊杂、烧羊蹄、烙羊肉，羊杂碎，羊的各个部位各种做法，花样繁多。天气寒冷风沙大，砖井人的炖羊肉几乎一年四季都在吃，煮过肉的羊肉腥汤再做成荞面圪托、揪面片，羊肉丁丁饭。砖井人把荞面做成荞面界的天花板：荞麦凉粉、搅团、碗托、荞面灌肠、剁荞面、荞麦壳壳等等，真是吃破肠子才不管。我最喜欢的是荞面凉粉。砖井儿的荞面凉粉很独特，洋柿子（西红柿）酱是灵魂：浇汁儿是由洋蔓菁酸汤、蒜水、芥辣子油、西红柿酱、酸菜丝丝等十多种调料组成，看着都垂涎欲滴。张伯家的凉粉摊前排队的人比较多，乡亲们吃了一碗又一碗，好像不要钱似的。张伯身旁那根木制扁担和柠条筐十分醒目，吸引了我的眼球：扁担两头的铁钩子生锈长了黄斑，铁环相扣磨的锃亮。两个柠条筐里面灰色老粗布围了一圈，筐沿的毛边、贴布缝都锁了边，一看就是好针法，缝线针路也匀称讲究。左边的筐里堆满了女孩子五颜六色的各式发卡和饰品，小捆一扎一扎排列整齐。右边筐老粗布的上面半掩着蒸笼布，白个生生的手工馒头咧嘴笑开来，我很好奇。

　　扁担挑筐，在陕北南部到处可见，山梁梁上，土堆堆前，沟洼洼里那些挑担的人运蔬菜，送沙石，担水喝。而砖井儿这个地方，几乎每家每户都有水井，即使没有，他们也是用带"轮"的车或者驴子等牲灵驮水吃，很少有人用扁担挑水，更何况用扁担挑筐子。张伯家的凉粉真好吃，我正准备干掉第二碗时，守在柠条筐边上的妻子从筐里拾了一个馒头让我就着凉粉吃。她说，女女，凉粉再好吃也要少吃，凉哇哇的，吃上个馒头把肚子里的酸汤儿渗一渗，这不要钱，姨送你。我们玩累了，便坐在张伯和慕婶的"工作室"前聊起家常来。

　　张伯和慕婶是居住在砖井儿多年的夫妻，彼时二人挑着扁担售卖小商品。张伯是定边本地人，多年前到吴堡随亲打工，半年后便有人给他和慕婶牵红线说媒。张伯说他和慕婶算一见钟情。壮汉心细，迷到了慕婶，恋爱两个月后，他们谈婚论嫁。一年后，慕婶刨土豆扛袋子，怀孕的身子受了重，产后大出血。之后的几年怀了两胎又都流产，张伯就断了生儿子的念头。女儿成年后嫁给大学同学生活在银川，育有一儿一女。夫妻俩本想陪着女儿生活在银川，但担心去银川给女儿添麻烦。于是张伯就带慕婶又回到了老家砖井儿，他说这里离银川最近，生活简单，不用出省，2个多小时车程去看女儿方便。我似乎找到了慕婶半辈子都在批发出售女孩儿头上花卡的爱情源头，更懂得了张伯是在女儿看见与看不见的地方守护着亲情。

　　砖井堡是长在滩地上的耳朵，它曾听过凄风冷雨的呼唤与水深火热的呐喊，也一定听过荞麦花开和雪落下的声音；它也是嵌在滩地上的眼睛，看过晨间吃野草的老羊护着羊羔的模样，也一定看过落日余晖牵手的老人推车归家的身影。我想，这眼前的广袤定是辽阔了我的胸怀，平日生活里的烦心琐事全都放下了，旅途的疲累也犹如张伯和慕婶一家温暖的故事，成全了内心难以言表的动容与美丽。回到县城后，不眠长夜诉说离别时的难舍，但那撒满幸福的夜晚，美的都能把梦照亮。

　　当我再次走进砖井堡时，是三年前的初夏。夏风还像春天一样刮得疯狂，大中午就把树枝折断，小树连根拔起，整个城堡黄沙飞满天。好在傍晚时分风住了，只是早晚气温变化依然大。砖井儿的男人们喜欢头上戴顶小白帽，主要是防沙，妇女们的也有蒙纱遮面的。他们的生活习惯、饮食爱好接近于宁夏，还有不少回族朋友呢。十年前的砖井儿滩地上只有星星点点的菜园子，彼时砖井儿的绿色已成为乡亲们的生活底色，田园苗圃长条方格自成一体，砖井儿的山峁和滩地小叶杨、榆树、臭椿、刺槐、沙枣、沙柳、柠条和紫穗槐等都发芽吐绿展枝丫，绿叶儿随风摆，活生生一幅写意画卷。山坡上梨子、扁杏和桃儿竞相绽放，争着挂果。夜里小院围墙边的葡萄架下，乡亲们聊稼穑农事，清风与明月都来听轶事趣闻，真令人为之沉醉。

　　我又见到了张伯。凉粉摊和扁担筐都在，只是不见了身旁的慕婶。两年前她撇下张伯一个人走了，才68岁。张伯自责道："唉，吴堡气候比这好，人家生活了40年啥事么有，跟了我后，生娃受罪不说，我只顾得了女子却弄丢了她。早知道就吴堡待着多好。"其实，女儿女婿曾数次劝导他去银川一起生活。张伯却说，都怪我在砖井儿把她弄丢，我死也要死在砖井儿！

　　十多年前邂逅的这对夫妻，守在砖井堡旁，端详着彼此四季的模样。张伯越是平和越是沉默，我愈发强烈感受到"盈盈一水间，脉脉不得语"的凄美。从砖井儿到榆林城仅3个小时的车程，这条路却铺满了我对他们夫妻二人长长地思念。

砖井儿的黄风吹白了张伯的头发，却吹不走天上的白云。贫瘠的沙土滩种不出玫瑰，但荞麦花吹过的味道，是张伯内心浓郁迷人的玫瑰。虽然我这两年再没有去过砖井儿，也再没有见到过张伯。但我深深地懂得，张伯的扁担、慕婶柠条筐里女孩儿的花卡和那个咧嘴笑出声的白馍馍是我对砖井儿全部的思念与眷恋。也正是因为十多年前第一次走进砖井堡，我才开始关注榆林三十六营堡的前生今世。在冷兵器时代，"一墙能抵百万兵"是一个客观存在的事实，长城建成后发挥了避免战争、减少军事冲突的重大作用。从前，砖井堡是传递军事信息的墩台，如今，砖井堡经济飞速发展、交通条件改善、财政收入增长。

　　更欣喜的是，砖井堡成为当地青年男女见证爱情的婚礼网红打卡地。一对对一吻定终生的年轻人，依明月为证，以古堡为伴，或一袭洁白无瑕的婚纱，或龙凤呈祥的旗袍，举办盛大的户外婚礼，诠释着最浪漫的誓言。一双双白发苍苍、皱纹深深的老人，身着丝绒晚礼服、腕间系上红丝带，老爷爷俏皮地在老奶奶脸庞送上不再青涩的亲吻。如果慕婶健在，张伯一定会牵手慕婶再走一次她常常刨土豆的那方田，也一定会在这里举办盛大的结婚纪念日。慕婶过世后张伯承受了多少的遗憾，消散在他闻过的荞麦花香里。也许，张伯心里的风，越吹越烈。强大不是意味着你能征服什么，而是在于你承受了多少。砖井堡从秦到明，再到今日盛世。它是一朵不敢凋谢的花蕾，更是一位无所畏惧忠诚守候的战士。

　　新安边营位于定边县新安边镇政府北边的脑畔山上，北距安边堡30公里，东距永济堡15公里。为明代二边长城营堡。宋代为夏州深沟儿中山坡。明成化十一年（1475），巡抚余子俊置堡，撤旧安边兵守之，遂称新安边营。分守西路参将府驻扎于此，统辖14座城堡。隆庆六年（1572）加高城垣，周长"四里一百三十五步，楼铺一十四座"。明代新安边营驻军丁及守瞭军共591名，配马骡152匹，设操守、坐堡、把总各1员，守瞭二边长城"一十二里，墩台一十七座"。

　　新安边营依山就势，建在北高南低的山坡上，规模宏大。营堡四面环沟，洛河的上游新安边川从堡南沟内流经。城平面形似簸箕，下大上小。城垣轮廓清楚，周长2110米，占地面积约248000平方米。现存城垣及其附属设施。南城门、东城门及瓮城保存较差。城内建筑无存。城北有护城墩台1座。

　　2017年，明长城——新安边堡遗址被公布为陕西省文物保护单位。

临江仙·安边飞马

安边驿路黄昏近，古道忽起飞尘。
疾驱驰骤走麒麟，愁嘶惊破大边云。
新镇戍关多战报，卫国无数忠魂。
当时英烈料难寻，惟留长塞一山春。

新安边营堡

◎ 白于山区的深沉守望 作者：张 潇

陕北的秋，斑斓而厚重。行走在白于山区，寻访长城的脚步来到了新安边营，这个跨越五百多年的古老遗迹，带着苍凉幽远、雄浑古朴的历史气息悄然映入眼帘。

在西路营堡沿线上，"安边"这个名字"出现"了两次，"安边营"守瞭巡抚大边长城"三十三里零二十三步，墩台五十一座"；"新安边营"守瞭二边长城"一十二里，墩台一十七座"，是为少见的"二边"长城遗迹之一。那安边营和新安边营之间又有什么故事呢？

安边营即今定边县城东50公里的安边镇所在地，营堡东南至柳树涧堡20公里，西北至砖井堡25公里，南至新安边营30公里。安边堡原名深井儿，明正统二年（1437）巡抚郭智置。

新安边营位于今定边县新安边镇政府北边的脑畔山上，宋代为夏州深沟儿中山坡。明成化十一年（1475），因旧安边营平漫沙漠，无险可据，去处难以打墙、挑壕，延绥巡抚余子俊置新安边营，撤旧安边兵守之，分守十二营堡，成为旧安边营内迁以后形成的西路防御中心。

据《延绥镇志》记载，新安边营东至永济堡三十里，西至新兴堡七十里，南至庆阳府五百里，北至旧安边六十里。成化十一年，营周围四里三十五步，楼铺一十四座；隆庆六年，加高三丈一尺。营背山面水，险阻四

塞，虏颇难犯，始罢旧安边设今堡。

成化末年，因定边营孤悬大边沿线、孤立无援，复守旧安边营，但新安边营也并未废弃，并继续派兵驻守。二十世纪九十年代，在安边营旧址发现了一块刻有"新安边营"的石碑，这也让新旧安边营堡之间的变迁故事，又多了几分神秘。

朝代更替，风雨变幻，新安边营虽已不复昔日模样，却用一垒一土讲述着自己的故事。依山就势的新安边营建在北高南低的山坡上，规模宏大，险阻四方。营堡四面环沟，南临洛河，背山面水，北依山麓，设东、南门，东、西二墙依势延伸至山涧，城平面形似簸箕，下大上小。城垣轮廓清楚，南城门、东城门及瓮城保存较差。城内建筑无存。城北有护城墩台1座。

陡峭幽深的山谷，自成天险的陡坡，以及静默守护的护城墩台，构成了一道完善严密的军事防线。五百多年前，一群衣衫褴褛的先民，在烈日的炙烤下，在寒冷的朔风中，用一双双粗糙的双手将一筐筐松散的黄土垒砌成一道坚固的城墙，托起了新安边营这方土地义薄云天的豪情壮志。

时至今日，营堡内的其他建筑已所剩无几，漠漠风沙将固若金汤的夯土城墙变成一条绵延起伏的断壁残垣，却依然能窥见几分昔日新安边营的雄伟模样。

走进新安边营，对它有了更多的认识，作为明长城沿线上的营堡之一，它是战争的象征，也是民族交融与贸易往来的见证。独特的地理位置造就了新安边营在延绥西路上的重要军事地位，在它的两侧，刀光剑影与游牧交融在这里反复上演。

　　新安边营兴修于边患，兴旺于边贸，从明朝到清朝，这里是出入定边至延安卫的一个重要交通关口，商贸物资运输都必须经过这里，堡内有驿站和客栈供来往商人落脚歇息。相传，清朝年间，城内一度被黑店把持，往来旅客投宿屡遭抢劫遇害，过往商旅叫苦不迭，遂以官兵化妆成三百名商客，各挑担子，每担中藏二人宿于城内，夜半一举将黑店一网打尽，以智取之，城中逐渐恢复安宁。

　　站在堡内，早已不见当年市井繁华模样，取而代之的是一块块层叠的梯田和丰收的庄稼。唯有残存的城垣以及城门和瓮城，孤零零地守望着岁月的变迁，证明着它曾经的存在，给茫茫黄土地增彩无数。

　　在新安边营附近有一镇，因治地有新安边堡而得名新安边镇。世代生活在这里的人们，依然守候着古老的家园，看着眼前悠然自得又与时俱进的小镇过着简单幸福的生活，很难想象到一代代安边人在白于山区这个曾被称为"不适合人类生存的地方"战胜了多少苦难，创造出生生不息的生命奇迹。

　　历史被深深凝望，当年的硝烟弥漫，化作了今天的静默无言；当年的边塞古堡，化作今天的宁静小镇。铺开历史画卷，新安边营经历了一代又一代的历史变迁，接纳了无数风霜雨雪，用威武的胸膛接受世间的千变万化，用沉稳的身躯走过春夏秋冬，用坚毅的目光看遍世间冷暖。

　　时光洪流奔过数百年，千军万马的嘶吼声，穿越久远的岁月，回响在耳畔。跨越风云变幻，新安边营依旧昂然屹立在白于山区的崇山峻岭间，向世人展示着无尽的魅力。走进新安边营，走入塞北边城卷帙浩繁的历史书卷。

　　石涝池堡位于定边县王盘山镇的石涝川河源头，北距定边营50公里，东至"二边夹墙"新兴堡20公里，西北至三山堡30公里，属明代"二边夹墙"城堡。因堡址"地皆碱卤，东有石涝池，储雨雪水，人赖汲饮，故名"。明成化十一年（1475），巡抚余子俊在宋代石涝池寨旧址筑堡，分砖并戍兵驻守，万历三年（1575）加高堡垣，周长"三里一百八十四步，楼铺三座"。明末该堡守兵并入定边营。明代堡城屯驻军丁及守瞭军共442名，配马骡319匹，设操守、坐堡、把总各1员，巡防二边长城"九里零二百七十四步，墩台一十四座"。

　　石涝池堡建在山顶部，城南为洛河发源地（石涝川）。城四面深沟环绕，地势极其险要。城垣依自然地形呈不规则形分布，周长440米，面积1.1万平方米。仅存墙体及其部分附属设施，城内残存建筑台基。

　　2017年，明长城——石涝池堡遗址被公布为陕西省文物保护单位。

浪淘沙令·烽火石涝池

连日起烽烟，百里台垣。九边战报又频传。伏寇四方多虎视，欲踏中原。

驰射大马弯，征角声翻。御敌城下待星残。若奏凯旋归望日，不负皇天。

石涝池堡

◎ 历史长河中的石涝池堡 作者：刘 静

底定边疆，故名定边。曾经滚滚烽烟与驻守边疆的战士早已消失在这片土地上，留下的是一座座千疮百孔的城堡。

让我们在白于山深处沿着明长城的脉络，跨越空旷辽远的苍茫大地，翻开残垣断壁，找寻隐匿于白于山千沟万壑中最初的章节。站在长城上一同回望历史的狼烟，追溯尘封大漠的往事，一睹留在长城上历经百年的军事遗迹——石涝池堡。

石涝池堡，位于榆林市定边县王盘山镇政府驻地东南3.5千米处的石涝川河源头，是明长城延绥镇"三十六营堡"之一。石涝池堡对于研究明代军事防御体系有重要的意义，具有很高的历史价值、艺术价值和科学价值。

据《延绥镇志》记载，三山堡向东六十里的另一条河流当地人称之为石涝河，为陕西四大河流之一洛河源头。顾名思义该堡又是一座以河流命名的古堡。因"地皆碱卤，东有石涝池，储雨雪水，人赖汲饮"而得名的石涝池堡东至新兴堡四十里，西至三山堡六十里，北至定边营一百里。明成化十一年（1475），巡抚余子俊在宋代石涝池寨旧址上筑堡。万历三年（1575）加高三丈二尺，堡垣周长"三里一百八十四步，楼铺三座"。明末时该堡守兵并入定边营，明代堡城屯驻军丁及守瞭军共442名，配马骡319匹，设操守、坐堡、把总各1员，巡防二边长城"九里二百七十四步，墩台一十四座"。恍惚间，我又看到了燃起的滚滚狼烟，看到了万马奔腾、短兵相接的场面。

长城古堡今犹在，大漠风光似旧年，逶迤曲折的长城，林林总总的营堡，气势磅礴，蔚为壮观。如今的石涝池堡城址有两座遗址，两城相距40余米，统称石涝池堡。古堡垣长1500余米，墙高8米，厚7米，夯层厚18厘米，有马面8座，城东、南、西三面临沟，北面洛河，地势极其险要。石涝池堡建在山顶部，城南设门，自上而下一共四个台阶，最北面是护城墩。南堡呈椭圆形，北有障城，系宋代石涝池寨，障城呈长方形墙体较完整，北墙上存有北门豁口，系明代增修。南堡削山体为墙，城呈平台状，下分二三层台，明代墙体有明显的夯土层，墙体下压有宋代建筑砖瓦，显示在宋代城堡基础上增修利用。

　　经过时间和自然的无情荡涤，如今的石涝池堡早已失去昔日的奕奕风采而变得千疮百孔。石涝池堡保存较差，城墙轮廓清楚，但墙体坍塌严重。现堡内仅存垣体及其部分附属设施，城内残存建筑台基，迈着沉重的脚步行走在石涝池堡内，满眼黄沙，尺椽片瓦，指尖碰触泥土的瞬间热血沸腾，心中泛起的是一段历史的往事。遗址地表还散布着数量较多的泥质灰陶片、瓦片，风雨的洗礼让石涝池堡拥有了庞杂厚重的历史记忆。

　　古城堡作为历史的象征，"兴修于边患，兴旺于边贸"，为了抵御游牧民族的侵扰是最初修建城堡的意义。依旧伫立在大漠上的古老城堡，雄浑壮阔的神韵依然让人震撼，这是祖先留给我们的和璧隋珠。

　　在民间，关于这座置身于山脉顶端的古堡故事越来越少，反而山脚下本应香火旺盛的红英寺虽在一把大火中销声匿迹，但流传下来的传说让人们的记忆始终定格在三百年前大家都未曾谋面的宏伟建筑中。石涝池堡山底的药王庙，是红英寺的一个地点，流传着"火烧红英寺"的民间故事。相传康熙年间红英寺有一伙和尚，为非作歹强占民女，百姓状告到京城，康熙得知后微服私访，深入寺院弄清祸乱真相，回京传旨陕西总兵查办，救出众多民女，镇压了和尚，一把火烧了红英寺，至今红英寺庙宇遗址多见火烧痕迹。

　　袅袅炊烟，漂浮在时间的长河中，悠悠千载，行走在草石砖砾之间，古堡和昔日往事已无当年的光辉时刻，只在历史上留下了浓墨重彩的一页。如今已是另一番场景，硝烟散尽，再无金戈铁马的壮观场面，但英勇无畏的精神依然在流淌在定边人的血脉中，一代又一代，万古长存。

  盐场堡位于定边县城盐场堡镇政府驻地北，东北距大边长城2.5公里，西距宁夏花马池堡（今盐池县城）10公里。明成化十三年（1477）余子俊置堡，弘治四年（1491）巡抚刘忠增修，万历三年（1575）加高，城垣周长"二里三分，楼铺九座"，是榆林大边长城最西的营堡。明代该堡驻军丁120名，配马8匹，设操守、坐堡、把总各1名。清康熙年驻守兵50名，设把总1名统辖。盐场堡建在平川地，平面呈矩形。因堡城损毁严重，现仅存北城垣250米及东城垣北段27米垣体。南门遗址可见夯土基础，由此推断，堡城南北长306米左右。城垣设施及城内建筑均已破坏殆尽。

  2017年，明长城——盐场堡遗址被公布为陕西省文物保护单位。

忆江南·古盐场

春湖雪，千顷覆银霜。

骁马川流行古道，盐白天碧两茫茫。云落玉琼乡。

黄土堡，塞外戍高墙。

花马池前标艳帜，扑肩南贾往来忙。相顾好风光。

盐场堡

◎ 历史推崇的多职卫士 作者：蒋峰荣

　　站在时代的星空下观察，盐场堡犹如一位退役的边塞卫士，厌倦了鼓角争鸣、烦腻了烽火硝烟、不忍看刀光剑影，夜宿于历史驿站静静地休息了，而其身上好似明珠般的文化光泽，却在史册中永远闪烁。

　　盐场堡位于陕西省定边县城西北约十二公里的花马池南畔，北距边墙（长城）二三公里。依盐湖筑堡，因盐场名堡。据清朝乾隆三十四年头脑中不缺弦的知县徐观海创修的《定边县志》记载，盐场堡"周围凡二里三分，楼铺九座，牌墙垛口边垣长八里，墩台八座"，只开有东门南门，"盐课大使署，自昔未建"，当时镇守堡的最大官是把总，把总署设在堡城中街，有大门、二门、大堂、内宅、厢房、马棚共十二间。这把总相当于现在的连职军官，也就是边防部队的连长，今天各单位被唤作"一把手"者也许就是那时"把总"的延续俗称。

盐场堡是座军堡

　　自春秋战国伊始的两千多年中，修边墙筑城堡就成为冷兵器时代防御外敌保境安民的重要军事工程。至明代中期，北部边境的最大忧患就是游牧民族，他们一年四季骑在马上，来如风去无影，经常骚扰侵犯明朝边境。

　　历史上每一个封建王朝建立之初，都是皇帝有作为，国力亦强盛，大明也是如此。但一般是强不过三代，朱元璋、朱棣时，边防战略都是积极防御、攻守兼备，择机出击，御驾亲征，使元朝残余势力驯顺称臣。从仁宗开始到后来的宣宗、英宗，帝王多是守成之君，为了维护自己的统治稳定，不再开疆拓土，一再削弱北边防务，加之大臣们争权夺利，内耗严重，这瓦剌部摸着明朝的脾性，屡犯边关，明军却无能应战。到正统时期，明英宗昏庸无能，政治腐败，使北方边关防务变得十分危险，游牧民族频繁入侵，明军完全陷于被动挨打的局面。

中国封建历史数千年，都是家族天下，帝王们相当于家长，国即家、家即国，大臣们就是家将，历朝历代有奸臣贼官，也有忠臣良将，余子俊无疑就是明朝丹心可照汗青的忠良。这余子俊为官廉干，于明宪宗成化六年被任命为右副都御史、巡抚延绥。在此任上，余子俊不但智退来犯鞑靼，还力排众议，取得皇帝准奏，东起清水营，西抵花马池，大兴边墙一千二百里，修筑三十六堡，盐场堡是其中一堡，于成化十三年竣工，成为延绥镇最西端戍边守盐的军事要塞。明孝宗朱佑樘弘治四年，巡抚刘忠指挥增修，明神宗朱翊钧万历三年加高。清朝乾隆三十四年，知县徐观海重修。据《延绥镇志。兵志》载："盐场堡守兵五十名，明制军丁一百二十名，马八匹。"盐场堡也只是大明王朝的一根触觉神经或者是一只照门的眼睛而已。回望历史我仿佛看到，堡内把总吃着大块羊肉，喝着美酒，兵丁们却饥寒交迫，无奈地到长城上巡视敌情；我仿佛看到把总们经常打骂士兵，奴役士兵，克扣贪污军饷，士兵们敢怒不敢言；我仿佛看到，朝廷宦官专权奸佞当道，三十六堡驻守的明军边防管理混乱，将领们多数不以加强防守为务，以上找靠山投机钻营谋取私利为业，个个畏敌如虎，弄虚作假，谎报军情，常常是敌兵未至，自乱阵脚。

盐场堡在封建统治腐朽没落时期，作为军堡形同虚设。

盐场堡是座神堡

历史上大凡筑城建堡必修庙，祈求神灵显灵保佑天下太平是官方民间共同的精神寄托。根据《定边县志》载述，盐场堡内外有庙宇十八座，北街坐落有城隍庙、关帝庙、土地庙、真武庙、玉皇阁、三官庙、三清殿、灵官庙、黑虎庙、马王庙、佛庙、四大天王庙，东北角坐落有娘娘庙，南城上坐落有观音庙、灵机菩萨庙。西城外建有龙王庙，东门外建有三义庙，盐神庙建在北城外盐湖畔上。

由此看，盐场堡兵少神多，各路知名神仙都在堡内外驻扎，玉皇帝至高无上，真武帝威震北方，城隍爷统领全堡，关老爷重义管财，观音菩萨慈济天下，四大天王公正护法，土地神保佑五谷丰登，求儿求女娘娘庙烧香，风调雨顺拜龙王，盐业旺盛祈盐神。同时三官三清佛爷灵官黑虎马王，各司神职，盐场堡可谓"神"气十足。数百年中，盐场堡虽说神佑人守，但历史的风雨侵蚀、时代推陈出新、日月更换新天，现已庙坍垣衰，面目全非，只剩遗迹，诸位大神也不知迁往何处新居显神威。

盐场堡是座盐堡

盐是上苍赐予定边这块具有悠久历史土地的特殊礼物。西魏废地时，即公元553年，定边因盛产池盐，改隶属西安州为盐州，长达七百余年。

盐在人类文明的演进中，有着特殊的功绩。人赖盐而生长生存生活，盐文化作为中华文化的重要组成部分，与中华文化一脉相承。如果将中华文化喻为一条波澜壮阔的江河，盐文化就是汇入其中的重要支流。盐作为自然界最基础的元素，与水、火、光一样，都是构成生命要素最原始最神圣的组成部分，可以说，盐的发现是人类迈向文明的重要标志之一。人体若长期缺盐，血液里的钠、氯等电解质离子比例会失调，体液循环紊乱，轻则使人疲乏无力，头晕目眩，重则心神恍惚，肌肉痉挛，甚至危及生命。盐铁与人民生活不可或缺，与社稷江山休戚相关，中华民族五千年的历程中，谁拥有盐铁，谁就会民富国强，西汉时著名学者桓宽编的《盐铁论》对此做了精辟论述。中国的食盐垄断政策从春秋时期就正式确立，各个朝代有各个朝代的垄断法则。明朝行"开中法"，盐税成为仅次于"田税"的第二财政收入，以明朝当时一方戍守一方补给政策，定边盐湖所产盐，成为解决当地边防军费的重要战略物资。

　　为此，盐场堡的筑建，一是戍边之需，二是守盐之要。盐湖、盐堡，数百年中，辐射出四通八达的盐马古道，"走定边驮盐"，往来客商驼铃悠悠，络绎不绝。因为盐场堡，定边被喻作闻名遐迩的"旱码头"。

盐场堡是座红堡

　　盐曾被称为定边"三宝"之首。1934年，在党的领导和广大劳苦大众的支持下，以陇东南为中心的陕甘边区革命根据地建立，同时在各方势力交错的定边盐湖，第一个红色盐场——陕甘边区盐场成立，活跃在当地的革命先辈们穿过白于山区的沉沉暗夜和崎岖山路，将食盐等物资源源不断运入边区，解决军民之需。

　　1936年12月底西安事变和平解决后，国共两党虽实现了第二次合作，但陕甘宁边区一直处于国民党军事包围与经济封锁之中，边区所面临的局势仍很严峻。国民党统治区的商品特别是布匹、棉花、纸张、药品、电讯器材、粮食等生活必需品禁止流入边区。这就使得边区物资更加匮乏，边区的财政经济状况一时处于极端困难的境地。

为了克服财政上的严重困难，应对国际国内险恶形势和天灾人祸，中央发出了"自己动手、丰衣足食"的号召， 边区政府积极响应，开展起轰轰烈烈的大生产运动。而当时，盐是宝贵物资，作为陕甘宁边区唯一能够争取大量出口的产品， 其生产和运销成为解决边区财政困难的一个重要途径。1940年秋， 三五九旅2000余名指战员奉命来到定边盐场堡驻防打盐，生产自救。他们在长城下挖洞而宿，垒土为灶。

下湖打盐，部队各级领导以身作则，吃苦在先，战士们热情高，干劲大，每天迎着太阳出，送着太阳落，从湖里将盐担到湖边，来回十多里，担子不下肩，步子不停歇，肩膀压得酸麻发红起圪垯，没有一个人叫苦喊累。大家边干活边唱歌， "一道道水来一道道山，赶上毛驴走三边……"。高亢嘹亮的歌声伴随着担盐走动的舞步，像扭秧歌耍龙灯。战士们心中只有一个理念， "多担一担盐，就能多换回一斤棉花一斤粮，为革命多增加一份财政力量"。整天泡在盐水里，到了晚上腿脚红肿疼痛，伸不能伸，屈不能屈，像火烧，如针扎，再加上床铺一无铺草二无铺板，仅是一个土台，遍地跳蚤吸血叮咬。聪明的战士们想了一个办法，将扁担木桶用麻绳编起来吊在空中，睡在上面，既可避免跳蚤捣乱，又可在摇动中使腿脚舒展舒展。大家风趣地将这种睡觉法叫"神仙睡觉空中悬"，有的吊得高，有的吊得低，同志们幽默地说："这楼上楼下，只缺少电灯电话啦。"

三五九旅四支队在及其艰苦的环境中克服种种困难，三年中生产盐共计240万驮1亿8千万斤，运销出去换回布匹、棉花、药品、军需等大量重要物资，打破了蒋介石集团企图困死边区军民的妄想。定边盐湖为边区政府济困解难、为红色财政注入了源头活水，可谓是当时中国革命的雪中之炭，绝渡之舟。

定边盐场堡在中国革命的特殊时期成为一座坚不可破的红色经济堡垒光耀史册。

夜话尾语

毛乌素南缘长城沿线，自古就是少数民族与大汉民族金戈铁马争锋之地，余子俊与范仲淹一样，是位怀忧天下忠心报国的良将，他们镇守西北时，均有所作为，流芳千古。但范仲淹式的忠心修建下那么多的高城固寨终究没能保住大宋江山，余子俊式的恪尽职守构筑的延绥三十六堡也终究没能坚守住腐败没落的大明王朝。究其原因，民心筑起的堡垒才是固守江山的铜墙铁壁，昏庸腐败奸佞当道终将自毁江山。数千年中无论哪个王朝的覆灭都是失去民心所致，也包括军事装备强于共产党百倍的国民党败退。沉睡在历史驿站的盐场堡无言地证实着这一铁律。

　　三山堡位于定边县冯地坑镇新城滩村，东北距定边营45公里，东南距"二边夹墙"石涝池堡30公里，南距饶阳水堡35公里，是榆林"二边夹墙"线上最西的城堡。明成化九年（1473）在原宋三山儿寨基础上扩筑堡城，万历三年（1575）加高城垣，堡垣周长"二里二百四十步，楼铺三座"。明代该堡屯驻军丁及守瞭军共372名，配马骡221匹，设操守、坐堡、把总各1员，守瞭巡防二边长城"五里，墩台八座"。明末该堡守兵并入定边营。三山堡所在地势平坦，四周山地环绕。城平面基本为方形，形制规整。周长1320米，占地面积108800平方米。

　　三山堡城垣及其附属设施保存较为完整，四角设角楼，东城垣上设马面一座，南、北城垣上分别辟城门，外筑瓮城。城外有护城壕，北门外似有桥的遗存。城内建筑无存。

　　2008年，三山堡遗址被公布为陕西省文物保护单位。

鹧鸪天·三山堡

风过三山秋月明，九回营角带愁听。
连天野草门前碧，雄漠边墙塞外横。
滩羊美，雁低鸣，吊桥流水护孤城。
春秋又将沧桑换，斜照依然映晚庭。

三山堡

◎ 三山堡断想 作者：谷彩琳

　　在我看荞麦花的细瘦的路上，三山堡偶然闯入我的视野。它醒目地矗立在冯地坑乡新城滩村的塬上。大大小小的村庄，一块一块的庄稼地，一条一条纵横交错的公路，起伏的石油井架，或远或近的风电，都不能成为我从任何一个方向看清它的障碍。我走得越近，它的轮廓越清晰。时间过去了几百年，城池变成了一具只有四堵墙围起来的空壳，像一个完美的句号。正南门是一个巨大的瓮城，虽已成断壁残垣，依然可以领略到当年的雄俊。墙垛、烽火台、城楼隐约可见，城墙上的泥土一块一块地脱落，形成曲曲弯弯锯齿状的豁口，走在上面，很不平稳。茂盛的蒿草，缠绊人的双脚和思绪。我似乎能够循着碎瓦和断壁听到马蹄踏碎的节奏，感受当年千军万马气吞山河的力量，这种力量是震慑的、压迫的，是无法超越的，是肉眼看不到的，是以城堡表现出来的。

　　城堡一共有南北两个门，城墙四角的瞭望台加上东西墙正中两个城垛，一共有八个马面。无论从哪一个方向眺望城墙和马面，都像是一只巨兽的利齿，咬断了草原和平原内陆两个民族的连接，从而使胡人和汉人，多少年多少代，一直以和平或者战争的方式对话。在权力和安全之间，没有第三种选择。站在马面下，风吹过耳边，似乎可以听到历史的回声。依据风和声音的暗示，又好像可以还原出一个又一个历史的细节。城墙和马面，充当了一条道路，一条河流，一条历史的佐证，慢慢地将我们拉到了历史的现场，或者说让我们直接进入了历史进行时，陷入了历史的是非纷争。

　　呈现在我眼前的，是明成化年间的城堡。据史料记载，当时的巡抚余子俊，修筑从银川水洞沟到榆林的长城，动用了四万军队，只用三个多月即已建成。依这个速度，定边所在的三山堡营，修筑时间应该更短。有意思的是，翻阅史书，任何一段长城的修筑，从人力的投入上来看，都是巨大的；从时间跨度上，都是最短的；而使用年限，则是永久的。在中原王朝的眼里，天下疆土，莫非王土，而王土的疆界，就是城堡和长城。就算是卑微如蝼蚁的一介草民，他修建一个土窝，也不忘在四周栽上哪怕是几根细瘦的树枝作为围墙。这堵墙，即使它并不安全，它的安慰意义也远远超过它本身。它的安全是心理上的。那么，一个国家的实力，一个民族的智慧，也需要一个标志性的证明，长城，长城边上的城堡城营，作为一个被放大到极致的巨大的墙的象征，坚不可摧地耸立起来了，它是一个王朝的疆界，是强大的权力的物化和体现。

　　站在城堡外的胡人，或许因为城堡和城墙的阻隔，越发对中原有了痒痒的冲动和不可遏制的好奇。城的另一边，是他们太想探寻的远方。习惯了天苍苍野茫茫的草原，习惯了逐草而居的游牧生活，跳久了剽悍的草原舞蹈，吃多了马奶和羊肉，他们太憧憬南方的舞榭歌台，太渴望潮湿的江南水乡滋养的娇弱女子，太向往成熟的庄稼，堆满粮食的村庄，和豪华的城镇。中原，是他们永远的梦和诱惑。于是，追求稳定的中原文化和不确定的草原游牧文化形成了无法调和的冲突和矛盾，这也正是长城和城堡存在的意义。一边是防守，一边是进攻；一边是固若金汤的堡垒，另一边，是按不住的谜一样的诱惑。而历史也在周期性地上演一个规律：每隔十年左右，必定有一队马上的民族背弩负箭，踏马而来，在中原攻城略地，要么征服一座池城一个帝国，要么乖乖退回草原，温顺地呈贡财帛和马匹。历史，就是这么上瘾地演绎了几千年，演绎出了一部中华民族的史诗。

　　或许，那些大英雄和战士，不会想到有一天，他们身着铠甲手持长枪驻守的边疆，竟会国泰民安，良田万顷，石油涌动，荞麦花遍野，远处近处，村庄林立，鸡鸣犬吠，羊群游动。一座坚固的军事建筑悄然隐匿于市井，成为它曾经的反面，成为遥远的传说，成为乡野风光的一部分。英雄们手中的冰刃，变成了农夫的犁铧、锄头和镰刀，平头老百姓成了生活的主角。冰冷的历史，就是这样不以任何人的意志为改变而滚滚向前。

　　我眼前这座荒凉的城堡，已经被时间浆洗成了一片废墟，在斜阳和旭日里恒久地突兀着，倔傲地坚持着悲壮的美感。从前或者今后，它的文化意义永远都是明显的、真切的，它曾经激发过、并且仍要激发无数多情的、热血的人对历史壮怀激烈的想象。

　　一队羊群悠悠地从小路过来，夕阳斜射，它们完全跌入了斜阳的金光里。城堡上横七竖八的杂草，在晚风中扶摇翻滚，远远眺望，仿佛可以看见铠甲和长枪闪闪发光。

　　新兴堡位于定边县油房庄镇星星堡村，北距大边长城的砖井堡40公里，东距"二边夹墙"新安边堡35公里，西距石涝池堡20公里，属明代"二边夹墙"城堡。明成化十一年（1475），巡抚余子俊将城堡从砖井堡移置于东海螺城，重建新兴堡城。隆庆六年（1572）维修。万历六年（1578）加高城垣。堡垣周长"一里一百四十六步，楼铺八座"。明代新兴堡屯驻军丁448名，配马骡319匹，设操守、坐堡、把总各1名，守瞭巡防二边长城"七里，墩台一十一座"。明末堡裁，守兵并入定边营。

　　新兴堡建在山梁上，四面环沟，地势平坦。城垣平面呈不规则形，周长962米，占地面积47650平方米。仅存城垣及其附属设施，城内建筑无存。东城垣长250米，南城垣长280米，西城垣长184米，北城垣长250米。

　　2008年，新兴堡遗址被公布为陕西省文物保护单位。

折桂令·新兴堡

暮云遮，鳖远山长。孤堡秋深，野陌苍黄。烟隐重楼，风传寺鼓，笙笛悠扬。瞰城外，连绵大疆。是家园，旧日风光。策马南冈，月满峰台，无限思量。

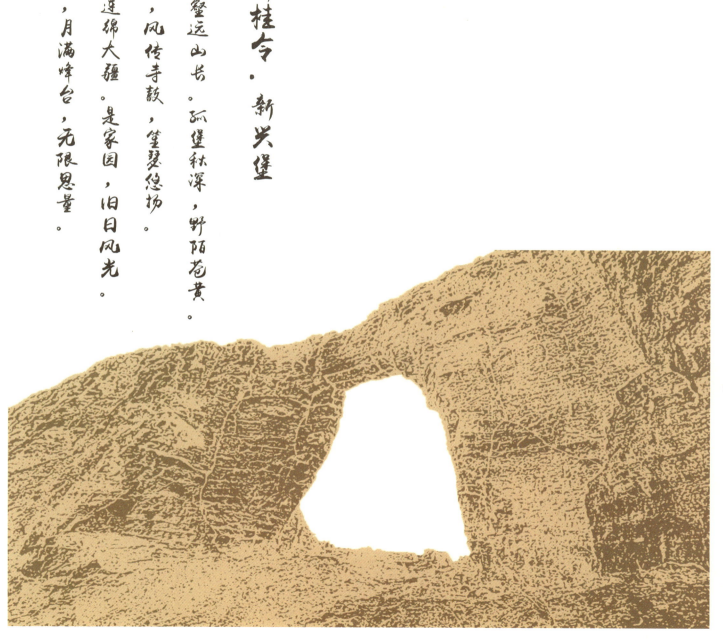

新兴堡

◎ 苍茫间书写永恒篇章 作者：杨　柳

　　底定边疆，故名定边。新兴堡遗址是陕西省榆林市定边县的一特色景区，蕴含浓厚文化气息的古遗址，历史悠久，内涵深厚。新兴并不"新"，宋时曰东海螺城，明成化年重修之。坐落于定边县油房庄乡王湾行政村新兴堡城，东至新安边七十里，西至石涝池四十里，南至走马城一百里，北至砖井八十里。

　　在明朝著名的九边军镇防御系统中，新兴堡就是驻防长城沿线的士兵屯守之地，曾戍守在这片土地上的将士与烽火早已消逝在遥远的时空，留下的只是这一座座古老残缺的城垣，在新兴堡中出土大量的历史文物，舒展着高雅潇洒的身姿，给人视觉震撼。

宋夏州地

　　宋夏州地，新兴堡属明代"二边夹墙"城堡。东西临沟壑，北临榆树河，城郭略呈方形，设南、东二门，伴有瓮城。它曾见证了中原王朝与北方游牧民族最为激烈的战争往事，如今默默矗立在陕北的苍茫大地上，等待人们去重拾它们往日的峥嵘岁月。

　　探访追溯，新兴堡藏于白于山梁峁沟壑间，整体依山势而建，曾几何时也是层楼叠院，错落有致，浑厚坚固，顶部的高台、周边的护坡和高大的外墙形成了极好的防御性。

　　一座座夯土筑就的雄伟古建筑，是独特长城文化积淀的代表和象征，生动形象地向世人展示着一幅边塞重镇长城文化的悠长画卷。现如今，风霜雨雪侵蚀了古堡边墙，消散了云烟往事，新兴堡建在山梁上，堡城平面呈不规则形，四面环沟，其南面地势较缓，城垣周长962米，占地面积4.765万平方米。翻开断砖碎瓦，残垣断壁的老墙脚下，丛生的杂草，掩饰不住久远的疤痕。

　　回溯历史的长河，就不

难看到昔日的雄伟赫赫、气象万千。据清《定边县志》记载："新兴堡城，明有东、西海螺二城，成化十一年，巡抚余子俊始改东海螺筑今堡。隆庆六年增修，万历六年加高，周围凡一里一百四十六步，楼铺八座，牌墙垛口边垣长七里，墩台十一座，今裁。"扼守在这个位置的新兴堡宛如一位深藏山中的沉默老者在山坡上守候了数百年岁月，在朔风中猎猎作响，摊开一段惊心动魄的时光。

在岁月侵蚀下，这座堡只留下一些土黄色的堡墙、墩台。走在墩台下，仿佛看到旌旗猎猎，将士们枕戈待旦，捍卫山河。史载，隆庆六年（1572）维修，万历六年（1578）加高城垣。堡垣周长"一里一百四十六步，楼铺八座"。明代新兴堡屯驻军丁448名，配马骡319匹，设操守、坐堡、把总各1名，守瞭巡防二边长城"七里，墩台一十一座"。新兴堡历经百年风霜打磨，墙体早泛黄起皮，墙上大大小小的枪眼，昭示了当年刀枪剑眼的暴乱主题，每一座"伤痕累累"的墩台恍若都定格了时间。

斑斑古长城，悠悠阅古今。遥想当年，长城内外。狼烟纷飞，朔风冽冽，茶马边贸，东西交融。明末堡裁守兵

并入定边营。明成化十一年（1475），巡抚余子俊将城堡从砖井堡移置于东海螺城，重建新兴堡城，城垣仍完整，城内为耕地。在今油房庄乡境内，为传说中的东海螺城。

古池悠悠，堡墙凹凸，墙下漠草星星。堡看似毫不起眼，不过一个宗族、数十户百姓，却屡屡在战争中成为敌军的噩梦；堡面积不大，设门不多，守住重要通道，就能全盘防御；堡内居民以耕种为生，有存粮，短期封闭也能自给自足，经过百年风化，烽火台上已是凹痕斑驳，却依旧雄伟挺拔。

古老城垣

新兴堡废弃之后，很快被流沙掩埋，但依然保持着废弃时的原貌，堡的城墙曾经全部用砖石砌成，非常坚固，如今虽有不同程度的破坏，有的保存完整，有的早已破败，但裸露出来的夯土被风雨侵蚀，不断剥落，长满了青苔，但还有墩台一十一座，点滴间还是可以看出当年的宏伟。

岁月更迭、沉浮过境，现新兴堡仅仅保存了城墙及马面、东城门、南城门、瓮城、角楼，本边城近腹里，而周垣信地，难以攻防。这些巨大的石堡如同沉默的哨兵般静静地耸立在偏远的高山荒野上，空旷的隔间也在反复向众人诉说她过去的故事。

围墙的接驳处出现裂缝，而有的只能找到几堆瓦砾，散发着古老的神秘力量。

一样的小方房子，一样的黄黄外衣。每座古堡几乎都隐藏着古人契合天地的人文密码和丰富的巧思。新兴堡像一本书、一首诗、一幅画，虽尘封已久，仍旧璀璨光华。

　　饶阳水堡位于定边县姬塬镇辽阳村，北距三山堡20公里。饶阳水头，古萧关。明成化十三年（1477）始在饶阳水（即今十字河）头建堡，隶属庆阳卫。成化十五年（1479）巡抚丁川改属延绥镇领辖，为二边长城营堡。万历二年（1574）重修。城垣周长"二里三十步，楼铺八座"。明代该堡屯驻军丁227名，配骡马85匹，设操守、坐堡各1员统辖。明末该堡守兵并入定边营。

　　堡城建在山坡上，北高南低，西、南面临水。城垣平面呈不规则形，周长1696米，占地面积约179200平方米。墙体保存一般，北城垣上保存一马面，西南河畔上的墙体已塌毁，城门及城内建筑无存。

　　2017年，明长城——饶阳水堡遗址被公布为陕西省文物保护单位。

阮郎归·饶阳水

饶阳水上古萧关，蜿蜒入大川。
深沟飞堑立东南，鹰盘云外天。
登故堡，望烽烟，晓春景物鲜。
挽弓驭马向崖巅，摘星明月边。

饶阳水堡

◎ 古塞微茫山岳间

作者：马文丽

　　浅秋，雨后，为探访明长城三十六营堡西路最后一个堡，我们驱车来到定边县南65公里左右的姬原乡，车沿着曲折的公路一直攀爬，在一山坡看到遗存的烽燧，遂停车步行，终于在半山坡，与这座古堡相逢。

　　残破不堪的夯土城墙，随处可见的青砖瓦砾提示着我们，在这半山坡的涧台上曾经盘亘着一座古堡边城，饶阳水堡。古城设在山口，西、北临十字河，明称饶阳水，堡故名饶阳水堡；南临大沟，东依高山，城平面呈不规则形。据《延绥镇志》载："饶阳堡，东至沙家掌五一里，西至宁夏蒙城一百二一里，南至洪德城九十里，北至三山堡四一里，宋夏州地。饶阳水头，古萧关。"

　　饶阳水堡苍凉孤寂地屹立在山涧，方圆杳无人烟。我试图去找寻我能找到的任何蛛丝马迹，去还原这里所发生的一切，可惜唯一遗存的几孔土窑洞也不知道荒废了多少岁月。城堡走过的千秋岁月，见证的朝代更迭，背后堆叠的故事我不知道如何找寻。它承载的那些真实的故事，已随岁月消散，没能载入史册，我无从寻找。我只看到堡周围，勤劳的人民在干涸的土地种满了耐旱耐寒的庄稼，没有荒废一寸。这些勇敢坚强的植物一直蛰伏白于山中，等待雨水时机。一点雨，真的只是零星的雨，就让耐寒的荞麦在白于山开出浪漫的粉色，彰显出蓬勃的生机。此时，长城经过的山脊，正是一片鲜艳。倔强的荞麦不嫌弃土地贫瘠、环境恶劣，它在大地母亲的怀抱灿烂的盛开，那抹柔软的粉洒遍整个山丘，这是对贫瘠的山脉最好的救赎吧！

山下，饶阳水穿山越岭蜿蜒而来，带着大秦萧关的记忆，从饶阳堡面前经过，带走那些可期待的人文风物，留古堡独自驻守。雨把天空洗涤的格外洁净，山色空蒙，色彩褪淡，繁华去尽，只剩沧桑。断续的土墙向远方蜿蜒，千回百折，不见首尾，飞舞在英雄的白于山脉间，裹挟着金戈的碰撞，铁马的嘶鸣，诉说着尘封的往事，在夕阳下演绎着"大漠孤烟直，长河落日圆"的沧桑壮阔。那时的王维是不是也在日暮，看着居延关的塞外风光，写下的这首《使至塞上》："单车欲问边，属国过居延。征蓬出汉塞，归雁入胡天。大漠孤烟直，长河落日圆。萧关逢候骑，都护在燕然。"曾经这伟大的边墙，为中原腹地的安定，做出过多少卓越的贡献。而今，受千百年风雨洗礼，它依然倔强地挺拔在那里，与白于山比肩。

　　我抚摸着这段土墙，这承载千秋故事的边墙，我缅怀我感恩。在没有大型机械设备的洪荒岁月，为间隔关内与关外，在农耕文明与游牧文明并立之初，完全靠手工一槌一槌夯筑这千秋之墙，只为"止战"。我耳边似乎能听到木杵撞击夯土的声音，对话遥远的征夫，他们喊着口号，用汗水浇灌，一杵一槌筑牢这坚固的土墙。

　　我来到那仅存的烽燧下，千年的时光在四季交替中流逝，风的愤怒、雨水的缠绵、如洪荒以来的爱与恨，一一书写在城垣上。我在夕阳下，用手抚摸这千疮百孔的墙体，阅读千百年间在此留下的岁月文身。我的思绪开始随便穿越，我好奇汉武帝曾两次出萧关，巡视西北边境，耀兵塞上，威慑匈奴，可曾路过这里饮马食粮？北朝后期起，突厥称雄塞外，中原政权频受其扰，可曾在这里有对峙？唐武则天时，曾派重兵镇守萧关，以备突厥，这里可曾平安？北宋时，党项人建立的西夏称雄西北，这西路长城最后的屏障，可有战乱？宋夏之间近百年的对抗中，这里是何模样？古城不言，唯有长城守望和平的初心如磐，唯见古长城微茫山岳间，纵横白于山。

后 记

　　榆林长城，横贯东西，蜿蜒起伏，似巨龙卧于塞上，沿线分布着规模较大的驻军聚落，史称"三十六营堡"。这些营堡位于大边长城和二边长城之间，每座营堡负责一段墙体和相关墩台的瞭望攻守任务。从文献记载来看，延绥三十六营堡一说最早出现在明弘治年间，沿用至今。后来随着营堡的迁建及废弃，营堡的数量实际上是有变化的。《陕西明长城资源调查报告》营堡卷中详列出四十四处营堡，其中榆林境内41座，延安境内3座。

　　为深入贯彻落实长城保护重要指示精神，挖掘长城文化内涵，讲好榆林长城故事，赓续中华文脉，榆林市文化和旅游局（榆林市文物广电局）围绕长城三十六营堡以及榆林卫城、绥德卫城两座镇城，从2021年开始，历经三年，从300多篇主题征文中，遴选出46篇文章，并为每一个营堡（镇城）配有画作一幅、诗歌一首和照片多帧，汇编形成此书，以飨读者。

　　本书在汇编过程中得到陕西省文物局的大力支持，长城所在地榆阳、横山、神木、府谷、定边、靖边等县市区文物主管部门积极参与，社会各界长城绘画、摄影爱好者、诗词创作者为本书提供了丰富素材，长城保护领域学者、专家对本书进行了认真审读。在此，谨向所有支持本书编辑和为本书汇编工作贡献了智慧的同志致以诚挚的谢意。

　　同时，本书得到中国作家协会会员曹洁、霍竹山、单振国、梁衡，中华诗词学会会员董红，长城专家李春元等同志的鼎力支持和业务指导，在此一并表示诚挚的感谢。

　　由于编写人员历史文物等方面的知识学养有限，文字诠释中引用史料或其他资料难免有不够准确，甚至可能存在错谬之处，恳望各位专家和广大读者批评指正。

本书编委会
2023年9月